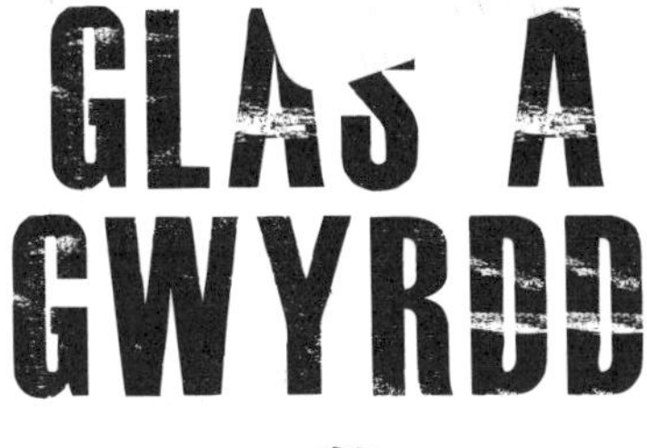

EIRY MILES

Gomer

Hoffai'r awdur ddiolch yn fawr i
Llenyddiaeth Cymru am ysgoloriaeth
a dderbyniodd yn 2010 a roddodd amser a hyder iddi
fwrw ymlaen â'r nofel hon.

Cyhoeddwyd yn 2017 gan
Wasg Gomer, Llandysul, Ceredigion SA44 4JL
www.gomer.co.uk

ISBN 978-1-78562-187-1
978-1-78562-188-8 (ePUB)
978-1-78562-189-5 (Kindle)

Cyhoeddir gyda chymorth ariannol
Cyngor Llyfrau Cymru.

Argraffwyd a rhwymwyd yng Nghymru gan
Wasg Gomer, Llandysul, Ceredigion.

I'r teulu Price, Beulah

PENNOD 1

'Is this it? This is the right house, isn't it?'

Nodiodd Carys ei phen, gan amneidio ar Alex i'w dilyn.

Aeth y ddau ar hyd llwybr bach cul i gefn y tŷ, gan sathru ar chwyn a chaniau cwrw rhydlyd.

Roedd rhywbeth anghysurus, annaturiol ynglŷn â llonyddwch yr ardd gefn. Dim byd ond blodau marw, a hen gorrach carreg yn gwenu'n oeraidd. Murmur y farchnad yn bell i ffwrdd, a sŵn sioncyn y gwair yn y gwres. A suo rhyfedd o gyfeiriad y gegin. Edrychodd Carys i fyny, a gwelodd gwmwl o bryfed yn y ffenestr. Saethodd ias i lawr ei chefn. Gwyddai'n iawn beth oedd i ddod. Cyflymodd curiad ei chalon.

Cyn i'w hofn ei pharlysu, cododd Carys ei phastwn uwch ei phen, a'i hyrddio'n galed yn erbyn y ffenestr. Llamodd Alex yn ôl yn wyllt wrth weld llygoden fawr yn sgrialu tuag ato. Ond ar ysgwydd Carys y glaniodd y llygoden. Teimlodd ei thraed bach yn crafangu yn ei gwallt a'i chynffon yn chwipio'i gwddf. Rywsut, llwyddodd i fygu'r sgrech a oedd bron â ffrwydro o'i cheg.

Dringodd y ddau i mewn, a gwydr yn sgrensian dan eu traed. '*Oh my god ... I'm choking ... I can't breathe ...*' meddai Alex yn floesg. Rhoddodd Carys ei llaw dros ei cheg i geisio atal y drewdod rhag ei llorio, ond roedd yn ymosod arni o bob cyfeiriad. Doedd hi erioed wedi arogli'r fath bydredd ffiaidd. Dywedai ei greddf wrthi am droi yn ôl, a sgrialu nerth ei thraed allan o'r tŷ. Ond brwydrodd yn ei blaen, gan ddilyn trywydd yr arogl i'r stafell wely.

Dyna lle'r oedd y corff. Yn noeth, heb flanced nac unrhyw orchudd arall drosto, a'r carpiau cnawd ar ei esgyrn yn ddu, ddu. Cynrhon ym mhobman. Yn ei geg, yn ei lygaid, yn dringo dros bob rhan ohono, a'u cyrff bach tew yn gwingo ac yn symud, symud, symud heb stop. Rhedodd Alex i'r tŷ bach i chwydu. Safodd Carys yn stond. Ni symudodd tan i Alex ddychwelyd i'r ystafell, a'i lygaid yn goch i gyd.

'*He looks pretty dead to me*,' meddai Carys yn ffug-ddifrifol.

Daeth hanner gwên i wyneb Alex. '*I think you're right, Car. I'll ring the sarge, shall I*?'

'*OK. I'll ring the doctor*.'

Ymhen awr, cyrhaeddodd Dr Smith i gadarnhau'n swyddogol bod y dyn wedi marw. *Life pronounced extinct*.

'*I see quite a lot of horrible things in my job*,' meddai, '*but that's one of the worst things yet. And the smell!*' ebychodd yn ddramatig, gan stwffio hances dros ei drwyn.

Nodiodd Carys ei phen, gan syllu'n syn ar sgribls y meddyg ar y gwaith papur. Roedd yn gwbl annealladwy. Oedd hynny'n wir tybed? Oedd ysgrifen pob meddyg yn anniben?

Pesychodd Dr Smith gan dorri ar draws ei myfyrdodau, cyn datgan, '*Right, I'm off!*' yn serchus. Cydiodd yn ei fag doctor, a dianc allan i'r awyr iach. Caeodd y drws â chlep, nes bod waliau tenau'r tŷ yn dirgrynu.

Edrychodd Carys ar y cloc ar wal y gegin, ac yna ar ei wats. Pump o'r gloch oedd yr amser ar y ddau. Am ryw reswm, synnodd o weld bod y cloc yn dal i dician. Roedd yn dal i ddweud yr amser yn berffaith gywir er nad oedd neb wedi cymryd sylw ohono ers wythnosau.

Wrth aros am y sarjant, dechreuodd Carys ac Alex archwilio'r fflat. Yn ôl y dyddiad ar y botel laeth yn yr oergell, roedd Mr Peters wedi marw ers o leiaf chwe wythnos.

'*I don't think there's anything suspicious*,' meddai Alex. '*He was an old man. He just ... popped his clogs. I don't think we'll need to call CID.*'

'*We'll let the sarge decide.*'

'*How long have we been waiting for him now?*'

'*Two hours.*'

'*Feels like fucking forever! I wish he'd hurry up so we can leave this place.*'

'*Got used to the smell now, though. Not quite as bad as when we came in.*'

'*No. Not quite as bad.*'

Ar ôl hanner awr arall hirfaith, cyrhaeddodd y sarjant. Cytunodd nad oedd unrhyw beth amheus wedi digwydd, a gofynnodd iddynt gysylltu â'r tîm fforensig i dynnu lluniau'r corff, a'r ymgymerwyr i fynd ag e i ffwrdd. Yna, gan ganmol Carys am fod mor glir ei meddwl dan yr amgylchiadau, gadawodd.

Daeth Carys o hyd i lyfr ffôn ar fwrdd bach yn y cyntedd. Chwiliodd drwyddo nes dod o hyd i rifau ei blant y rhai a dybiai oedd ei 'daughter' a 'son'. Gan nad oedd cyfeiriadau ynddo er mwyn cwrdd â nhw wyneb yn wyneb, byddai'n rhaid eu ffonio i'w hysbysu am farwolaeth eu tad. Roedd y sarjant wedi'u siarsio i wneud hynny'n fuan, rhag ofn iddynt ddod i wybod am y peth trwy Facebook.

Gan mai ei henw hi oedd gyntaf yn y llyfr, penderfynodd Carys ffonio'i ferch. Pendronodd yn hir dros yr hyn y byddai'n ei ddweud, gan baratoi ei geiriau'n ofalus. Â dwylo crynedig, symudodd y deial crwn, hen ffasiwn.

Canodd y ffôn ar y pen arall ac fe'i hatebwyd gan '*Hello*' uchel, diamynedd. Wedi'r neges, ni ddaeth yr ymateb emosiynol disgwyliedig. Dim ond '*Oh. Oh well ... I was sort of expecting this. I hadn't heard from the old man for a while.*' Dim cryndod yn y llais, na thinc bach o dristwch hyd yn oed. Dim euogrwydd am beidio â bod gydag ef yn ei ddyddiau olaf. Dim ond diflastod, wrth feddwl am anghyfleustra'r sefyllfa. Fel petai ei thad wedi marw'n gwbl fwriadol er mwyn creu ffys.

Daeth y tîm fforensig ymhen hanner awr, ond bu'n rhaid aros yn hir am yr ymgymerwyr. Roedd y diflastod yn arffwysol. Nid oedd yr arogl mor bwerus bellach, ond roedd wedi treiddio'n ddwfn i ddillad a gwallt Carys. Syllodd ar lenni browngoch y stafell fyw. Sylwodd fod eu patrwm wedi pylu yn yr haul. Trodd wedyn at yr hen deledu mawr sgwâr, a'r llun du a gwyn llychlyd o bâr hapus ar ddiwrnod eu priodas. Ceisiodd feddwl am rywbeth i'w ddweud, i lenwi gwactod annifyr yr ystafell.

'*How are you feeling now, Al?*' gofynnodd yn dawel a charedig, gan synhwyro embaras ei chyd-weithiwr.

'*Better,*' atebodd, â gwrid yn lledu dros ei wyneb bachgennaidd. '*It's ... hard sometimes, not to get affected by things like this. I don't know how you stay so calm.*'

'*You just get used to it after a while,*' meddai Carys yn ddi-hid, er y gwyddai eisoes fod rhywbeth wedi newid heddiw. Rhywbeth wedi cracio. Roedd hi newydd weld corff marw go iawn. Wedi gweld beth oedd marwolaeth.

Am saith o'r gloch, clywodd Carys sŵn traed yr ymgymerwyr yn nesáu at y tŷ. Rhuthrodd i gasglu ei phethau at ei gilydd, i gael dianc yn syth. Bu bron iddi ddechrau wylo o ryddhad; roedd hi'n rhydd i fynd.

Y noson honno, bu Carys yn y gawod am awr, yn sgwrio ei chroen gyda chadach garw. Sgwrio a sgwrio dan ddŵr chwilboeth, nes bod ei chroen yn danbaid goch. Ond roedd hi'n dal i gosi, a rhyw oerni rhyfedd yn ymgripiad drosti, fel petai cannoedd o gynrhon ar ei chorff. Allai hi ddim cael gwared ar yr arogl chwaith. Roedd yn llenwi pob modfedd o'i ffroenau a'i cheg. Doedd dim dianc rhagddo.

Daeth y dagrau wedyn, yn ffrydiau poeth, yn llifo'n wyllt drwy'r siampŵ. Ei chalon yn torri, wrth feddwl am Mr Peters yn marw ar ei ben ei hun, a neb yn gwybod am chwe wythnos.

*

Trodd Carys ei gobennydd chwyslyd, a phlannu ei phen yn yr ochr oer, ffres. Trwy'r tywyllwch, gwelai rifau'r cloc digidol. 5.40, yn herio, yn crechwenu. Ymhen ugain munud byddai'n amser codi. Na, allai hi ddim. Allai hi ddim wynebu pawb heddiw. Bwrodd ei dwrn ar y fatres, a gwasgodd ei llygaid ynghau i atal y dagrau.

*

'Smo ti'n mynd i'r gwaith heddi,' Carys?'

Gorweddai Carys ar y soffa, yn canolbwyntio'n llwyr ar y sgrin deledu, er nad oedd ganddi ddiddordeb o gwbl yn ffraeo sgrechlyd y gŵr a'r wraig ar raglen Jeremy Kyle.

'Nagw. Smo fi'n teimlo'n grêt, Rhyds,' atebodd, heb droi ei phen i edrych ar wyneb pryderus ei chyd-letywr, a oedd yn smwddio'i grys gwaith yn ofalus.

'Beth yn union sy'n bod arnat ti, 'te? Smo ti'n edrych yn dost iawn i fi. Bydd rhaid iti gael llythyr doctor os byddi di gartre am ddiwrnod arall ...'

'Wy'n gwybod 'ny, Rhyds. Sdim angen i blydi stiwdant drama esbonio polisi salwch yr heddlu i fi ... af i at y doctor fory os na fydda i'n well, OK?'

'Hei, paid â bod yn grac 'da fi! Wy jyst yn poeni amdanat ti. Ti byth fel arfer yn trio cael *duvet day.* Ti'n joio dy waith. Beth sy'n bod – y busnes 'na gyda chorff yr hen ddyn 'na, ife?'

'Twtsh bach o'r ffliw, fi'n credu. A ... wel, smo fi 'di bod yn cysgu'n dda ers y diwrnod o'r blaen. Hunllefe ofnadw.'

'Smo fi'n synnu. Wy ddim yn gwybod sut bydden i'n ymdopi 'da gweld rhywbeth ofnadw fel'na.'

'Ie, ond ddyle fe ddim fod wedi effeithio arna i fel y gwnaeth e. Mae delio 'da'r holl bethe ofnadw yn rhan fawr o'n jobyn i. Meddylia am yr holl *psychos* wy wedi cwrdd â nhw dros y flwyddyn ddiwethaf ... Mae'n od, on'd yw e? Pam mae corff marw wedi codi cymaint o ofan arna i? Wy wedi gweld anifeiliaid marw gannoedd o weithiau gartre, ar y fferm. Ŵyn bach wedi'u lladd gan gadno, hen gŵn a gwartheg yn marw. Buodd rhaid i mi dynnu oen marw mas o ddafad unwaith hefyd. Doedd hynny'n poeni dim arna i. A ti'n gwybod cymaint wy'n lico gwylio pob math o bethau *gory* ar y teledu. Ond roedd e jyst yn ofnadw. Nid jyst y ffordd roedd e'n edrych, ond hefyd y gwynt ac awyrgylch y tŷ …'

'Paid â meddwl am y peth nawr, Car. Sdim pwynt ypseto dy hunan. Ond wy'n credu y dylet ti fynd 'nôl i'r gwaith fory.'

'Sa i'n siŵr os galla i wynebu …'

'Drycha, mae'n rhaid iti fynd 'nôl. Ti'n cofio pan ges i'r ddamwain car? Y peth calla wnes i ar ôl hynny oedd gyrru lan i Aber y diwrnod wedyn. Roedd e'n anodd, ond fe lwyddais i'w wneud e. Yna ro'n i'n gwybod 'mod i'n gallu gyrru'n iawn. 'Mod i ddim yn hollol iwsles. Wy'n gweud wrthot ti, bydd hi'n anoddach iti fynd 'nôl os nei di aros gartre lot hirach. Byddi di jyst yn mynd yn fwy nerfus ac yn meddwl gormod am bethe ac yn colli hyder. Felly plis, cer 'nôl i'r gwaith fory.'

'OK. OK. Ti'n iawn. Jiw, dylet ti fod ar y teledu yn rhoi cyngor i'r bobol wallgo 'ma,' meddai Carys dan chwerthin, wrth wylio'r dyn ar y sgrin yn cochi a chynddeiriogi.

Plygodd Rhydian y bwrdd smwddio. Cododd y mygiau coffi gwag oddi ar y llawr, a'u rhoi i mewn yn y peiriant golchi llestri. Sychodd y briwsion tost oddi ar y bwrdd, a rhoi'r llestri glân i gadw yn y cwpwrdd.

'Diolch Rhyds. Ti'n werth y byd.'

'Mae'n iawn. Reit, wy'n mynd i newid nawr. Fi'n gweithio yn y *matinée* pnawn 'ma.'

'O, bydd hynny'n newid bach.'

'Wel yr un blydi sioe fydd hi, am y ganfed waith, a'r un blydi hufen iâ fydda i'n werthu … ond ie, bydd yn neis cyrraedd adre cyn hanner nos. Tria gael tamed bach o gwsg pnawn 'ma, a wela i di heno, OK?'

'OK.'

Caeodd Carys ei llygaid, a chyrlio'n belen fach ar y soffa o dan ei blanced *fleece* draig goch. Camodd Rhydian i fyny'r grisiau, gan fwmial canu.

*

'*Hey! Miss Policewoman! I recognise you! Ain't ya gonna come here to give me another asbo?*'

Cyflymodd calon Carys wrth weld siaced goch Puma Eddie. Doedd dim modd ei osgoi. Roedd hi'n hwyr yn barod. Byddai'n rhaid iddi gerdded heibio iddo er mwyn troi i fyny'r stryd gefn i gyrraedd yr orsaf. Tynnodd ei chap yn is dros ei llygaid. Mae'n rhaid bod gan Eddie lygaid craff, meddyliodd, i fedru ei hadnabod yn ei dillad bob dydd, a'i gwallt yn donnau eurgoch dros ei hysgwyddau. Ymestynnodd Eddie ei freichiau fel cath fawr ddioglyd.

'*Hey!*' gwaeddodd arni.

Edrychodd Carys ar ei ffôn symudol, gan esgus ei bod yn anfon tecst at rywun. Blydi typical, meddyliodd. Y peth diwethaf roedd hi ei angen ar fore fel heddiw oedd gweld twpsyn fel Eddie, a hithau'n teimlo mor nerfus am fynd 'nôl i'r gwaith. Gwasgodd fotymau ar ei ffôn. Symudodd gudyn o'i gwallt o'i hwyneb. Ceisiodd ymddwyn yn ddidaro, ddi-hid.

'*Look at me!*'

Atseiniai curiad ei chalon yn ei phen – ba-dym … ba-dym … ba-dym. Ceisiodd bwyllo, anadlu'n ddwfn. Doedd dim rheswm i Eddie godi ofn arni. Doedd e ddim yn ddihiryn peryglus, treisgar. Tipyn o niwsans, dyna i gyd. Erbyn hyn, roedd hi'n difaru ei arestio am drosedd mor bitw, sef chwarae bongos yn y stryd fawr pan oedd ganddo asbo. Beth oedd pwynt llenwi tomen fawr o waith papur am rywbeth mor ddibwys?

'Hey, Miss ... Come here ...'

Erbyn hyn, roedd Carys mor agos ato fel y gallai arogli seidr ar ei anadl, a hen fwg sigaréts ar ei siaced. Trodd Eddie i siarad gyda'r corrach o ddyn wrth ei ochr.

'She's that bitch who arrested me last week. She arrested me for playing my drums! For making sweet music!'

Ond roedd hi wedi mynd heibio, ac yn rhuthro i fyny'r stryd gefn. Deuai colofnau urddasol yr orsaf yn nes bob eiliad. Yna, â'i gwynt yn ei dwrn, i mewn â hi.

Cafodd Carys y croeso llugoer arferol gan Carl a Diane – dau heddwas a ddechreuodd weithio yn y Met yr un pryd â hi. Er iddynt fynychu cyrsiau hyfforddi gyda'i gilydd, a phrofi'r un ansicrwydd a phryder wrth ddechrau ar eu swyddi newydd, ni ddatblygodd tamaid o gyfeillgarwch rhwng Carys a'r ddau gocni grwgnachlyd. Roedden nhw'n glynu gyda'i gilydd, yn sibrwd cyfrinachau wrth ei gilydd, yn chwerthin am ben jôcs nad oedd neb arall yn rhan ohonynt. Bydden nhw hyd yn oed yn gorffen brawddegau'i gilydd. Ac am ryw reswm, o'r dechrau'n deg, roedd y ddau wedi cymryd yn erbyn Carys yn llwyr.

'Alright Taffy? Lookin' a bit flushed. Not like you to be late. Shaggin' last night, was you?'

Teimlodd Carys ei stumog yn corddi wrth glywed ymgais druenus Diane i wneud acen Gymreig – a oedd yn debycach i acen Pacistani.

'I wish!' atebodd Carys, dan wenu'n serchus ar y ddau, er bod ei phwysedd gwaed yn codi.

Trodd y sarjant i'w hwynebu, â golwg braidd yn ddiamynedd yn ei lygaid.

'580. Your turn to get the donuts today. You're 5 minutes late.'

Teimlodd Carys ei hwyneb yn cochi'n danbaid. Doedd hi erioed wedi bod yn hwyr. Erioed wedi gorfod cael y gosb o brynu danteithion i'w chyd-weithwyr. Ac er bod fflach o wên yn llygaid y sarjant, teimlodd siom a chywilydd wrth i'w chalon suddo.

Ar ôl i bawb setlo a thawelu, dechreuodd y sarjant roi briff i bawb am ddyletswyddau'r dydd. Nid oedd unrhyw beth gwaeth nag arfer wedi digwydd dros nos. Galwad ffôn anhysbys am weithwyr anghyfreithlon mewn archfarchnad Tseineaidd. Ymladd mewn tafarn, a dyn yn ei ugeiniau wedi cael anafiadau difrifol i'w ben. Lladrad o dŷ hen wraig. Menyw ddeugain oed ar goll. Digon i gadw pawb yn brysur.

Aeth Carys i sefyll wrth ochr Alex, yn barod i gamu i'r stryd. Gwenodd Alex arni. Gwisgodd Carys ei helmed, ond cafodd drafferth i gau botymau ei chot oherwydd rhyw gryndod rhyfedd yn ei dwylo.

PENNOD 2

Teimlodd Carys ei bol gwag yn rhoi llam a naid wrth iddi nesáu at ddrws y tŷ. Roedd rhywun yn coginio cyrri persawrus. Winwns yn ffrio, gyda phob math o berlysiau a sbeis. Nid Rhydian, doedd bosib? Welodd hi erioed mohono'n coginio dim byd mwy cymhleth na Super Noodles.

'Haia Car!'

Safai Rhydian wrth ddrws y gegin i'w chroesawu, â gwên lydan ar ei wyneb wrth estyn lager oer iddi. Sylwodd Carys ei fod wedi rhoi lliw i'w wallt – rhyw fath o *highlights* cynnil, taclus – a bod lliw haul ffres-o'r-salon ar ei groen.

'Lico'r gwallt, Rhyds! Mynd am y *surfer look*, ife?'

'Ie, dyna ni. Jyst meddwl 'mod i isie rhywbeth ysgafnach i'r haf, t'mod ...'

'Neis iawn. Lico'r *fake tan* hefyd.'

'Dyw e ddim yn rhy oren, nag yw?'

'Na, mae'n grêt. Naturiol iawn.'

'Gwd. Ro'n i'n edrych mor dost a gwelw ar bwys yr *Aussies* sy'n gweithio 'da fi. Roedd rhaid i fi neud rhywbeth ... dere, mae bwyd bron yn barod.'

'Do'dd dim isie i ti, Rhyds ...!'

'Nage fi sy' 'di bod yn slafo ... ma Lleucu 'ma.'

'O!'

'Ie. Ffoniodd hi pnawn 'ma a wedes i bo' ti'n gorffen gwaith am saith. A ma hi 'di bod 'ma ers whech yn cwcan i ni'n tri, whare teg.'

'Shwmai, PC Jones! O mai god, ti'n edrych yn shit! Ti heb fod yn y gwaith yn edrych fel 'na, gobeitho?'

'Diolch Lleucu! Neis dy weld di 'fyd!'

Crafodd Carys ei gwddf. Gwridodd. Roedd yn gas ganddi i Lleucu ei gweld yn edrych mor anniben. Pam na ffoniodd hi i ddweud ei bod hi'n galw? Neu hyd yn oed anfon tecst? Byddai wedi tacluso'r fflat a thacluso'i gwallt a gwisgo tamaid o golur petai hi'n gwybod. Yn sicr, fyddai hi ddim wedi meiddio gwisgo'i hen dracsiwt llwyd a'i thrainers tyllog petai hi'n gwybod bod ei ffrind soffistigedig – a'i chynghorydd ffasiwn – yn bwriadu ymweld â hi. Sylwodd fod gwaelod ei throwsus yn wlyb i gyd ar ôl iddi eu llusgo drwy'r pyllau glaw. Chafodd hi ddim amser i sythu ei gwallt y bore hwnnw chwaith. Ond dyna ni. Doedd dim y gallai ei wneud nawr, gan fod Lleucu'n sefyll o'i blaen, yn gwgu'n feirniadol ar ei gwisg ddi-raen.

'Carys, gwed wrtho i! Be sy 'di digwydd i ti … ti'n dishgwl yn dene uffernol, a ma dy groen di'n sbots i gyd! A wna i ddim dechre sôn am dy wallt …'

'Wy 'di bod yn cael amser anodd yn y gwaith …'

'Fi 'fyd! Dyw bywyd ddim yn fêl i gyd i ni fargyfreithwyr chwaith … Ond smo fi'n cerdded rownd yn edrych fel drychiolaeth! Mae'n rhaid i ti fwyta, Carys. Ro'dd rhaid i fi brynu llwythi o fwyd i wneud y cyrri 'ma – do'dd dim reis 'da ti heb sôn am lysie! Sdim byd yn dy gypyrdde di ond Kelloggs Special blydi K …'

'Gad hi nawr, Lleucu. Fi'n iawn. *Chill out.*'

Teimlodd Carys ei gwaed yn byrlymu. Doedd gan Lleucu ddim syniad am yr hyn y bu'n rhaid iddi ddelio ag e yn ddiweddar. Doedd ganddi ddim syniad beth oedd *stress* go iawn, a hithau wastad mor cŵl a hyderus.

Gan synhwyro bod ei ffrind yn dechrau digio, newidiodd Lleucu ei llais. Siaradai'n dawel ac yn garedig, fel athrawes yn cysuro plentyn ar ôl codwm ar fuarth yr ysgol.

'Iawn, ond paid â gadel i dy hunan fynd nawr, bach. Ro't ti'n edrych yn grêt y tro dwetha weles i ti … ti byth yn mynd i gael cariad yn edrych fel 'na …'

'Hei, dewch nawr ferched. Cym on. Yfwch eich lager. Ma diwrnod bant 'da ti Carys, fory, oes e?'

'Wel 'na 'ni 'te. Gallwn ni gael cwpwl o ddrincs wedyn yn y dafarn. Dewch at y ford – ma bwyd bron yn barod.'

'Wel gad i fi jyst fynd i newid o'r hen dracsiwt 'ma gynta, Rhyds.'

Agorodd Carys ei chwpwrdd dillad, a disgynnodd tomen amryliw ar ei phen. Crysau-T, siwmperi, trowsusau a thopiau-mynd-allan – y cyfan wedi'u stwffio blith draphlith, heb eu plygu na'u smwddio. *Reit*, meddyliodd Carys yn ddig, wy am sorto hyn mas. Wy am brynu hangers y penwythnos 'ma, a dechre smwddo fy nillad. Ond gwyddai yn y bôn fod hynny – fel peidio â bwyta creision neu dorri ei gwallt bob chwe wythnos – yn un o'r addunedau na fyddai hi fyth yn eu cadw.

Ar ôl twrio am rai munudau, daeth o hyd i dop du tyn, nad oedd angen ei smwddio, a gwelodd gyda rhyddhad bod ei hoff jîns yn lân. Edrychodd yn y drych. Roedd ei hwyneb yn goch ac yn chwyslyd ar ôl tyrchu drwy'r dillad, a'i cholur yn saim dros ei bochau. Cydiodd yn nolen y ffenestr, a'i gwthio'n galed i'w hagor, ond roedd y ffrâm wedi chwyddo yn y gwres. Rhoddodd hergwd arall iddi, a chyda hynny, disgynnodd llun oddi ar y silff. Llun ohoni hi a'i rhieni a Rhiannon ei chwaer, ar ddiwrnod ei seremoni raddio. Cododd y llun, a'i osod yn ôl yn ofalus ar y silff. Am eiliad, daeth lwmp hiraethus i'w gwddf wrth weld gwên falch ei mam, a'r disgleirdeb yn ei llygaid.

Ebychodd â rhyddhad wrth i'r ffenestr agor o'r diwedd, ond ni ddaeth awel i oeri'r ystafell. Roedd hi'n noson drymaidd, a storm yn bygwth torri drwy'r cymylau. Ar ôl sythu cudyn tonnog anufudd ar ei thalcen, penderfynodd ei bod yn edrych yn dderbyniol. Ond wrth gael un cip olaf arni ei hun yn y drych, cafodd siom. Roedd hi'n dal i edrych fel 'rial hambon'. Fel petai hi'n gwisgo dillad a cholur rhywun arall, yn gwisgo gwisg ffansi. Atgoffodd ei hun mai dim ond ffrindiau agos fyddai yno heno. Doedd dim angen creu argraff ar neb.

Ond roedd hen letchwithdod wedi cydio ynddi.

Daeth ei dyddiau yn y chweched dosbarth i'w meddwl. Dyma sut y byddai'n teimlo bob dydd yng nghwmni merched poblogaidd yr ysgol – merched y dref – gyda'u lliw haul potel a'u sgertiau byr, a hithau yn hen wisg ysgol ei chyfnither, a'i gwallt yn *frizz* afreolus yn teimlo'n anghyfforddus ac yn ddiffygiol.

Meddyliodd wedyn am Lleucu. Roedd hithau, rywsut, yn debyg i ferched soffistigedig y dref, â'u hyder eofn. Hyder a oedd yn codi ofn ar Carys weithiau. Cofiodd am eu cyfarfyddiad cyntaf, pan oedd y ddwy yn gwylio Cymru yn erbyn Lloegr yn nhafarn y Prins – cyrchfan boblogaidd i Gymry Llundain. Y lle'n fôr o grysau cochion a wynebau chwyslyd. Pawb yn sgrechian ar dîm Cymru, oedd yn gollwng y bêl fel petai'n belen o dân. Pawb ond Lleucu, a eisteddai ar stôl wrth y bar, mewn siwmper goch *cashmere* a *stillettos* coch miniog. Doedd hi ddim yn un i wisgo rhywbeth mor ddi-siâp â chrys rygbi. Doedd hi chwaith ddim yn un i gynhyrfu os nad oedd rhaid. Siaradai â'r dynion hŷn wrth y bar, yn dadansoddi pob symudiad yn graff ac yn wybodus. Esboniodd Rhydian wrth Carys fod tad Lleucu yn un o sêr oes aur rygbi Cymru yn y saithdegau, a'i bod hi felly'n dipyn o arbenigwraig ar y gêm. Ond ymhen dim, sylweddolodd Carys ei bod yn arbenigwraig ar bob math o bethau eraill hefyd – neu o leiaf, ei bod yn gallu rhoi'r argraff ei bod yn gwybod popeth.

'Brysia Carys! Fi'n starfo! Be ti'n neud lan fyna?'

'Wy'n dod nawr!'

Rhuthrodd Carys i lawr y grisiau, yn awchu am lager arall i leddfu ei haniddigrwydd.

'Wedes i wrth Joni y bydden ni yn y King,' meddai Rhydian, gan dacluso'i wallt yn y drych wrth y drws ffrynt.

'Pwy yw Joni?' holodd Carys, a'i llais yn fwy croch nag arfer ar ôl llyncu pum potelaid o gwrw.

'Smo ti 'di cwrdd â fe o'r blaen? Bachan o Gaerfyrddin. Mae Mam yn ffrindie 'da'i fam e. Wy'n ei nabod e ers blynydde.'

'Ac mae'n byw yma yn Llundain?'

'Ydy. Mae 'da fe jobyn da yn y *City*. Cyfrifydd yw e. Mae e 'di bod draw i'r dafarn adeg *internationals* ...'

'W, Carys, mae e'n swnio'n *catch* eitha da,' meddai Lleucu, gan roi haen arall o lipstic sgleiniog ar ei gwefusau. 'Ti'n falch nawr dy fod ti wedi newid o'r dracsiwt 'na?'

'Ha ha,' chwarddodd Carys yn ddiamynedd. 'Reit, ydyn ni'n mynd? Dim ond tan un mae'r King ar agor – cym on!'

Dynion yn eu pumdegau oedd y rhan fwyaf o gwsmeriaid y King. Gwisgai llawer ohonynt grysau Arsenal, yn dynn dros eu boliau cwrw, neu grysau siec, jîns a thrainers gwyn. Roedd llygaid pob un wedi'u hoelio ar gêm bêl-droed ar y teledu. Doedd hwn ddim y math o le y byddai Lleucu'n dod iddo fel arfer, meddyliodd Carys wrth weld gwallt sgleiniog ei ffrind yn sboncio wrth iddi gerdded. Sylwodd ar ambell ddyn yn symud ei lygaid oddi wrth y gêm, am eiliad fach, i gael golwg ar y ferch dal, drawiadol a gamai'n herfeiddiol at y bar.

'A! 'Co Joni!' meddai Rhydian gyda gwên, wrth sylwi ar glamp o ddyn llydan yn dod i mewn drwy'r drws. Gwisgai grys rygbi Cymru, jîns llac a phâr o fflip fflops, a het wellt am ei ben.

'Smo fe'n edrych fel rhywun sy'n gweithio yn y *City*,' meddai Lleucu'n syn, wrth ei wylio'n tynnu ei het, i ddatgelu llond pen o gyrls gwyllt.

'Nag yw. Ond mae e'n glefer ofnadw. Ac yn chwaraewr rygbi da iawn, hefyd … Hei Joni, ni draw fan hyn!'

Trodd Joni i edrych arno dan wenu.

'Hei, *cock face! Long time no see.* Pwy yw'r merched 'ma sy gyda ti? *Double date,* ife? O'n i wastad yn meddwl taw pwff o't ti …'

Syllodd Carys a Lleucu ar ei gilydd yn syfrdan, wrth

i'r cwlffyn cegog gamu tuag atynt. Roedd e mor wahanol i ffrindiau eraill Rhydian. Bechgyn tawel a meddylgar oedd ei ffrindiau o'r coleg drama, a merched oedd ei ffrindiau pennaf yn ei swydd ran-amser yn y theatr.

'Neis dy weld di hefyd, Joni. Dyma Lleucu a Carys ...'

'A, dyma Carys, dy *housemate* di, ife? Wy wedi clywed lot amdanat ti. Ti sy yn y Met, ife?'

'Ie, dyna ni.'

'Reit, wel pwy sy'n moyn diod? Mae ciw mawr yna, felly man a man inni gael dau ddrinc yr un ... fi sy'n talu.'

'Diolch Joni ... lager i bawb, ife?'

Cytunodd y tri, cyn symud i eistedd ar ddwy soffa fawr feddal ger y ffenestr.

Erbyn i Carys orffen ei hail beint, roedd yr anniddigrwydd a deimlai cyn mynd allan wedi hen ddiflannu.

'Mae e'n dy ffansïo di, Car,' meddai Lleucu'n chwareus, ar ôl i Rhydian a Joni fynd i chwarae pŵl.

'Pwy nawr?'

'Joni, ontife. Siaradodd e 'da ti, *non-stop*.'

'Wel, ma 'da fe ddiddordeb yn fy ngwaith i ...'

'Na, galla i weld y ffordd mae e'n edrych arnat ti. *Go for it*.'

'Nage 'na yw 'nheip i ... mae e'n rhy ... fawr, yn rhy swnllyd.'

'Wel beth yw dy deip di? Smo fi wedi dy weld di 'da neb erioed, heblaw'r *minger* hanner cant oed 'na yng nghino Nadolig Cymry Llundain, pan oeddet ti'n *paralytic* ...'

'Sa i'n siŵr beth yw 'nheip i ... ond ddim Joni, beth bynnag. O'n i ddim yn hoffi'r ffordd roedd e'n siarad â Rhydian, chwaith. Roedd e'n ei fychanu e. Ac mae Rhydian yn foi mor ffein.'

'Cym on, Carys. Dim ond tamed bach o sbort oedd e. Mae'n rhaid i ti stopio bod mor shei a chael bach o hwyl 'da dynion. Ti'n ferch bert, ac mae ffigwr grêt 'da ti … dwlen i gael coese fel ti.'

'O'n i'n meddwl dy fod ti'n ffeminist? Sdim rhaid i fi gael dyn i fod yn hapus, oes e? Mae 'da fi swydd dda, ffrindie, digon i'w wneud … '

'OK, OK. Ond bydde *shag* nawr ac yn y man yn neud byd o les i ti … rwyt ti mor … *uptight* weithie. Ti'n colli mas ar lot o hwyl.'

Tagodd Carys ar ei pheint. *Uptight.* Diflas. Henffasiwn.

'Ti'n un dda i siarad! Ti'n hŷn na fi a ti'n dal yn sengl!' Ceisiodd Carys swnio'n ddi-hid ac yn ysgafn, ond roedd ei llais yn galed ac yn ddig.

'Odw. Ond o leia wy mas 'na, yn mynd ar ddêts ac yn cwrdd â lot o ddynion, yn cael bach o sbort a bach o brofiad. Pryd oedd y tro diwetha i ti gael *shag*, hm?'

'Lleucu!'

'Wel, wy'n aros am dy ateb di!'

'Dyw e'n ddim o dy fusnes di! Wel, os oes rhaid i ti wybod, wnes i gopo rhywun bythefnos yn ôl, pan es i mas 'da'r gwaith …' meddai Carys yn gelwyddog, gan obeithio na fyddai Lleucu'n holi rhagor o gwestiynau. Doedd fiw iddi gyfaddef fod dwy flynedd wedi mynd heibio ers ei '*shag*' diwethaf. Os gallai ddefnyddio'r gair hwnnw i ddisgrifio ymbalfalu meddw â ffermwr o Fôn mewn pabell yn y Sioe Amaethyddol.

'W, pwy oedd e, 'te?'

'Pwy?'

'Wel, y boi 'ma o'r gwaith.'

'Neb sbesial. Mae 'da fe gariad, felly fydd dim byd mwy yn dod o'r peth.'

Ar hynny, daeth y bechgyn yn ôl at y bwrdd, a winciodd Lleucu ar Carys.

'Dyna syrpréis. Wy 'di maeddu Rhyds bach am y trydydd tro.'

'Wel, roedd hi'n agos ... cawson ni gêm dda,' atebodd Rhydian yn wan, cyn llyncu hanner olaf ei beint ar unwaith. 'Ma syched arna i ... beth am inni chwarae *drinking games?*'

'Syniad da, Rhyds. Beth am Twenty One?' gofynnodd Joni, gan ddewis gêm rifyddol y byddai'n siŵr o'i hennill.

Gwgodd Carys. Byddai hi'n siŵr o wneud yn wael yn hon ac edrych fel ffŵl. Mathemateg oedd ei chas bwnc yn yr ysgol, ac roedd ei hymennydd fel petai'n ymddatod nawr, ar ôl dwyawr o yfed di-baid. Ceisiodd ganolbwyntio. Crychodd ei thalcen. Caeodd ei llygaid yn dynn. Ond roedd ei hatebion yn anghywir, dro ar ôl tro. Digiodd wrth weld y lleill yn chwerthin ar ei phen. Pam fod pawb arall yn gallu chwarae'r gêm mor dda? Yn y diwedd, wrth weld fod Carys yn digalonni, daeth Joni â'r gêm i ben. Ond mynnodd fod rhaid i Carys lowcio peint ar ei thalcen, am iddi chwarae mor ddychrynllyd o wael. A doedd dim posib iddi wrthod yr her. Roedd Lleucu a Rhydian yn bloeddio canu 'Lawr y lôn goch!' gan guro'u dwylo, a chwsmeriaid eraill y dafarn wedi troi i edrych arnynt yn ddisgwylgar. Anadlodd Carys yn ddwfn. Cegaid, a chegaid arall. *Lawr y lôn goch, lawr y lôn goch ...* Ei bol yn llenwi, a'r cwrw'n troi yn ei stumog, yn corddi'r cyrri. Byddai'n siŵr o chwydu cyn diwedd y noson. Cegaid arall … ac un arall … a dyna ni. Wedi gorffen. Gwydr gwag. Gwenodd Joni arni'n falch, fel petai hi newydd redeg hanner marathon. Symudodd yn nes ati, i sibrwd yn ei chlust.

'Dyna beth wy'n lico. Menyw sy ddim ofan *challenge*.'

Cochodd Carys, wrth deimlo gwres ei anadl ar ei boch.

PENNOD 3

Dihunodd Carys ben bore, wrth deimlo diferion ar ei thalcen. Oedd rhywun yn tasgu dŵr oer ar ei hwyneb i'w dihuno? Yna, gyda llef gryg o 'shiiiiiit,' sylweddolodd mai glaw oedd y diferion. Roedd ei ffenestr yn llydan agored. Ochneidiodd, a daeth braw drosti wrth sylweddoli y gallai rhywun fod wedi dringo i mewn i'w hystafell ganol nos, yn ddigon rhwydd. Bob dydd yn ei gwaith, clywai am droseddwyr yn mentro ar hap drwy ddrysau heb eu cloi a ffenestri agored, i gyflawni pob math o droseddau ofnadwy. Rhegodd unwaith eto wrth weld yr holl greiriau sentimental ar ei silff ffenestr yn wlyb diferol. Edrychodd ar y llun ohoni hi a'i theulu yn ei seremoni raddio. Roedd dŵr wedi llifo i'r ffrâm, a'r llun nawr yn llawn rhychau, a wynebau pawb wedi'u hanffurfio'n hyll.

Ochneidiodd eto. Symudodd ei gwddf, i geisio'i ystwytho ar ôl cwympo i gysgu mewn siâp lletchwith ac annaturiol yn ei meddwdod. Roedd hi'n dal i wisgo ei fest du a'i jîns, er eu bod nhw'n wlyb ar ôl iddi gael ei dal yn y storm. Ffycin hel, meddyliodd, wy'n ddau ddeg wyth oed. Yn blismones. Ddylwn i ddim fod yn dihuno mewn stad fel hyn. Tynnodd ei jîns oddi amdani â rhyddhad, fel petai'n diosg hen groen treuliedig. Llyncodd ei phoer, i leddfu ei gwddf sych, cyn tynnu ei fest a'i bra. Sylwodd fod colur y noson cynt yn staeniau chwyslyd dros ei gobennydd. Ych-a-fi. Ac yna, yn ôl ei harfer pan fyddai'n teimlo'n isel neu'n siomedig ynddi hi ei hun, estynnodd ei dillad rhedeg o'r pentwr anniben ar waelod ei chwpwrdd dillad. Doedd dim ots ganddi am y glaw. Byddai'n siŵr o deimlo'n well ar ôl cyflawni ei phenyd, a glanhau'r hangofer o'i system.

Un peth da o fod mor feddw neithiwr oedd y ffaith na chafodd hi unrhyw hunllefau, meddyliodd. Ni ddaeth corff Mr Peters nac unrhyw ddrychiolaeth arall i darfu arni. Ond cwsg ysgafn, niwlog oedd cwsg meddw, serch hynny, a gwyddai nad oedd diben iddi geisio cyflawni unrhyw beth o bwys heddiw.

Cafodd gip arni hi ei hun yn y drych cyn camu o'r ystafell. Hen siorts llwyd, top glas *velour* a chap y Scarlets ar ei phen. Byddai Lleucu'n cael ffit, meddyliodd, ac yn ei galw'n *chav* a phob math o enwau annymunol eraill. Ond yn ei chyflwr cysglyd, dryslyd, doedd hynny'n poeni dim ar Carys. Mynd i redeg oedd hi, beth bynnag, ac nid mecca i *fashionistas* oedd y gongl fach dlodaidd hon o Lundain. Felly allan â hi drwy'r drws, er mwyn lenwi ei hysgyfaint ag awyr iach, ac i geisio rhoi trefn ar ei hatgofion o'r noson cynt.

Sylweddolodd nad oedd hi eto'n naw o'r gloch wrth weld y stondinwyr yn paratoi at ddiwrnod byrlymus o fasnachu. Gwelai fôr o liwiau a siapiau amrywiol o'i chwmpas – tsilis coch, gwyrdd a melyn, bananas bach byr, tatws melys lympiog, *plantain*, a mynyddoedd o lysiau gwyrdd tebyg i gacti. Doedd ganddi ddim syniad beth oedd y rheiny. Byddai'n rhaid iddi ofyn i Lleucu, y *domestic goddess* ei hun.

Agorodd y cigydd halal ei ddrysau, a chamodd tair menyw i mewn, yn edrych fel tri ysbryd yn eu gwisgoedd llaes. Syllodd Carys arnynt am eiliad, gan ddychmygu mor braf fyddai hi weithiau i fod fel y menywod hynny – yn gwbl anweledig, heb orfod poeni o gwbl am wisgo'n ffasiynol a chreu argraff ar bobl. Ond yna, meddyliodd mor braf oedd teimlo'r glaw ysgafn ar ei choesau noeth.

Trodd Carys i'r chwith, a chyflymodd ei hanadl wrth iddi ddringo'r rhiw am bum munud, nes cyrraedd hen giosg coch, â'i ffenestri'n deilchion. Y tu ôl iddo, yn eu cornel arferol, gwelai Decker, Bob a Jacob, â'u pocedi'n llawn stoc ar gyfer diwrnod arall o ddelio. Trodd ei phen. Canolbwyntiodd ar y pafin prysur o'i blaen, a oedd bellach yn frith o siopwyr, pramiau a phlant. Ymlaen ac ymlaen, yn gynt ac yn fwy penderfynol nag erioed. Bellach, ni theimlai'n euog am anwybyddu delwyr cyffuriau. *There's bigger fish to fry, 580,* oedd geiriau'r sarj. Ac roedd e'n iawn. Doedd dim digon o oriau yn y dydd i fynd ar ôl mân droseddwyr fel nhw.

Yn raddol, daeth ôl-fflachiadau o'r noson cynt i'w meddwl. Cofiodd am ei sgwrs â Lleucu ynglŷn â dynion, a'i dicter am iddi ei galw'n *uptight.* Y chwerthin a'r malu awyr, a'r cwrw'n llifo. Wynebau syn y dynion bochgoch wrth y bar, wrth weld y Cymry swnllyd yn llowcio *tequila* wrth ganu emynau. Yna'r gêm yfed.

A Joni. Teimlodd ei hun yn gwrido wrth feddwl amdano. Gwrid o embaras, yn hytrach nag o unrhyw deimlad nwydus tuag ato. Ei fraich amdani wrth iddynt adael y dafarn, dim ond nhw ill dau. Roedd Lleucu eisoes wedi dal tacsi adref, a Rhydian yn cerdded ymhell o'u blaenau, bron â diflannu o'r golwg. Dim ond Joni a hithau, yn symud fel malwod, a'i hysgwyddau'n gwegian o dan bwysau ei fraich fawr gyhyrog.

Meddyliodd amdanynt yn cerdded adref, igam ogam. Hithau'n benysgafn, a blas chwerw-felys ei pheint olaf yn troi ei stumog. Joni'n siarad yn ddi-baid, yn brolio am ei gampau ar y cae rygbi a'r cyflog anferthol a enillai yn y *City*. Heibio'r lle golchi ceir, â'i frwshys mawr yn dawel a segur. Heibio pâr ifanc yn cweryla'n danbaid, a rhesi o fwytai *takeaway* o bob math. Y daith yn teimlo'n ddiddiwedd, a Carys yn ysu am gael cyrraedd adref, i dynnu ei sandalau sodlau uchel a gorwedd yng nghlydwch ei gwely. Braf oedd cael sylw, a gwybod fod Joni wedi cymryd ati, ond roedd ei sŵn yn dechrau ei blino. Ceisiodd ffarwelio ag ef yn ddidaro wrth yr arhosfan fysiau. Mynnodd yntau gerdded gyda hi at ei thŷ, er nad oedd ond canllath i ffwrdd.

'Rwy'n gwybod dy fod ti yn y polîs, ond fydden i byth yn gadael merch i gerdded adre ar ei phen ei hunan,' meddai Joni'n falch, gan deimlo'n rêl gŵr bonheddig.

Gwingodd Carys. Roedd hi'n dechrau sobri bellach, ac yn gwbl ymwybodol o sŵn eu camau trymion yn atsain drwy'r stryd dawel. Teimlodd don o gywilydd wrth glywed llais cras Joni'n taranu.

'Sa i'n siŵr os ydw i'n barod i fynd adre 'to, Carys … dim ond un o'r gloch yw hi. Oes 'na siawns i fi alw mewn am … goffi?'

'Ym … wy wedi blino nawr Joni. A fi'n *hammered*. Falle bod hi'n well iti beidio. Galli di alw am goffi rywbryd eto.'

'O, wel. Af i nawr, 'te.'

Disgynnodd lletchwithdod drostynt am eiliad. Roedd braich Joni'n dal i bwyso'n drwm ar ei hysgwydd, ac ni wyddai Carys sut i symud i ffwrdd oddi wrtho heb ymddangos yn oeraidd … ac yn *uptight.* Ddylai hi ei gusanu? Cusan gyfeillgar ar ei foch, cyn troi am adref? Ie, dyna ni. Dyna a wnâi hi. Ond beth pe bai hynny'n gwneud iddo feddwl ei bod yn ei ffansïo? Syllodd Carys ar y llawr, mewn penbleth. Doedd hi ddim yn credu ei bod yn ei ffansïo. Wrth weld mor fudr oedd ewinedd ei draed yn ei fflip fflops, ffieidd-dod ac nid chwant a deimlai. Ac eto … efallai y gallai ei gusanu, am ychydig o hwyl. Cusan, a dyna i gyd. Dylai hynny gadw Lleucu'n hapus am sbel.

Fel petai'n gwrando arni'n pendroni, symudodd Joni'n nes tuag ati, a'i gwasgu'n dynn. Teimlodd ei freichiau'n cau amdani, a hithau'n belen fach yn ei gesail, yn mygu mewn arogl chwyslyd, alcoholaidd. Ac yna, cyn iddi gael cyfle i sylweddoli beth oedd yn digwydd, roedd blewiach ei wyneb yn crafu ei gên, a'i dafod yn chwilota'n awchus yn ei cheg. Am eiliad, safodd yn stond, yn gwrando arno'n anadlu'n ddwfn, yn teimlo'i fysedd yn mwytho'i gwallt. Roedd e'n ymgolli yn y gusan, yn awchu amdani. Ond ni theimlai Carys unrhyw gynnwrf. Teimlai'n anghysurus, ac yn stiff. Symudodd ei llaw yn robotaidd dros ei gefn. Ceisiodd ymlacio. Ceisiodd symud ei cheg mewn cyseinedd â'i geg yntau, ond trawodd ei ddannedd yn erbyn ei gwefus. Roedd ei dafod yn arw ac yn ffyrnig, a'i freichiau'n ei gwasgu'n dynnach ac yn dynnach bob eiliad. *Plis, plis, all hyn ddod i ben – dyna ddigon, dyna ddigon!* Roedd cyfog yn dechrau cronni yn ei stumog, a'i choesau'n gwegian. Ac yna, fel ateb i'w gweddi, gyda chlec a fflach, daeth y storm.

'Ffycin hel!'

'Well imi fynd Joni! Wela i di 'to, OK?'

Ymryddhaodd ei hun o'i freichiau, a rhedodd i fyny'r grisiau cerrig at ddrws y ffrynt, â'r glaw trwm bron â'i dallu.

'Hei! Paid mynd!'

Trodd yn ôl i edrych arno wrth ymbalfalu yn ei bag am ei hallwedd. Roedd ei wyneb yn ddisglair dan fflach y mellt, a'i gyrls yn llipa yn y glaw.

'Well iti redeg i ddal y bws, Joni. Byddi di'n wlyb sopen.'

Ochneidiodd Joni'n drist.

'OK.'

Edrychodd arni, yn ymbilgar am eiliad, cyn sylweddoli nad oedd Carys am droi yn ôl – ac nad oedd am agor drws ei chartref iddo chwaith.

Wrth gyrraedd gorsaf y tiwb, diflannodd atgofion niwlog y noson cynt pan ddaeth Carys wyneb yn wyneb â Sammy yn ei gadair olwyn. Roedd yn ddigon agos ati iddi fedru gweld ei freichiau esgyrnog yn ymestyn allan, yn ymbil am arian.

'Mornin' Miss! Go for it!'

A hithau bellach yn fyr ei hanadl, ni allai ei ateb, dim ond gwenu'n gynnes. Cymeriad digon serchus oedd Sammy, er ei fod yn gaeth i heroin ac yn byw yn ei fyd bach dryslyd ei hun. Druan ohono, meddyliodd Carys, wrth weld rhwydwaith o greithiau coch ar ei freichiau, a bonion ei goesau. Bu'n rhaid torri eu gwaelodion i ffwrdd ar ôl iddo chwistrellu heroin budr dan ei bengliniau. Roedd wedi cyrraedd y pen, a doedd dim diben ceisio ei helpu bellach. Er nad dihiryn mohono, byddai ei gorff clwyfedig a'i chwerthin cras yn codi ofn ar blant.

Cydient yn dynnach yn nwylo eu rhieni wrth fynd heibio iddo, i lawr i dywyllwch gorsaf y tiwb. Roedd Sammy fel porthor i'r isfyd hwnnw.

Crwydrodd ei meddwl yn ôl at y noson cynt. Mae'n siŵr y byddai Lleucu yn tynnu ei choes am Joni. Doedd dim ots ganddi am hynny. A dweud y gwir, teimlai rywfaint o falchder am y peth. Roedd cusanu Joni yn gwneud iddi ymddangos yn fwy ... normal, yn fwy parod i wneud pethau gwyllt, yn ferch fwy difyr i'w chael yn ffrind. Ond doedd arni ddim awydd gweld Joni eto. Cofiodd am ewinedd ei draed, a'i gyrls chwyslyd yn glynu wrth ei dalcen. Ych-a-fi.

Trodd i mewn i'r parc. Roedd y glaw wedi peidio, a'r gwair a'r planhigion yn disgleirio'n iraidd yn yr heulwen. Eisteddai'r cylch arferol o yfwyr seidr ar y fainc, a gwibiai pedwar rhedwr heibio iddynt, a'u gwisgoedd *lycra* fel ail groen dros eu cyhyrau hardd.

'*Morning!*'

'*Lovely day, innit?*'

Gwenodd Carys, gan feddwl wrthi'i hun, pwy ddwedodd mai hen bobl sych yw pobl Llundain?

Ymhen tipyn, a hithau wedi bod yn rhedeg ar duth cyfforddus braf, bu'n rhaid i Carys arafu ei chamau. Roedd y farchnad wedi prysuro. Arogl cig yn ffrio, garlleg a sbeis. Stondin ddillad, â rhes o goesau mewn teits, yn barod i wneud y can-can. Cerddoriaeth *reggae* ling-di-long o gyfeiriad y siop gerddoriaeth, a chwerthin cras o gyfeiriad y stondin bysgod. Dyn yn cael dadl ar ei ffôn symudol, yn Arabeg, dyfalodd Carys, a llais wrth ei ochr yn bargeinio, '*I'll give you ten for a pound, ten for a pound, come on darlin.'* Cleber Saesneg Caribïaidd, Pwyleg, Sbaeneg, Portiwgaleg a llwythi o ieithoedd eraill, yn symffoni aflafar.

Dechreuodd deimlo'n flin ac anniddig wrth orfod gwau drwy'r torfeydd. Plant a bygis a hen fenywod, a chriw o fechgyn yn symud yn llechwraidd o'i blaen, fel cysgodion yn eu hwdis. Meddyliodd yn hiraethus am ei llwybr rhedeg gartref ger yr Ynys, dros gamfeydd a llwybrau caregog, heibio caeau barlys a chloddiau blodeuog. Câi lonydd yno i wibio'n gyflym. Neb yn gwmni, heblaw defaid a gwartheg. Tawelwch i feddwl.

Sylweddolodd nad oedd wedi bod gartref ers deufis, a daeth tyndra rhyfedd i'w brest wrth feddwl am ei theulu. Gallai'u gweld yn glir o flaen ei llygaid, yn gynnes yn y gegin. Ei thad yn yfed disgled o de yn dawel, cyn rhuthro allan i'r clos. Ei mam yn syllu'n bell dros y gorwel, â'i dwylo'n goch amrwd yn y dŵr golchi llestri. A Rhiannon yn pendwmpian yn y gadair freichiau, â'r gerddoriaeth o'i iPod yn ei chludo i rywle pell, pell i ffwrdd. Ond yna, gyda gwên, cofiodd Carys y byddai'n gweld ei chwaer a'i mam ym mis Hydref, pan ddeuent i aros am benwythnos gyda hi. Ychydig dros fis i fynd.

A hithau'n synfyfyrio'n ddwfn, ni lwyddodd Carys i osgoi colomen oedd yn hedfan tuag ati. Trodd ei phigwrn. Cwmwl o blu. Taro'r pafin. Poen. Drewdod.

'You should look where you're going, you stupid bitch.'

'Hey, leave her alone! She's had a nasty fall. Are you OK, love?'

'Yes, I'm fine thanks.'

'It was that fucking pigeon's fault.'

Cododd Carys ar ei thraed yn sigledig, a'i hwyneb yn

goch tanbaid wrth deimlo degau o lygaid yn rhythu arni. Rhai yn edrych yn bryderus. Eraill yn ddirmygus.

'Are you sure you're OK? You haven't broken anything, have you?'

Gwenodd Carys ar y fenyw fach dew wrth ei hochr, er bod dagrau'n pigo ei llygaid.

'I'll be OK thanks. Just twisted my ankle. I only live round the corner. I'll be fine.'

Dechreuodd hercian yn gloff tuag adref, â phob cam yn gyrru saeth o boen o'i phigwrn.

PENNOD 4

Estynnodd Carys ei llaw o dan ei desg er mwyn crafu ei phigwrn, a oedd yn gleisiau byw mewn rhwymyn o fandej tyn. Gwgodd. Roedd sgrin ei chyfrifiadur wedi rhewi am y trydydd tro y diwrnod hwnnw, a hithau ar fin gorffen ei hadroddiad am ladrad a ddigwyddodd rai dyddiau ynghynt. Doedd dim amdani ond gofyn am help gan Carl, er bod mynd ar ofyn y pwrsyn hwnnw'n dân ar ei chroen.

'*Carl, could you have a look at this shit computer?*'

'*Hey! Temper temper! Someone got out of bed the wrong side today. Or is it your time of the month?*'

'*Sorry Carl. Just feeling a bit frustrated, cooped up in here.*'

Cododd o'i chadair er mwyn i Carl edrych ar ei pheiriant anufudd, a bu bron iddi weiddi mewn poen wrth roi ei phwysau, am chwarter eiliad, ar ei phigwrn dolurus. Ochneidiodd yn ddiamynedd. Pwysodd ar y peiriant llungopïo.

'*Can you see what's wrong with it?*' gofynnodd, wrth weld Carl yn chwarae gyda'i locsyn yn feddylgar.

'*I think you just need to delete a few files. Your hard drive's too full, and it's slowing everything down. But it should be OK now.*'

'*Thanks Carl.*'

Gwenodd arno, ond nid ymatebodd yntau. Llithrodd yn ôl i'w gadair, heb edrych arni.

Roedd yn gas gan Carys fod yn gaeth y tu ôl i ddesg. Byddai'n llawer gwell ganddi fod allan ar y bît gydag Alex, yn symud ac yn crwydro, yn lle rhythu ar sgrin ddu-a-gwyn a gorfod gwrando ar Carl a Diane yn piffian chwerthin fel plant ysgol. Ond doedd dim dewis ganddi. Pan ddaeth i'r gwaith y diwrnod cynt, ceisiodd esgus fod popeth yn iawn, ond sylwodd y sarjant ar ei hwyneb yn gwingo mewn poen gyda phob cam. Felly, mynnodd y byddai'n rhaid iddi aros yn y swyddfa am o leiaf wythnos arall, tan i'r nyrs iechyd galwedigaethol benderfynu fod ei phigwrn wedi gwella'n llwyr. Teimlai Carys fel ysgrifenyddes fach. Nid dyma pam ddes i'n blismones, meddyliodd, wrth ysgrifennu brawddeg olaf ei hadroddiad, ac argraffu copi drafft ohono.

Ddiwedd y prynhawn, ar ôl oriau diflas o ailddrafftio ei hadroddiad a gwirio ffeithiau, digwyddodd rhywbeth i dorri ar y diflastod. Daeth y sarjant i'w gweld.

'*580 ... Kar-ees ... I hope I pronounced that right,*' meddai gan besychu'n lletchwith. '*Could we have a word? Would you mind coming to my office for a while?*'

Sythodd Carys ei chrys, a cheisiodd edrych yn ddi-hid wrth estyn beiro a llyfr nodiadau oddi ar ei desg. Gallai deimlo llygaid Carl a Diane yn rhythu arni'n chwilfrydig, yn ceisio dyfalu pam y byddai'r sarjant am siarad gyda hi. Anwybyddodd eu sibrwd a'u piffian chwerthin. Anadlodd yn ddwfn. Ond roedd ei nerfau'n rhacs wrth ddyfalu pam ei fod e am ei gweld. Efallai fod rhywun wedi cwyno amdana i, meddyliodd. Efallai fod Diane, neu rywun wedi bod yn cario clecs? Efallai fod pobl wedi ei gweld yn cusanu Joni y noson o'r blaen. Efallai fod y ddau ohonynt ar CCTV. *Drunk and disorderly …*

Ond wrth gamu i mewn i'w swyddfa, sylwodd fod gwên ar wyneb y sarjant.

'Right then, Kar-ees … Take a seat. I won't keep you long, I know that you have lots of reports to get through today. I just wanted to run something by you … How would you feel about helping me to organise a raid?'

'Me, sir?'

'Yes, you. Don't sound so surprised. I was very impressed with you a few weeks back. The way you handled the old man. Not an easy job, and you were a great help to Alex. Helped him keep his cool, 'cause he's a bit of a softy, deep down …'

Carthodd ei lwnc, cyn mynd yn ei flaen yn bwyllog.

'We've had a tip-off about some illegal immigrants working in the Chinese supermarket opposite the garage down the road. Loads of them – young Chinese men – living in really squalid conditions upstairs. It's slave labour, basically. We need to get in there, give them a bit of a fright, and arrest the owners – as discreetly as possible. Do you think you could do that?'

'Yes, of course, that would be … great, thank you very much.'

Ceisiodd Carys guddio ei gwên wrth gerdded yn ôl at ei desg. Pam ei fod e wedi gofyn i fi? Pam 'mod i wedi cael job mor bwysig? Mae'n rhaid ei fod e'n meddwl 'mod i'n olreit, meddyliodd. Mae'n rhaid ei fod e'n gweld rhywbeth ynof i. Rhyw allu neu sbarc neu rywbeth. Teimlodd lygaid Carl a Diane yn syllu arni'n ddisgwylgar, yn aros am esboniad, ond aeth heibio iddynt heb yngan gair. Byddent yn siŵr o ddechrau cega ar ôl clywed am ei thasg ddiweddaraf, a'i chyhuddo o lyfu tin.

Wrth adael y swyddfa am chwech, prin y gallai Carys deimlo'r boen yn ei phigwrn. Roedd hi'n byrlymu, yn llawn cynnwrf wrth feddwl am ei her newydd. Yn llawn balchder am i'r sarjant roi'r cyfrifoldeb iddi hi, a neb arall.

Drannoeth, er nad oedd yn dechrau gweithio tan chwech y nos, cododd Carys ben bore er mwyn mynd i Covent Garden. Roedd arni angen prynu anrheg ben-blwydd i'w thad, a phenderfynodd y byddai crwydro drwy'r farchnad honno, gyda'i stondinau amryliw a chyffro'r perfformwyr stryd, yn brofiad llawer mwy difyr ar ddiwrnod braf na thindroi o amgylch *mall* dienaid ei chymdogaeth. Ond ar ôl awr o stryffaglu dros y llawr cobls gyda'i phigwrn poenus, gan geisio osgoi torfeydd o dwristiaid llawn cleber, roedd wedi cael llond bol. Ar ben hynny, gwelodd Joni – o bawb – yn sefyll ger stondin ddillad ail-law, yn sipian cwpanaid mawr o goffi. Mewn dinas mor anferthol â Llundain, sut ar wyneb y ddaear y llwyddodd i daro ar yr ionc yna? Mewn panig, ceisiodd ymdoddi i ganol criw o fyfyrwyr o Ffrainc, cyn hercian i mewn i siop ddillad isaf. Yna, ar ôl gweld Joni'n cerdded i gyfeiriad yr orsaf diwb, daeth allan o'i chuddfan, gydag anadl ddofn o ryddhad.

Dechreuodd deimlo'n ddiamynedd wrth chwilio am yr anrheg. Nid oedd yn dasg hawdd. Be ma rhywun yn ei roi i ddyn diabetig, meddyliodd, heb beiriant DVDs, sydd ddim chwaith yn yfed nac yn hoffi chwaraeon? Ond yn y diwedd, mewn siop ddillad awyr agored, cafodd anrheg addas, sef sanau trwchus oedd yn dal dŵr, a het wlân dwym. Diflas, efallai, ac mae'n siŵr y gallai ei thad gael yr un peth am chwarter y pris yng Nghaerfyrddin. Ond byddai'n siŵr o'u defnyddio wrth ei waith pan ddeuai'r haf i ben. A doedd ganddi ddim amynedd bellach i chwilio am anrheg wreiddiol, ddiddorol, jyst-y-peth.

Ar ei thaith yn ôl i'r dwyrain ganol dydd, llwyddodd i fachu sedd ar y tiwb, rhwng merch benfelen yn ei harddegau, yn blastar o golur, a hen ŵr Indiaidd mewn twrban. Anadlodd yn ddwfn mewn rhyddhad, wrth ymostwng i'w sedd, a gorffwys ei phigwrn ar y llawr. Gofalodd beidio â chyffwrdd â'i chyd-deithwyr, nac i edrych i'w llygaid. Erbyn hyn, roedd yn gwbl gyfarwydd â chod ymddygiad y trên tanddaearol. Deallai na ddylai wenu ar neb, ac y dylai symud fel petai bloc o iâ o'i chwmpas. Dim 'helô', 'bore da' nac 'esgusodwch fi'. Dim ond edrych ar ei thraed, fel petaent yn bethau eithriadol o ddiddorol, neu ymgolli mewn llyfr neu bapur newydd.

Profiad cyffrous i Carys oedd teithio ar y tiwb pan symudodd i Lundain i ddechrau. Ond bellach, roedd ei newydd-deb wedi pylu, a griddfan trist yr injan yn codi'r felan arni. Teimlai fel petai ar ei phen ei hun yn llwyr yn y byd, er y byddai, yn anorfod, yn cael ei gwasgu gan gyrff teithwyr eraill, wrth i'r trên gyflymu neu aros yn annisgwyl ar ei daith drwy'r tywyllwch. Dyna pam y byddai'n mwynhau darllen nofelau Cymraeg ar y tiwb. Mewn awyrgylch mor annifyr, anghroesawgar, byddai clywed sŵn cyfarwydd ei hiaith yn atsain yn ei phen yn ei chysuro. Byddai'n ei chodi uwchben yr arogl chwys, yn uwch na'r curiadau techno o glustffonau'r teithiwr drws nesaf, a'r pecynnau sglodion ar y llawr. Byddai'r cyfan yn diflannu.

Ei mam oedd yn anfon y nofelau ati. Bob pythefnos, yn ddi-ffael, câi becyn bach taclus o'r Ynys gan Mrs Gwenda Jones. Nofel newydd, a chopi o *Golwg* neu'r *Cymro*. A nodyn yn dweud, *Rhywbeth bach i ti gofio amdanom gartre. Mami X.* Un tro, gofynnodd Carys am gopi o'r *Western Mail*, a nofel Saesneg i'w darllen, am newid. Digiodd ei mam. 'Beth yw'r pwynt ifi hala nofel Sisneg atat ti? Nagoes 'na ddigon o siope llyfre Sisneg yn Llunden?' oedd ei hateb chwyrn. 'Smo fi'n moyn i ti golli d'afael ar dy Gymrâg, a thithe wedi cael "A" yn dy Lefel A! Beth taset ti'n moyn job gyda Heddlu'r Gogledd?' Gwenodd Carys wrth gofio siars ei mam. Dyna fyddai ei chân o hyd, druan â hi. Byddai bob amser yn sôn yn obeithiol am swyddi i Carys 'nôl yng Nghymru. Er mor falch oedd hi o'i merch, a'i bywyd anturus yn Llundain, byddai ei chalon yn curo'n wyllt bron bob nos wrth wylio'r newyddion, a chlywed sôn am ddamwain neu ymosodiad angheuol yn y ddinas fawr ddrwg. Weithiau, deuai pwl o euogrwydd dros Carys wrth sylweddoli cymaint o boen meddwl yr achosai ei sefyllfa i'w mam. Ond ni fyddai'r pwl yn para'n hir. Er ei bod yn ysu weithiau am dawelwch ac awyr iach, ac i glywed pobl yn cyfarch ei gilydd yn Gymraeg, gwyddai y byddai tawelwch yr Ynys yn ei llethu o fewn dim o dro.

Gorffennodd Carys ei nofel. Roedd wedi cael tipyn o flas arni – stori am *serial killer* yng ngogledd Cymru – er bod y diweddglo braidd yn rhy amlwg, yn ei thyb hi, a hithau'n gyfarwydd iawn â'r *genre*. Dododd y llyfr yn ei bag, ac edrychodd ar y map tiwb uwchben y ffenestr. Dim ond dau stop ar ôl, diolch byth. Teimlai'r siwrne'n ddiddiwedd heddiw.

Wrth gerdded i fyny'r stryd at ei thŷ, gwridodd Carys wrth feddwl y byddai'n gweld Rhydian, fwy na thebyg, oherwydd nad oedd ganddo ddarlithoedd na gwaith ar brynhawn dydd Mercher. Nid oedd y ddau wedi siarad ers deuddydd – ers y noson allan a'r gusan gyda Joni. Paratôdd Carys ei hun at y tynnu coes a'r embaras anochel a'i hwynebai.

Yn y gegin, roedd Rhydian wrthi'n paratoi powlenaid o Super Noodles. Gwenodd arni'n ddireidus.

'Helô *pisshead*.'

'O, haia Rhyds. Ti'n iawn?...'

'Ydw, ond shwt wyt ti? Dyna'r cwestiwn. Shwt oedd dy ben di ddoe?'

'Wel, braidd yn dost.'Y mhigwrn i yw'r broblem. Fues i mas yn rhedeg bore ddoe, ac fe gwympais i jyst cyn troi mewn i'r stryd. Mae'n neud dolur uffernol.'

'Wel, falle bod isie i rywun roi tamed o faldod i ti ... Wy'n nabod rhywun fydde'n fwy na hapus i neud. Mae Joni wedi bod yn holi amdanat ti ...'

'Do fe?'

Ceisiodd Carys swnio'n ddidaro, ond roedd ei hwyneb yn fflamgoch. Trodd at y sinc er mwyn llenwi'r tegell.

'Fe wedodd e eich bod chi wedi cael tipyn o snog. *Passionate* iawn.'

'*Passionate*?! Dyna wedodd e, ife?' Chwarddodd Carys wrth gofio mor ddiflas a dideimlad oedd y gusan iddi hi.

'Gofynnodd e am dy rif ffôn di.'

'Paid â'i roi e iddo fe!'

'Pam? O'n i'n meddwl bod chi'ch dou'n dod mlân yn dda.'

'Wel, roedd hi'n noson dda … geson ni sbort … ond sa i'n siŵr os ydw i'n moyn bod yn fwy na ffrindie. O'n i'n feddw iawn pan gusanon ni.'

'O, cym on, Carys! Ma fe'n foi ffein! A galla i weud ei fod e wedi dwlu arnat ti! Pam na nei di adael iddo fe anfon tecst bach atat ti? Gallech chi gwrdd am ddrinc bach anffurfiol a mynd am dro i rywle.'

'Na …'

'Byddech chi'n neud cwpwl neis.'

'Na!'

Sylwodd Rhydian ar fflach o ddicter yn llygaid Carys, a thewodd. Gwyddai, o brofiad, fod tipyn o dymer yn llechu o dan ei hwyneb digyffro.

Yn nes ymlaen y noson honno, ar ddechrau ei shifft hwyr yn y gwaith, edrychodd Carys dros ei chyflwyniad ynglŷn â'r cyrch ar yr archfarchnad Tsieineaidd. Yna, aeth i'r brif swyddfa, yn barod i annerch ei chyd-weithwyr.

Wrth deimlo ei chrys yn glynu wrth ei chefn a'i chledrau'n chwysu, cofiodd am gystadlaethau siarad cyhoeddus y Ffermwyr Ifanc, a fu'n rhan mor bwysig o'i bywyd yn y chweched dosbarth. Yn sicr, roedd hi wedi magu tipyn o hyder ers hynny, ond roedd meddwl am sefyll a siarad o flaen cynulleidfa yn dal i achosi'r un llwnc sych a chwys oer. Clywodd ei chalon yn atsain yn ei phen – ba-dym, ba-dym, ba-dym – wrth gamu i flaen yr ystafell. Teimlodd lygaid pawb yn troi i edrych arni.

Carthodd ei llwnc sych, agorodd ei cheg, a dechreuodd siarad.

Deng munud oedd hyd ei chyflwyniad, ond teimlai'n fwy fel awr. Llygaid yn craffu arni. Tinc nerfus yn ei llais, a'i dwylo'n crynu wrth geisio nodi pwyntiau pwysig ar y bwrdd gwyn. Roedd hi'n siarad yn gyflym, ac yn fyr ei hanadl. Teimlai'n ymwybodol o bob 'r' roedd hi'n ei rholio, a phob ynganiad diamheuol o Gymreig. Arafodd a phwyllodd. Sylwodd fod y sarjant yn chwarae'n feddylgar â'i farf. Beth roedd hynny'n ei olygu? Oedd e'n hapus neu wedi syrffedu? Ni allai ddweud, ond roedd pawb arall fel petaent yn gwrando'n astud ar bob gair. Pawb heblaw Carl a Diane, a oedd yn piffian chwerthin ac yn pasio darnau o bapur i'w gilydd. Ond yna, o'r diwedd, daeth ei brawddeg olaf,

'*... and then, backup will arrive to arrest the proprietor.*'

'*If you ask me, they should just be shot – too many of them coming over here, taking over our country ...*' meddai Carl dan ei anadl, ond yn ddigon uchel i'r sarjant wgu a syllu ar y rhes gefn.

'*Thank you PC 580, well done. That was very clear and concise. On Friday, let's hope that the raid will run as smoothly as your presentation.*'

'Baaaa!'

'*Quiet in the back, please! Show some respect to PC 580. I'm very impressed with your work, well done.*'

Heb orfod troi i edrych, gwyddai Carys mai Carl a wnaeth y sŵn dafad. Ond doedd dim ots ganddi am hen jôcs plentynnaidd nawr. Roedd hi wedi gorffen ei chyflwyniad, heb wneud ffŵl ohoni ei hun. Roedd popeth yn iawn. Gydag anadl ddofn o ryddhad, aeth i eistedd wrth ochr Alex, gan ddal ei ffeil dan ei thrwyn i guddio'r wên falch a fynnai ledaenu ar draws ei hwyneb. Teimlai fod y cwmwl a fu uwch ei phen ers wythnosau wedi diflannu, wrth i ganmoliaeth y sarjant atseinio yn ei phen.

PENNOD 5

Am bedwar o'r gloch y bore, daeth y shifft nos i ben. Gan ddylyfu gên a rhwbio ei llygaid sych, ymlwybrodd Carys yn ofalus i lawr y grisiau i'r ystafell newid. Pwysodd ar y canllaw, i osgoi rhoi gormod o bwysau ar ei phigwrn wan, ond sylwodd nad oedd yn brifo hanner cymaint â'r diwrnod cynt. Ysgafnhaodd ei chamre wrth feddwl efallai y byddai modd iddi fynd yn ôl ar y bît ymhen diwrnod neu ddau.

Wrth estyn ei phethau o'i locer, sylwodd ar Jan, y cwnstabl newydd, yn twtio ei gwallt yn y drych. Merch ddu dalsyth oedd hi, a edrychai hyd yn oed yn dalach nag arfer yr eiliad honno, gyda'i gwallt yn rhydd, yn gwmwl o gyrls affro tyn o amgylch ei phen. Gwenodd Carys arni.

'*Alright?*'

'*Yeah ... It's been a long night. Went chasing some joyriders all over the place. Only looked about twelve, ... but I was here for your presentation. It was excellent.*'

'*Thanks.*'

Trodd Carys ei chefn arni am eiliad, er mwyn rhoi chwistrell dan ei cheseiliau ac i guddio'r gwrid ar ei hwyneb.

'*Going straight home now?*' holodd Jan yn ei llais ling-di-long, Caribiaidd.

'*Think so ... why?*'

'*Alex and me are going for an early breakfast somewhere if you fancy it ...*'

Wrth feddwl am y cypyrddau gwag a digalon yr olwg yn ei chegin, derbyniodd Carys y gwahoddiad yn frwd, a daeth dŵr i'w dannedd wrth feddwl am gael llond plataid o gig moch, wyau a selsig. Ar adegau fel hyn, pan allai gael unrhyw beth y dyheai amdano, hyd yn oed ar awr annaearol o'r bore, diolchai ei bod yn byw yn Llundain.

Gydag ychydig o siarad mân, cerddodd y ddwy i fyny'r grisiau at yr allanfa, lle safai Alex yn aros amdanynt yn amyneddgar. Yno hefyd yr oedd Diane a Carl, yn estyn eu cotiau oddi ar y bachau. Trodd Diane i wenu ar Carys a Jan.

'*Bye ladies. See you tomorrow. I like your hair like that, Jan.*' Gwenodd yn siriol ar y ddwy, a chofiodd Carys am yr hyn a ddywedodd wrthi rai dyddiau ynghynt.

'*You know Jan is only here 'cause she's black. She's far too young to be here. And she doesn't seem too bright either. Political correctness gone mad, if you ask me.*'
Hen ast ddauwynebog, meddyliodd.

'*Why don't you two join us for breakfast too?*' Suddodd calon Carys wrth weld Jan yn gwenu ar y ddau, yn gynnes a charedig.

'*Is Taffy coming?*' holodd Carl, gan godi ei ben am eiliad oddi wrth ei ffôn clyfar.

'*Yes I am,*' atebodd Carys, yn sych.

'*Well, in that case, I think I'll pass ... but thanks for the invitation,*' chwarddodd yn uchel, cyn troi i ddal y drws yn agored i Diane. '*See you guys tomorrow.*'

Llwyddodd Carys i wenu'n oerllyd arno, er bod ei gwaed yn byrlymu. Pam ar wyneb y ddaear roedd Carl yn mynnu tynnu arni o hyd? Anadlodd yn ddwfn a chyfri i ddeg, cyn camu allan i olau pwl y bore bach. Lapiodd ei chot yn dynnach amdani wrth deimlo ias yr oerfel ar ei chroen.

'Don't worry Carys. They're both just jealous,' meddai Jan yn dawel.

'The sarge obviously rates you,' ategodd Alex, *'We'll have a better time without them anyway ... horrible bastards.'* Yna, rhoddodd ei fraich o amgylch ei hysgwydd, a'i hebrwng yn foneddigaidd i gyfeiriad y caffi.

*

Ar ôl pum diwrnod o orffwys ei phigwrn, roedd hwyliau da ar Carys wrth grwydro'r strydoedd. Roedd hi'n rhydd o'r diwedd i adael waliau cyfyng y swyddfa a sŵn diflas y cloc yn tician, mor arffwysol o araf. Braf hefyd fyddai peidio â gweld cymaint ar Carl a Diane, a gorfod dioddef eu sylwadau dirmygus bob dydd.

Dihunodd y bore hwnnw â'i meddwl yn finiog a'i chorff yn llawn egni, yn barod i fynd. A chanmoliaeth y sarjant yn dal i atseinio yn ei meddwl, teimlai gynnwrf a brwdfrydedd ynglŷn â'i gwaith am y tro cyntaf ers wythnosau. Atgof annelwig oedd yr holl hunllefau fu'n ei phoenydio ers canfod corff Mr Peters. Efallai mai canlyniad y post mortem oedd i gyfrif am hynny, meddyliodd. Dangosodd fod Mr Peters wedi marw o achosion naturiol, felly fyddai dim rhaid i Carys ail-fyw'r prynhawn rhyfedd ac ofnadwy hwnnw mewn cwest. Falle, o'r diwedd, 'mod i'n iawn, meddyliodd. Falle bod y nerfusrwydd dwl wedi mynd, a'r pethau drwg wedi mynd mas o'n system i. Falle bod yr hen Carys yn ôl. Daeth gwên i'w hwyneb wrth glywed sŵn hypnotaidd y *dub* a lleisiau croch y stondinwyr. Cannoedd o bobl yn brysio ac yn baglu dros y pafin. Gwalltiau amryliw, twrbanau a hetiau – pawb yn symud ac yn gwau drwy'i gilydd fel morgrug. Meddyliodd Carys am ei hwythnosau cyntaf yn y swydd. Roedd hi newydd dreulio cyfnod maith gartref ar y fferm, ar ôl cwblhau ei hyfforddiant, a bu dychwelyd i Lundain yn dipyn o sioc i'r system. Mor anodd oedd delio â'r holl weiddi a gwthio a drewdod, a phopeth yn ymosod ar ei synhwyrau. Ond bellach, roedd hi wrth ei bodd gyda'r sŵn, y cynnwrf a'r lliwiau.

Jan oedd gyda hi'n gwmni y bore hwnnw. Roedd Carys yn edrych ymlaen at gael cyfle i ddod i'w hadnabod yn well. Ac eto … byddai'n well ganddi fod gydag Alex, er ei fod e braidd yn nerfus a gorsensitif ar adegau. Roedd yn gas gan Carys orfod cyfaddef hynny i'w hunan, ond byddai'n teimlo'n llawer saffach, rywsut, gyda dyn wrth ei hochr.

Wrth gamu i mewn i'r farchnad dan do, dechreuodd ei stumog riddfan. Ni chafodd frecwast cyn gadael y tŷ, gan iddi anghofio prynu bara a llaeth y diwrnod cynt, a chodi'n rhy hwyr i alw mewn siop ar y ffordd i'r gwaith. Nid oedd diben edrych yng nghwpwrdd bwyd Rhydian chwaith, gan ei fod yntau'n dilyn y deiet diweddaraf – deiet cawl bresych a berwr dŵr – er mwyn colli pwysau i gael gwaith fel model. Teimlodd Carys ei stumog wag yn corddi wrth feddwl am y llysnafedd gwyrdd mewn sosban ar y ffwrn, fel dŵr pwll hwyaid. Druan â Rhydian, meddyliodd. Byddai'n cymryd tipyn mwy na cholli hanner stôn iddo gael gwaith fel model, ac yntau'n ddim ond pum troedfedd, chwe modfedd. Llyncodd Carys ei phoer, ac edrych o'i chwmpas yn ofalus, i geisio peidio â meddwl am fwyd. Roedd hi yno i weithio, i gadw golwg am ddrwgweithredwyr, nid i stwffio bwyta. Ond byddai'n rhaid iddi gael rhywbeth. Roedd ei meddwl ar chwâl.

'Jan, do you mind if we stop for a bacon buttie? I'm starving.'

'You know what, I'm so glad you said that. I'm starving too.'

Gwenodd Jan a dechreuodd y ddwy ddilyn trywydd yr arogl cig moch. Heibio'r bagiau Luis Vuitton ffug, a'r stondin gig Archentaidd, nes cyrraedd Bob's Bacon Baps. Archebu brechdan yr un, chwistrellu digon o sôs coch, ac yna'u stwffio nhw i'n cegau heb ddweud gair. Tawelwch bodlon braf, wrth gnoi'r cig hallt a theimlo'r saim poeth yn twymo eu gwaed. Dyna welliant. Roedd Jan wedi ymgolli'n llwyr ym mhleser y foment honno, heb sylwi bod ffrwd fach o sôs coch yn llifo i lawr ei gên.

Whiiiiiiiiwwwww!

'What the ...'

Tarfodd sŵn chwiban uchel ar ddedwyddwch y ddwy. Llamodd calon Carys i'w gwddf. Gwyddai bellach mai arwydd oedd y sŵn hwnnw i rybuddio pobl fod yr heddlu yno. Sŵn siffrwd bagiau plastig, *trainers* rwber yn gwichian ar y pafin, ac ambell floedd a rheg wrth i ddyn mewn siaced goch wibio at yr allanfa, gan sathru ar bawb a phopeth yn y ffordd. Ond doedd dim diben mynd ar ei ôl. Roedd yn rhy hwyr. Hyrddiodd ei gorff i ganol y dorf, a chyn hir, nid oedd dim ond smotyn bach coch yn y golwg. Ac yna, diflannodd yn llwyr.

Murmur lleisiau. Y cynnwrf yn tawelu, a phobl ar eu gliniau ar y llawr, yn codi ffrwythau a llysiau i'w bagiau.

Sychu baw oddi ar eu pengliniau. Sythu hetiau. Edrychai rhai yn syn i gyfeiriad yr allanfa, lle dihangodd y dyn mewn siaced goch. Ond ni ddywedodd neb air. Aeth Carys a Jan ati i holi pobl – Welsoch chi ei wyneb? Tua faint oedd ei oed e? Beth oedd e'n ei wneud? Oedd e'n delio cyffuriau? Ydych chi wedi'i weld e yma o'r blaen? Ond doedd neb yn adnabod y dyn, nac yn gwybod beth oedd ei drosedd. Ochneidiodd Carys. Doedd dim diben gwastraffu amser yn holi rhagor o bobl. Roedd rhywun yn gwybod yn iawn pwy oedd e, ond feiddiai neb ddweud wrth yr heddlu.

A'r ddwy bellach yn teimlo'n fwy gwyliadwrus a nerfus, aethant yn eu blaenau at stondin gig fawr. Dyn bach crwn, chwyslyd a gwelw yr olwg a safai y tu ôl i'r cownter. Roedd ganddo graith hir ar ei foch, a sbectols trwchus yn gwasgu pont ei drwyn, gan chwyddo ei lygaid nes eu bod yn anferth ac yn grwn fel llygaid pysgodyn. Roedd ei drwyn yn goch, a sylwodd Carys fod ei ewinedd yn fudr. Teimlodd ei stumog yn troi. Roedd Jan hefyd yn edrych ar y stondinwr yn llawn chwilfrydedd. Gofynnodd dan ei hanadl, '*Isn't this the stall that sells bushmeat?*'

'*That's what I've heard. But I can't see anything dodgy today. Apart from the scrawny-looking lambs. My dad would be disgusted.*'

'*He's a butcher, is he?*'

'*No. A farmer. He's very proud of his lambs. They've won prizes at the Royal Welsh.*'

'*Oh. Good for him.*'

Gwenodd Jan arni'n betrusgar. Deallai, o weld gwên falch ei chyd-weithwraig, fod ennill gwobr yn y Royal

Welsh yn dipyn o gamp. Ond nid oedd ganddi syniad beth oedd y Royal Welsh. Oedd gan Gymru deulu brenhinol, felly? Ai dyna oedd dathliad y Royal Welsh? Daeth darlun i'w meddwl o frenin a brenhines, mewn coronau cennin Pedr, ac ŵyn bach gwyn yn prancio o'u hamgylch. Difarodd Carys wrth weld y dryswch yn llygaid Jan. I beth oedd eisiau iddi frolio am rywbeth mor ddwl? Ond cyn i'r tawelwch rhyngddynt droi'n lletchwith, cydiodd Jan yn ei braich.

'*Do you mind if we go this way? I … don't want to go down there.*'

Safai chwe bachgen du o'u blaenau, yn sgwrsio â pherchennog stondin gryno ddisgiau. Roeddent yn eu harddegau hwyr, a phob un yn gwisgo tracwisgoedd drudfawr yr olwg, a chapiau pêl fas am eu pennau.

'*Do you know those people?*'

'*Yes … well, one of them's my brother. We're not talking at the moment.*'

Tynnodd Jan bigyn ei het i lawr, a sythu ei thei yn nerfus.

'*Oh?*'

'*Yeah … it's a long story, but he … basically thinks I let the side down by joining the police.*'

'*What do you mean, let the side down?*'

'*He thinks I'm betraying my people … 'cause the police don't really have a good reputation round here with black people, do they? They …*' Cyn iddi orffen ei hateb, treiddiodd sgrech ddychrynllyd drwy'r dorf.

'*Help! Police! Get him! He's stolen my bag! Him over there, in the black coat!*'

Ond sylwodd Carys yn syth nad 'him' oedd y lleidr. Menyw oedd y lleidr. Menyw fach eiddil, â'i thraed yn edrych fel traed clown mewn pâr anferthol o Doc Martens, a chot ddu dyllog fel clogyn mawr amdani. Edrychodd Carys a Jan ar ei gilydd am chwarter eiliad, cyn rhuthro yn eu blaenau ar ei hôl, ar garlam. Trawodd eu traed goncrit caled y llawr, gan atsain o amgylch neuadd y farchnad.

'*Move out of the way! Out of the way! There's some coppers trying to catch a thief!*' Distawodd y siopwyr, yn syfrdan, cyn ymrannu a gadael bwlch clir i Carys a Jan redeg trwyddo. Clep-clep-clep, curiad eu traed, ac adrenalin yn gwthio eu coesau blinedig yn gynt ac yn gynt. Arafodd y ferch, a sylwodd Jan ei bod yn gloff, a'i chorff bach yn gwingo mewn poen wrth iddi ymladd am anadl.

'*We've nearly got her – just one last jump ...*'

Rhuthrodd y ddwy eto, yn gynt nag erioed. Ni wyddai'r fenyw ba ffordd i droi. Siglodd ei phen yn orffwyll o ochr i ochr, i chwilio am ddihangfa. Doedd dim gobaith iddi nawr. Roedd Carys a Jan bron â chau amdani. Gallent weld ei hwyneb esgyrnog, ei chroen llwydaidd, a gwactod rhyfedd yn ei llygaid coch. Ychydig gamau eto, a daeth ei drewdod sur i lenwi eu ffroenau.

'*Stop! You're under arrest!*' Cydiodd Jan yn ei harddwrn chwith, a gosododd Carys ei dwylo'n gadarn ar ei hysgwyddau. Gallai deimlo ei chorff bach gwan yn sigo wrth iddi bwyso arni, i'w dal a'i llonyddu.

'*Let go of me, let go of me, bitch, I ain't done nothing ...*'

Dechreuodd gynhyrfu a chynrhoni, fel dafad yn sownd mewn drain. Daliodd Carys hi'n dynnach, er mwyn i Jan osod gefynnau ar ei haddyrnau.

'*Stay still, please. It will make things a lot easier for*

all of us …' Siaradai Carys mewn llais tawel a phwyllog, ond ni lwyddodd hyn i'w thawelu. I'r gwrthwyneb, dechreuodd symud yn fwy ffyrnig a phenderfynol nag erioed. Ac yna, gydag un hyrddiad egnïol, trodd i wynebu Carys, nes bod ei hanadl ddrewllyd yn boeth ar ei hwyneb. Yna poen. Teimlodd waed cynnes yn ffrydio i lawr ei boch.

'Carys! Are you alright? Oh my god …'

Nid atebodd Carys. Roedd y peth mor annisgwyl. Mor ffyrnig a chiaidd. Gwenodd y fenyw arni, â'i dannedd yn goch gan waed.

PENNOD 6

Eisteddai Carys a Rhydian o flaen y teledu yn yr ystafell fyw, yn yfed eu trydedd baned o de y bore hwnnw.

'Ma hyn yn neis, yn dyw e – fi'n teimlo fel stiwdant 'to, yn fy mhyjamas am un ar ddeg y bore,' meddai Carys, gan sychu'r briwsion tost oddi ar ei gwefusau.

'O's rhaid i ti fynd i'r gwaith pnawn 'ma?' Diffoddodd Rhydian y teledu, a throdd i'w hwynebu, â golwg ddifrifol yn ei lygaid.

'Dwi ddim yn dachre tan dri. Bydda i'n iawn.'

'Dylet ti gymryd pnawn off. I ddod dros y peth.'

'Bydda i'n iawn, Rhyds, wir. Dim ond yn yr orsaf fydda i heddi, beth bynnag. Paid â ffysan. Sa i'n deall pam wyt ti'n trio fy nghael i aros gartre, ta beth. Ar ôl y busnes 'na 'da'r corff, ro't ti'n mynnu y dylwn i fynd 'nôl i'r gwaith.'

'Mae hyn yn wahanol. Fe wnaeth rhywun ymosod arnat ti. Gwneud dolur i ti. Ti'n lwcus nad oedd hi'n HIV positif neu rywbeth.'

'Hmmm.'

'Gallet ti fod wedi dala rhwbeth cas.'

'Wy'n gwybod, Rhyds.'

'Beth sy'n digwydd iddi hi, 'te? Y ferch nath hyn i ti? Neu'r anifail, ddylen i weud …'

'Ma hi yn y ddalfa nawr. Cyhuddiad o *Assault on a Police Officer in the Execution of his Duty* ac ABH. Roedd digon o dystion, felly dyle fe fod yn achos rhwydd. Er, sa i'n siŵr pa mor hir fydd hi mewn. Dyw hi ddim wedi gwneud rhywbeth fel hyn o'r blaen. Ac mae crwt bach dwy oed 'da hi.'

'Ffycin hel. Sdim gobaith i'r crwt bach 'na, gyda mam fel honna.'

'Wy jyst yn grac gyda'n hunan am dynnu fy sylw oddi arni hi am eiliad – a gadael iddi neud shwt beth i fi.'

'Paid â bod yn ddwl. Shwt faset ti 'di gallu rhagweld rhywbeth mor ofnadw?'

'Hmm. Ti'n iawn.'

Cymerodd Carys lymaid o'i the, gan osgoi edrych i'w lygaid pryderus. Yna cydiodd yn nheclyn rheoli'r peiriant DVD, a cheisiodd ymddwyn yn ddi-hid trwy glecian ei gefn ar agor ac ynghau.

'Wnei di stopio gwneud y sŵn 'na? Ti'n hala fi'n benwan.'

'Sori Rhyds. O'n i ddim yn sylweddoli 'mod i'n gwneud sŵn.'

'Mae'n OK.'

Dan wenu'n anesmwyth, cododd Carys o'r soffa, er mwyn clirio'r mygiau te a'r platiau.

'Wy ddim yn deall, Carys... '

'Beth? Beth dwyt ti ddim yn deall?'

'Wy ddim yn deall pam ma merch glefer fel ti, gyda 2:1 mewn Hanes, wedi dewis gneud jobyn mor ddanjerus mewn lle mor ofnadw...'

'Be ti'n feddwl "merch glefer"? Dyw hi ddim yn job i ferched! God, Rhydian, o'n i ddim yn gwybod bo' ti'n gymaint o secsist. Be ti'n meddwl ddylwn i neud? Bod yn ysgrifenyddes fach, ife? Gwisgo blowsen a sgert a neud te i bobl?'

'O, ffyc sêcs, Car, ti'n gwybod 'mod i ddim yn secsist!

Be wy'n trio dweud yw bod 'da ti job uffernol. Mae'n job uffernol i unrhyw un – i ddyn neu fenyw. Ma'r lle mae'n llawn nyters a ma Llunden yn ffycin twll.'

'Be ti'n neud yma,'te?'

'Wel ti'n gwybod pam mod i 'ma. Dyma ble ma'r cwrs drama gore, ontefe, a'r cyfleoedd i actio. Y West End. O'n i'n ffaelu peidio cymryd y cyfle. Ond wy'n gweud wrthot ti, fydda i mas o fan hyn cyn gynted â phosib, ar ôl graddio haf nesa … ond … ti … gyda dy frêns di a dy bersonolieth di – gallet ti gael jobyn da. Ti'n siarad Ffrangeg hefyd, nag y't ti?'

'Odw … Nagw … wel sa i'n gwybod. *Ro'n* i'n siarad yn itha da. Ges i "A" yn fy lefel A … ond sa i'n siŵr shwt siâp sy' ar fy Ffrangeg i nawr.'

'Wel ma lot o bethe gallet ti neud gyda iaith arall. Gallet ti gael jobyn yn y Cynulliad neu'r BBC falle, ac ennill *loads* o arian.'

'Ond bydde 'ny'n boring uffernol, on' bydde fe? Mae bywyd yn fyr, Rhyds, a wy am gael bach o brofiad ac ecseitment tra bo' fi'n ifanc. Beth sydd o'i le ar 'ny?'

Cerddodd Carys i mewn i'r gegin, a gosododd y llestri budr yn y sinc gyda chlep. Anadlodd yn ddwfn. Camodd yn ôl i'r ystafell fyw, heb edrych arno, a chyrlio'n ôl i'w man arferol ar y soffa.

'Falle bydde 'ny'n boring … ond o leia byddet ti'n gallu cysgu'r nos. A sa i'n credu byddai Aelodau Cynulliad a newyddiadurwyr yn dy gnoi di.'

Chwarddodd Carys gyda rhyddhad, wrth weld y sgwrs yn symud ar drywydd ysgafnach.

'Na, ti'n iawn … falle, pwy â wyr. Falle taw gwas sifil bach sych a diflas fydda i ryw ddydd.'

'Dere 'ma, Car. Galla i weld bo' ti 'di cael siglad. Ma dy ddwylo di'n crynu.'

'Wy'n iawn.'

'Edrych arna i.'

'Plis paid â ffysan.'

Ceisiodd Carys wenu, ond gallai Rhydian weld, o dan yr wyneb, ei bod yn gryndod i gyd.

'Dere 'ma. Os wyt ti'n benderfynol o fynd i'r gwaith, gad i fi roi *head massage* i ti. Gwneiff hynny dy ymlacio di a chael gwared ar y *stress*. Cym on. Ma angen i fi ymarfer ar rywun, neu bydda i'n anghofio popeth ddysges i yn y dosbarth nos.'

'OK. Os oes rhaid i ti. Unrhyw beth am damed o heddwch.'

'Reit, ishte fan hyn nawr, yn llonydd. Ymlacia.'

Roedd gwallt Carys yn dal yn wlyb ers iddi ei olchi ryw awr ynghynt. Yn dyner, cydiodd Rhydian yn y cudynnau a lynai wrth ei bochau, a'u symud y tu ôl i'w chlustiau, yn dawel, heb ddweud gair. Yna, teimlodd Carys ei fysedd yn cyffwrdd â'i gwar; bu'n rhaid iddi gau ei llygaid yn dynn wrth deimlo ias fach bleserus yn llithro i lawr ei chefn. Daeth ton fach o anesmwythyd drosti hefyd. Doedd cael ffrind yn cyffwrdd â hi fel hyn ddim yn iawn, rywsut, nag oedd?

'Shwt ma'r cwt, Rhyds? Shwt ma fe'n edrych? Ydy e'n ddwfwn? Ti'n meddwl ddylwn i fod wedi cael pwythe?'

'Na, paid poeni. Dyw e ddim yn ddwfwn iawn. Ma fe'n edrych lot gwell heddi nag oedd e neithiwr. Fydd 'da ti ddim craith am byth.'

'Ond mae Mam a Rhiannon yn dod i aros cyn bo' hir … fydd fy wyneb i'n well erbyn 'ny?'

'Ymmm, sa i'n siŵr. Jyst ymlacia nawr. Paid â siarad. Anadla'n ddwfwn, anghofia am bopeth sy'n dy boeni di. Meddylia am bethe neis.'

Anadlodd Carys yn ddwfn, a theimlodd guriad ei chalon yn arafu a thensiwn yn dechrau llifo o'i thalcen.

'Dyna ni ... Ti'n iawn?'

'Ydw, Rhyds. Diolch. Ma hyn yn lyfli.'

Symudodd ei fysedd i'w thalcen, a dechreuodd fwytho a thylino ei harleisiau. Suddodd Carys yn ddyfnach eto i gyflwr tawel, llonydd. Teimlodd ei chorff yn llaesu ac yn llacio, a'r cwlwm yn ei meddwl yn datod. Ac wrth i'r cwlwm ddatod a dechrau diflannu, daeth lwmp i'w gwddf.

'Bron â chwpla ... paid â symud eto. Anadla'n ddwfwn.'

'Diolch Rhyds.' Roedd llais Carys yn gryg, a dagrau'n dechrau llifo'n araf lawr ei bochau.

'Hei, beth sy'n bod? Smo ti'n llefen, wyt ti? Sori os yw hyn yn neud dolur. Wy'n trio bod yn garcus.'

'Na, fi sy'n bod yn sili.'

'Wedes i wrthot ti, fydd 'da ti ddim craith. Smo ti'n mynd i fod yn *scarred for life.* Ti'n edrych mor bert ag erio'd. Wir nawr.'

'Na, sdim ots 'da fi am 'ny. Sa i'n poeni nac yn teimlo'n drist – jyst yn teimlo'n hapus. Teimlo rhyddhad. Wy mor lwcus dy fod ti yma i ofalu amdana i, Rhyds ...'

'Paid â bod yn sofft. Be sy'n bod arnat ti? Ti'n blydi blismones! Smo ti fod i lefen am bethe fel hyn. Beth newn ni 'da ti, gwed? O, dere 'ma.'

Roedd top hwdi Rhydian yn esmwyth ar ei boch, a'i frest yn gynnes yn ei herbyn. Breichiau'n ei gwasgu'n dynn. Curiad calon yn ei chlust, yn rhythm cyson, cysurlon. Pob tamaid ohoni'n ymgolli ac anghofio. Ysgyfaint Rhydian yn agor a chau, agor a chau, a siffrwd tawel ei anadl yn esmwyth braf. Ni allai Carys gofio'r tro diwethaf iddi gael coflaid fel hon. Nid oedd ei chusan a'i chwtsh gyda Joni yn cyfrif, gan ei bod yn rhy feddw i deimlo dim byd ond anesmwythyd. Ond cwtsh go iawn oedd yr un yma gyda Rhydian.

Ysai Carys am gael aros yno, am bum munud arall. Heb symud, heb ddweud gair. Ond roedd yn rhaid iddi fynd. Gwaith yn galw.

'Mae'n rhaid i fi wisgo nawr, neu fydda i'n hwyr.'

''Na ni, 'te. Ti'n siŵr bo' ti'n iawn nawr? Fyddi di'n OK i fynd i'r gwaith?'

'Ydw, diolch Rhyds. Diolch am y cwtsh. Ro'dd hwnna'n lyfli. Wy'n teimlo lot gwell nawr. Yn barod i wynebu'r byd.'

'Wel cofia bo' fi 'ma, unrhyw bryd wyt ti isie cwtsh. Unrhyw bryd ... er, falle y bydde'n well 'da ti gael cwtsh gan Joni ...'

'Dim diolch, Rhyds.'

'Mae e'n dal i holi amdanat ti ...'

'Na, wir nawr Rhyds, does 'da fi ddim diddordeb. Ond diolch eto am y *massage*. Ti'n werth y byd.'

Gwenodd Carys, cyn camu'n dawel i fyny'r grisiau i'w hystafell.

*

'Come and help me with this brat for a minute, will ya?'

'Why can't you do it?'

'I'm having a fag, ain't I?'

Gwyliodd Carys ei chymdoges yn straffaglu i roi ei babi yn ei sedd yn y car, gan chwythu cymylau o fwg sigarét o'i thrwyn. O'r diwedd, ymddangosodd ei gŵr lliprynnaidd, mewn sliperi Homer Simpson anferth. Gwgodd y ddau ar ei gilydd, a chymerodd y gŵr y babi o'i breichiau, yn anfoddog. Gwenodd y 'brat' yn angylaidd. Trodd Carys ei phen rhag iddynt ei gweld yn chwerthin, a dechreuodd gerdded yn bwrpasol i gyfeiriad y caffi ar waelod y stryd. Lapiodd ei chardigan yn dynnach amdani a phlethodd ei breichiau, wrth deimlo awel fain yn goglais ei gwar. Roedd gwres yr hydref wedi ennill tir yn dawel fach, heb iddi sylwi. Clywodd ei stumog wag yn ochneidio. Am y trydydd tro yr wythnos honno, roedd wedi dihuno ganol prynhawn ar ôl shifft nos, a sylweddoli'n siomedig fod ei chypyrddau bwyd yn wag. Bellach, a hithau'n bedwar o'r gloch, roedd ei chwant am fwyd yn anioddefol. Roedd arni eisiau rhywbeth mawr, seimllyd ac afiach i lenwi'r gwactod anferthol yn ei bol – y funud honno. Gwyddai y dylai gael rhywbeth iach. Rhywfaint o lysiau, neu salad efallai. Ac eto … penderfynodd ei bod yn haeddu bwyta rwtsh ar ôl noson galed o waith. Maria's Special All Day Breakfast amdani.

Gosododd Carys ei hun mewn sedd simsan yng nghornel bellaf y caffi, y tu ôl i blanhigyn trofannol plastig. Trwy ei ddail gwyrdd llachar, gallai gael golwg lled dda ar y cwsmeriaid eraill, heb i neb gymryd sylw ohoni. Roedd Carys yn mwynhau gwylio pobl. Teimlai ychydig fel ei mam-gu, yn sbecian ar bobl y pentref trwy ei llenni lês. Efallai mai ganddi hi y cafodd ei natur fusneslyd, meddyliodd.

Sylwodd fod staeniau ar grys melyn yr hen ŵr

ar y bwrdd o'i blaen, a oedd yn syllu'n ddifrifol ar dudalennau'r *Sun*. Sôs brown? Neu waed wedi sychu? Gwaed, fwy na thebyg, meddyliodd, o weld toriad dwfn ar ei law. Caeodd ei llygaid, wrth deimlo ei stumog yn troi.

'*Special all day breakfast?*'

'*Yes please. Thank you.*'

Gosododd Maria blataid gorlwythog o'i blaen, a'i gynnwys seimllyd yn sgleinio dan stribed llachar y golau. Cymerodd gegaid yn awchus, cyn troi ei phen at y drws. Yno, safai dyn du tal a golygus, mewn jîns llac. Roedd yn gwthio bygi, ac ynddo efeilliaid bach – dwy ferch fach ddu, tua dwy oed, yn gwisgo ffrogiau pinc union yr un fath. Roedd eu gwalltiau wedi'u plethu'n rhychau tyn ar eu pennau, â chlustdlysau bach aur yn eu llabedau. Wrth i'w tad archebu dau sudd afal a *latte* i fynd allan, sylwodd y ddwy ar Carys, ynghudd y tu ôl i'r planhigyn mawr. Rhythodd y ddwy arni. Rhythu yn llawn chwilfrydedd, gyda'u llygaid tywyll, llonydd. Gwenodd Carys arnynt, a thynnu ei thafod. Chwarddodd y ddwy, gan lenwi'r caffi â'u sŵn byrlymus. '*What are you two laughing at?*' meddai eu tad wrth dalu am eu diodydd, cyn troi ei ben i weld Carys yn chwarae pi-po â'i blant, y tu ôl i goesyn trwchus y planhigyn. Gwenodd arni.

'*Looks like you've made some new friends,*' meddai, gan wthio'r bygi allan o'r caffi. Chwifiodd yr efeilliaid ar Carys, â golwg drist yn eu llygaid wrth sylweddoli fod eu gêm fach wedi dod i ben.

Teimlodd Carys don o gynhesrwydd yn llifo drosti. Gwenodd. Doedd hynny erioed wedi digwydd iddi o'r blaen. Doedd hi erioed wedi teimlo cyswllt rhyngddi a phlant. Doedden nhw ddim yn cymryd ati fel arfer, ac fe deimlai Carys braidd yn lletchwith ac yn stiff o'u cwmpas. Byddai rhai plant, fel merch fach Louise, ei chyfnither, yn holi cwestiynau'n ddi-baid. Pam pam pam o hyd. 'Pam mae gwallt coch gyda ti? Pam smo ti'n hoffi moron?' – ac yn edrych arni fel petai'n dwpsen wrth iddi fethu dweud dim heblaw 'sa i'n gwybod'. Roedd yn llawer gwell ganddi ddelio ag anifeiliaid. Roedden nhw'n haws eu deall, rywsut. Ond roedd yr efeilliaid bach yna'n sicr wedi cymryd ati.

Cymerodd Carys gegaid arall o'i bwyd, a chnoi'r selsig yn araf, freuddwydiol. *God*, be sy'n bod arna i? meddyliodd. Pam mod i mor hapus am hyn? Am ddim byd ond gwneud i ddwy ferch fach chwerthin? Ife dyma beth yw teimlo'n 'broody'? Dydw i ddim yn mynd yn 'broody', ydw i? Ydy'r blydi *biological clock* yn tician, fel bydde cylchgronau Lleucu'n ei alw fe? Ceisiodd Carys waredu'r syniad o'i meddwl, trwy droi tudalennau'r *Evening Standard* yn ddiamynedd. Doedd dim byd gwerth ei ddarllen ynddo, a hithau wedi cael llond bol ar straeon am blant sêr roc yn camfihafio, a byddigions yn eu cartrefi crand yn Mayfair. Symudodd y papur o'r golwg a throi yn ôl at ei brecwast, a'i rofio'n awchus i'w cheg. Ymlaciodd, a gadawodd i'w meddwl grwydro 'nôl i'r oriau mân, a'r cyrch ar y siop Tsieineaidd, yr holl densiwn, yr ofn, a'r nerfau rhacs. Ond gweithiodd ei chynllun i'r dim.

Aeth deg ohonynt – tri swyddog ymfudo a saith swyddog heddlu – i mewn i'r siop am bump y bore. Chwalu'r cloeon, a rhuthro'n syth i fyny'r grisiau, heb ddweud gair. Rhyw fath o delepathi rhyfedd yn cysylltu'r deg fel nad oedd angen trafod y camau nesaf. Roedd pawb yn cydweithio a chydsymud yn berffaith, fel petaent mewn dawns. A dyna lle'r oedd saith llanc Tsieineaidd yn rhuthro'n ddryslyd-drwsgl o le i le. Hen arogl tamp yn llenwi'r stafell. Eu lleisiau'n llawn panig wrth geisio casglu eu pethau ynghyd, a chysgodion o dan eu llygaid cysglyd. Roedd rhai yn gwisgo pyjamas, a hongiai yn llac dros eu cyrff esgyrnog. Gwisgai eraill hen siwmperi gwlanog, â'u dannedd yn rhincian yn oerfel yr oriau mân.

'*We are legal, we are legal! Don't arrest us, we don't do anything!*' ymbiliodd un ohonynt, mewn llais cryg. Roedd y lleill yn fud. Safent yn stond, heblaw am un bachgen eiddil oedd yn crymu ac yn siglo wrth besychu'n ddi-baid, â'i ysgyfaint yn sgrechian. Nid oedd diben ceisio dianc. Roedd yr heddlu wedi'u hamgylchynu'n llwyr.

Ni cheisiodd Mr Chang wadu'r cyhuddiadau yn ei erbyn. Ar ôl pythefnos o wylio, holi a chlustfeinio o gwmpas y lle, roedd Carys a'i chyd-weithwyr wedi casglu hen ddigon o dystiolaeth yn ei erbyn. Daeth Carys i ddeall fod Mr Chang yn cydweithio â gang o Beijing i ddod â phobl i mewn i'r wlad yn anghyfreithlon. Ar ôl iddynt gyrraedd – wedi taith hir, beryglus ac enbyd o anghysurus – rhoddai waith iddynt yn ei fusnesau ar draws dwyrain Llundain.

Roedd y dynion ifanc hyn yn gweithio bron i ddeunaw awr y dydd yn y siop a'r bwyty drws nesaf iddi. Nhw oedd yn gweithio'r tiliau, llenwi'r silffoedd a sgwrio'r lloriau. Nhw hefyd oedd yn gweini ar gwsmeriaid, yn golchi llestri, a thorri llysiau a dosbarthu prydau. Roedden nhw'n gwneud popeth. Ac am eu holl waith caled, caent ddim ond punt yr awr – a llety mewn ystafell uwchben y siop. Ystafell fach, yn llawn arogl chwys a phydredd, heb wres na chelficyn o fath yn y byd. Nid oedd ganddynt fàth na chawod, dim ond sinc brwnt a thoiled heb sedd. Blancedi a chynfasau tenau ar lawr oedd eu gwely digysur. A Mr Chang yn gyrru o le i le mewn Ferrari coch.

Daeth wyneb un o'r bechgyn i feddwl Carys. Ni allai gael gwared ohono o'i meddwl. Roedd e yno nawr, yn gwbl glir, wrth iddi gau ei llygaid. Wyneb tenau'r bachgen a safai yng nghornel yr ystafell, yn cydio'n dynn yn ei flanced, fel petai arno ofn i'r heddlu gipio'r flanced oddi wrtho. Roedd yn amlwg na ddeallai beth oedd yn digwydd o'i gwmpas, er gwaethaf ymdrechion y llanc wrth ei ymyl i gyfieithu gorchmynion yr heddlu. Ni symudodd fodfedd wrth i'r lleill gasglu eu pethau, yn barod i ddod i'r ddalfa. Roedd ei lygaid yn bell, a'i fwstash ysgafn yn crynu wrth i'w wefus droi i lawr, fel petai ar fin dechrau wylo. Mwstash meddal, fel oedd gan rai o'r bechgyn yn nosbarth Carys, pan oedden nhw ym mlwyddyn deg. Ymgais i edrych fel dyn. Ond roedd y bachgen hwn yn bell o fod yn ddyn. Roedd cylch o blorod o gwmpas ei drwyn, a'i ddillad fodfeddi'n llawer rhy fyr i'w ffrâm hir, onglog. Plentyn oedd e. Ni allai fod yn hŷn na phedair ar ddeg. Beth oedd e'n ei wneud yma, mewn twll o le yn nwyrain Llundain, mor bell o'i gartref? Ble roedd ei rieni?

Daeth lwmp mawr i wddf Carys. Lwmp mawr o ddiflastod, ac ni allai orffen ei brecwast. Roedd golwg afiach, annaturiol ar felyn llachar y melynwy, a blas y saim yn chwerw yn ei cheg. Teimlai fel petai wedi llyncu bricsen. Ceisiodd ysgwyd y teimlad anniddig o'i chorff. Beth oedd yn bod arni? Dylai fod yn hapus nawr. Roedd hi wedi gwneud rhywbeth o werth. Roedd hi wedi helpu pobl a oedd yn cael eu cam-drin. Roedd dyn drwg wedi cael ei ddal, a byddai'n cael ei gosbi. Aeth popeth fel watsh. Chafodd neb ei frifo, ac roedd hi unwaith eto wedi creu argraff dda iawn ar y sarjant.

Ceisiodd feddwl am ganmoliaeth y sarjant. Ailadroddodd ei eiriau balch yn ei phen. Ond ni allai anghofio'r bachgen. Ni allai anghofio'r braw yn ei lygaid wrth iddi ei hebrwng allan o'r siop, a'i gorff yn gryndod i gyd.

PENNOD 7

'Look who's coming – it's Taffy. Let's hope her big head fits through the door!'

Ochneidiodd Carys, ac aeth yn syth yn ei blaen, heb geisio ymateb i dynnu coes plentynnaidd Carl a Diane.

'Good morning.' Cerddodd at ei locer, gan esgus darllen neges ar ei ffôn symudol.

'Oh, she's speaking to us! Wow, we're honoured! The sarge's golden girl is actually speaking to us!'

Ochneidiodd Carys eto, a chyfrif i ddeg, ond ni allai ffrwyno'r dicter oedd yn corddi yn ei pherfedd. Ni chawsai lawer o gwsg y noson cynt, ac roedd ei hamynedd yn brin.

'Stop being so bloody childish, will you?'

Syllodd y ddau arni'n syfrdan. Doedd Carys ddim yn un i godi ei llais.

'Temper, temper – no need to get so wound up. Just a little joke, Taffy dear ... or should we call you Scarface now?'

'Ha ha, nice one, Carl.'

Teimlodd Carys ei hwyneb yn cochi, a'r croen tyner o gwmpas ei chraith yn llosgi. Y bastard. Yn reddfol, cododd ei llaw at ei boch, i guddio'r graith. Roedd dagrau'n pigo cefn ei llygaid.

'That's not funny, Carl. I could've been seriously injured that day. She was a nutter. She's gonna be jailed for this.'

'Oh piss off then, you boring fart, if you can't take a joke. Why don't you go off and find your new best friend? Where's Jan today?'

'None of your business.'

'Oh, charming! But seriously, Taff, be careful there, I'm tellin' you.'

'Yes,' ategodd Diane, â golwg ddifrifol yn ei llygaid. *'I'm serious. I'm not being racist or nuthin, but I've heard bad things about her family. Her brother's in a gang. So why would she become a police officer? I reckon she's involved with somethin well dodgy.'*

'Shut up,will you? You are *being racist. I'm not going to waste more time talking to you.'*

Trodd Carys ei chefn ar y ddau, a chamu'n benderfynol at y gegin. Ysgwyddau 'nôl a chamau hyderus, i guddio'r cryndod yn ei dwylo.

Eisteddodd ar y fainc gyferbyn â'i locer, i ddadwisgo. Roedd teils y llawr yn oer braf ar ei thraed noeth, a'r ystafell wag yn dawel a heddychlon. Teimlodd ei chalon yn arafu ac yn pwyllo. Anadlodd yn ddwfn. Gwenodd. Roedd hi'n hen bryd iddi ateb yn ôl, yn lle ceisio anwybyddu Carl a Diane a'u cecran parhaus. Roedd hi wedi bod yn llawer rhy amyneddgar – ac i beth? Roedd yn amlwg nad oeddent am ei thrin â pharch, beth bynnag a wnâi.

Ar ôl gwisgo ei hiwnifform a thwtio ei gwallt, aeth i fyny'r grisiau i'r gegin. Roedd amser iddi gael paned gyflym cyn dechrau ei shifft. Gwnaeth goffi du iddi hi ei hun, gyda digon o siwgr. Wrth sipian yr hylif siwgwrllyd, teimlai'n falch ei bod wedi ateb Carl a Diane yn ôl, a'i bod hefyd wedi amddiffyn Jan. Roedd angen i rywun wneud hynny. Roedd hi'n gwbl annheg fod Carl a Diane wedi cymryd yn ei herbyn, a'u bod nhw'n lledu hen straeon maleisus amdani.

Camodd i mewn i'r brif swyddfa, yn barod i glywed briff y sarjant. Ym mhen pellaf yr ystafell, gwelodd Jan yn eistedd wrth ymyl Alex, a'i gwallt affro yn gwneud iddi edrych ryw droedfedd yn dalach nag ef. Chwifiodd Jan, dan wenu'n arni. Gwenodd Carys yn ôl, a theimlodd don o gynhesrwydd wrth nesu tuag ati. Roedd hi wedi dod yn eithaf hoff o Jan dros yr wythnosau diwethaf, ers yr ymosodiad yn y farchnad. Gwelodd ochr arall iddi'r diwrnod hwnnw – ochr ddwys a meddylgar. Cofiodd mor dyner y cydiodd Jan yn ei braich, er mwyn ei harwain yn ofalus i'r orsaf. Meddyliodd am ei llais, yn siarad yn dawel a chysurlon yr holl ffordd yno. Roedd Alex yn ffrind da, meddyliodd, ond roedd cyfeillgarwch merch yn wahanol.

Wrth eistedd yn y sedd agosaf at Jan, teimlodd yn chwithig, am eiliad, wrth feddwl mai hi oedd y person du cyntaf iddi ddod i'w adnabod. Ni allai Carys feddwl am unrhyw berson du yn ei phentref, heblaw'r Brymi a weithiai yn y garej, a doedd hi erioed wedi siarad rhyw lawer â fe. Cofiodd am ferch Indiaidd yn ei hysgol gynradd, ond dim ond am flwyddyn y bu hi yno. Allai hi ddim hyd yn oed gofio ei henw.

*

'Beth sy'n bod arnat ti? Ma rhywun yn hapus iawn heddi …'

Edrychodd Rhydian ar Carys, dan wenu'n gam. Gwridodd Carys. Ni chlywodd mohono'n dod i mewn i'r fflat, a hithau'n morio canu wrth sgwrio'r bàth.

'O ... ym, jyst meddwl bod hi'n bryd glanhau'r bathrwm ... ac mae'n hen bryd i fi ddechre helpu o gwmpas y lle 'ma.'

'Chwarae teg i ti. Wy'n ffindo bod canu'n help, hefyd, wrth wneud jobs bach diflas ... er, dwi ddim yn siŵr fyddwn i'n galw hynna'n ganu ...'

'Hei, caea dy geg. O'n i'n meddwl dy fod ti'n gweithio heno, ta beth?'

'Wedi newid shifft 'da rhywun sy fel arfer yn gweithio nos Wener. Felly, fi'n mynd mas heno am gwpwl o ddrincs ...'

'O, gyda phwy? Joni?'

'Nage ... ym, wel, neb ti'n ei nabod ... ffrind o'r coleg ...'

Bu saib lletchwith rhwng y ddau am rai eiliadau. Roedd Carys ar dân eisiau holi mwy am y 'ffrind'. Bachgen neu ferch oedd y ffrind? Ac a oedd e neu hi yn fwy na ffrind? Ond ni theimlai fod ganddi hawl i fusnesu. Fyddai Rhydian byth yn sôn am ei fywyd carwriaethol, er mor ddwfn a dwys oedd ei sgyrsiau gyda Carys ar brydiau. Ni chlywodd e erioed yn crybwyll cariadon, nac unrhyw un a oedd wedi mynd â'i fryd. Nid oedd chwaith wedi dweud ei fod yn hoyw – Carys oedd yn credu hynny, gan ei fod yn arddangos yr holl 'arwyddion' yn ei thyb hi. Felly byddai'n rhaid aros tan i Rhydian godi'r mater ei hunan – er bod ei chwilfrydedd bron â mynd yn drech na hi ar brydiau.

'Pam wyt ti mor hapus, beth bynnag?'

Rhydian ddaeth â'r saib i ben.

'Mm, beth?'

'Wel, smo ti fel arfer yn canu fel hyn o gwmpas y lle. Diwrnod da yn y gwaith, ife?'

'Ie, fel mae'n digwydd. Galwodd y sarj fi mewn i'w weld e ar ddiwedd y dydd. Roedd e'n hapus iawn gyda'r *raid* ar y siop *Chinese* … ac fe wnaeth o bwynt o ddod i ddweud wrtha i heddi – o flaen Carl a Diane.'

'Wel, da iawn ti, PC Plod!'

'Diolch, diolch yn fawr. Ta beth – ti'n cofio bod Mam a Rhiannon lawr yn Llunden y penwythnos 'ma?'

'Wrth gwrs! Odych chi wedi cael tocynne i'r *matinée* pnawn dydd Sadwrn?'

'Ydyn. Fyddi di'n gallu dod mas gyda ni am fwyd wedyn, ar ôl iti orffen gweithio?'

'Bydda, bydda. Wy'n disgwyl mlân. Dwi heb weld dy fam a Rhiannon ers ache.'

'Grêt.'

Tynnodd Carys ei menig rwber, ac edrychodd yn falch ar y bath claerwyn, disglair. Efallai y dylai hi geisio gwneud hyn yn amlach. Roedd hi'n braf cael tipyn o drefn weithiau, meddyliodd, wrth adael yr ystafell ymolchi, â'i harogl cemegol, glân.

*

Roedd y trên o Gaerfyrddin wedi cyrraedd Paddington, a Carys yn aros yn eiddgar y tu ôl i ffin y peiriannau casglu tocynnau. Craffodd ar y dorf a gamai'n nes tuag ati bob eiliad. Menywod yn camu'n frysiog gyda'u cesys troli twt. Dynion mewn siwtiau pinstreip yn bloeddio i'w ffonau symudol. Rhieni bochgoch yn gwthio bygis, yn awchu am awyr iach ar ôl cael eu siglo a'u gwasgu yng ngherbyd gorlawn y teuluoedd. Staeniau siocled, Ribena a dagrau yn drwch dros eu plant. Yna, cafodd Carys gip ar fenyw fach dwt mewn cot frown, a merch dal wrth ei hochr. Ai dyna Mam? Ai Gwenda fach yw honna? Craffodd eto. Ie, dyna nhw. Mam a Rhiannon. Wedi cyrraedd yn saff. Fe'u gwelodd nawr yn gliriach – ei mam yn cerdded yn ofalus yn ei hesgidiau gorau a'i chamau'n fân ac yn fuan, gan lusgo ei ches mawr trwsgl ar ei hôl. Cerddediad cwbl wahanol oedd gan Rhiannon. Roedd hi fel petai'n llithro yn ei blaen ar ei chymalau hir, gosgeiddig. Wrth i wynebau'r ddwy ddod yn gliriach, gallai Carys weld bod ei mam yn gwisgo minlliw. Fyddai hi byth fel arfer yn gwisgo colur – 'I beth mae isie i fenyw yn fy oed i drafferthu 'da hen stwff fel 'na', fyddai ei dadl, wrth i Rhiannon geisio ei hannog i ymbincio cyn mynd allan i siopa. Ond byddai bob amser yn teimlo rheidrwydd i wneud ymdrech arbennig pan ddeuai i Lundain, ac yn twrio i waelodion llychlyd ei hen fag colur i nôl ei hunig lipstic, a oedd bron yr un oed â Carys.

Cyflymodd camau Gwenda wrth sylwi ar Carys yn sefyll wrth ochr piler mawr yn y pellter. Ymledodd gwên fawr dros ei gwefusau *coral pink*, a dechreuodd chwifio'n wyllt.

'Carys! Carys! Ni yma! Cŵŵŵ-iii!'

Atseiniodd ei bloedd dros bob man, yn uwch na sŵn y cyhoeddiadau a sŵn traed y cannoedd o newydd-ddyfodiaid eraill yn Paddington. Gwenodd Carys. Rai blynyddoedd yn ôl, byddai wedi teimlo cywilydd ofnadwy petai ei mam wedi tynnu sylw ati'i hun fel yna, o flaen torf o bobl. Cofiodd hefyd gymaint yr arferai gasáu cot frown ei mam – hen got o'r saithdegau, gyda choler fawr a belt llydan o gwmpas y canol. Cofiodd am y cywilydd a deimlai pan fyddai ei mam yn dod i'w chasglu o'r ysgol, yn gwisgo'r got honno, a'i gwallt yn cyrlio'n dynn yn y glaw mân. I Carys, edrychai Gwenda'n llawer hŷn na mamau ffasiynol Catrin a Luned, ei ffrindiau pennaf yn yr ysgol. Jîns *designer* a *puffa jackets* oedd iwnifform arferol eu mamau hwy, a byddent yn cyrraedd mewn jîps sgleiniog, ymwthgar – er mai pobl y dref oedden nhw, yn mynnu nôl eu plant er y gallent fynd yn rhwydd ar y bws ysgol. Meddyliodd Carys am sylw a wnaeth Luned un tro: 'Mae dy fam yn edrych fel *typical* gwraig fferm, on'd yw hi? Do's 'da hi ddim lot o ddiddordeb mewn ffasiwn, *I suppose.* Wel, sdim pwynt pan chi'n byw yn ganol unman, o's e?' Cofiodd am yr emosiwn a lifodd drosti wrth deimlo brath y geiriau. Teimlai fel petai wedi cael ei gwasgu'n fach fach, nes ei bod yn ddim ond gronyn bach ar y llawr. Ond hefyd, teimlai ryw ddicter ffyrnig at Luned, am feiddio bod mor ddilornus o'i mam. Ei mam annwyl, gariadus, a wnaeth ddim drwg i neb erioed. Llamodd stumog Carys. Dim ond ychydig droedfeddi i ffwrdd oedd ei mam a'i chwaer. Edrychodd ar y ddwy. Rhiannon yn twtio ei gwallt, Gwenda'n ceisio gwthio ei thocyn i'r peiriant casglu tocynnau.

'Chi wedi ei roi e'r ffordd rong, Mam,' meddai Rhiannon yn gwynfanllyd, gan gipio'r tocyn yn ddiamynedd o'i llaw, a'i osod yn y man cywir.

'Sori, bach. Smo fi wedi iwso un o'r rhain o'r blaen.'

Ochneidiodd Rhiannon yn ddiamynedd, wrth i'r clwydi agor o'u blaenau. Gwenodd Gwenda wrth gamu trwyddynt, ac am y tro cyntaf, bron, sylwodd Carys mor llyfn oedd ei hwyneb crwn, pert, er ei bod allan bob dydd yng ngwyntoedd didrugaredd y gorllewin. Sylwodd hefyd ar y gyrlen a ddawnsiai ar ei thalcen, er bod Rhiannon, mae'n siŵr, wedi bod wrthi'n ddyfal yn ceisio dofi gwallt ei mam gyda'i *straighteners*.

'Helô, Carys fach!'

Gwthiodd Gwenda yn ei blaen gyda'i ches anhylaw drwy'r llifeiriant o deithwyr, â'i bochau'n fflamgoch. Ni chynigiodd Rhiannon ei helpu, sylwodd Carys yn ddig. Typical Rhiannon, meddyliodd, yn symud yn ei blaen gyda'i phig yn yr awyr, fel rhyw estrys mawr, yn meddwl am neb ond hi ei hunan.

Serch hynny, estynnodd Carys ei breichiau at Rhiannon, ac wrth roi coflaid iddi, teimlodd ymyl esgyrnog ysgwydd ei chwaer yn galed yn erbyn ei brest.

'Ti'n iawn, Rhiannon?'

'Ydw, fi'n olreit. Falch o gyrraedd. Ro'dd y siwrne'n uffernol. Plant yn sgrechen yr holl ffordd, er bod ni i fod yn y *quiet carriage*.'

Lapiodd Gwenda ei breichiau o gwmpas Carys, a'i gwasgu'n dynn, dynn nes bod ei breichiau bron â'i mygu, ac ymyl ffwr ei choler yn goglais ei hwyneb.

'Carys! O, Carys fach! Beth ddigwyddodd i ti, gwed?'

Rhewodd Carys. Roedd hi wedi anghofio'n llwyr am ôl y cnoad ar ei boch. Yr hanner lleuad coch, a fynnai aros yn y golwg, er iddi fenthyg colur arbenigol gan Rhydian – *foundation* trwchus a wisgai i actio ar lwyfan. Ond wrth gwrs, dyna oedd y peth cyntaf a welodd llygaid craff Gwenda Jones.

'O ... jyst ... damwain yn y gwaith.'

'Damwain? Ma fe'n disgwyl fel tase cylleth neu

rywbeth siarp wedi torri mewn i dy foch di … o'dd e'n ddwfwn?'

'Wel, o'dd, ro'dd e'n ddwfwn, ond do'dd dim isie i fi ga'l pwythe. Jyst … ymyl drws wnaeth fwrw mewn i 'moch i.'

Daeth cryndod i'w llais wrth geisio swnio'n ysgafn a didaro. Roedd yn gas ganddi ddweud celwydd, yn enwedig wrth ei mam.

'Ymyl drws? Ym mhle?'

'Wel sdim ots am 'ny nawr, Mam. Gadewch i fi helpu 'da'r bag – ma fe'n pwyso tunnell! Dim ond am benwythnos y'ch chi'n aros, ife?'

'O, ma 'na bethe bach i ti ynddo fe. Cwpwl o lyfre, jam mwyar duon, a pice bach gan Anti Dora … ble'r y'n ni'n mynd nawr? Ma hi'n fishi 'ma, bydde dy dad yn cael ffit!'

'Bydde – mae Abertawe'n rhy fishi iddo fe, heb sôn am Lunden.' Chwarddodd Carys wrth ddychmygu ei thad yng nghanol bwrlwm Paddington, yn cael ei wthio a'i dynnu bob ffordd gan y dorf. Yn chwysu chwartiau yn ei gap stabl a'i esgidiau glaw, yn edrych yn syfrdan ar ddisgleirdeb y nenfwd gwydrog a'r waliau melynwyn o'i gwmpas. Wrth gwrs, ni fyddai'n gwisgo'r dillad hynny i ddod i Lundain, ymresymodd. Ond roedd yn anodd i Carys ddychmygu ei thad yn gwisgo unrhyw beth heblaw ei ddillad gwaith.

Daeth llun i'w meddwl o'i thad, gartref ar ei ben ei hun yn yr Ynys. Roedd hi bellach yn hanner awr wedi tri, yn amser te, ac mae'n siŵr y byddai wrthi'n bwyta tamaid o deisen neu dorth frith a adawyd iddo gan Gwenda. Mae'n siŵr hefyd fod yr oergell yn llawn dop o gigoedd oer, stiwiau a chaserolau cartref, er mai am ddwy noson yn unig y byddai ei wraig oddi cartref. Nid oedd ganddo syniad sut i goginio prydau cwbl syml – ond a bod yn deg, tiriogaeth Gwenda oedd y gegin, a theimlai'n anghysurus iawn pan fyddai unrhyw un arall yn 'potsian' gyda'i sosbenni a'i llestri.

'Carys! Pa ffordd y'n ni'n mynd?'

'Dilynwch yr arwydd 'na am yr *Underground.* Ni'n mynd draw i ddal y tiwb i King's Cross … dyna ble mae'r gwesty wy wedi'i fwco i chi. Ewn ni draw i'r gwesty nawr i chi gael dadbaco, ac fe gewn ni ddisgled fach yn y caffi drws nesaf. Byddwch chi'n teimlo'n well wedyn.'

'Trueni nad oes lle i ni aros yn dy fflat di, Carys, a'n bod ni'n gorfod aros mewn rhyw hotel dienaid. Licen i gael golwg ar ble ti'n byw. Fuon ni ddim draw yno'r tro diwethaf chwaith. Licen i wneud yn siŵr ei fod e'n ddigon da i'n ferch fach i!'

Rhedodd ias i lawr cefn Carys. Er bod y fflat mewn cyflwr gwell nag arfer, profiad hunllefus fyddai cael ei mam yn westai ynddo. Gallai ei dychmygu'n crwydro o'i gwmpas, yn byseddu'r celfi llychlyd a'r pentyrrau DVDs, yn crychu'i thrwyn wrth weld cypyrddau gwag y gegin a'r llwydni yng nghorneli llaith y stafell ymolchi. 'Wel … chi'n gwybod 'mod i'n byw reit yn y dwyrain, yn eitha pell o'r canol. Bydde chi'n gwastraffu lot o amser ar y tiwb er mwyn mynd o le i le, a bydde hynny'n drueni, a chithe ddim ond yma am benwythnos. A hen fflat bach cyfyng yw e ta beth. Bydd hi'n llawer neisach i chi fod yn y Travelodge yn King's Cross. Bydd e'n *treat* bach i chi …'

'Ond o'n i'n gobeithio gweld Rhyds, Carys …' meddai Rhiannon, â thinc pwdlyd yn ei llais.

Anwybyddodd Carys ei hanniddigrwydd, a gwenodd arni'n serchus.

'Wel, mae Rhydian yn gweithio yn y theatr lle byddwn ni'n gweld y sioe gerdd fory, a bydd e'n dod am fwyd gyda ni wedyn, felly cei di gyfle i'w weld e bryd 'ny, Rhiannon.'

'O. Gwd.' Cyrliodd ymylon ei gwefusau, fel petai'n gwenu. Ond gwactod oeraidd a welai Carys yn ei llygaid.

PENNOD 8

Eisteddai Carys, Gwenda, Rhiannon a Rhydian o amgylch bwrdd crwn mewn bwyty pizza yn Soho. Roedd golwg wedi ymlâdd ar wynebau Gwenda a Rhiannon, ar ôl bore o siopa ar Oxford Street, a phrynhawn yn y theatr, yn gwylio sioe gerdd fawreddog a theimladwy. Teimlodd Carys gnoad yn ei stumog – saeth o euogrwydd – wrth weld eu hwynebau gwelw. A hithau'n byw yn Llundain ers dwy flynedd, fe anghofiai weithiau mor ddidrugaredd oedd cyflymdra'r ddinas. Efallai nad oedd Oxford Street yn syniad da, meddyliodd, a hithau'n fis Hydref, a thorfeydd eisoes yn chwilio'n wyllt am anrhegion Nadolig. Roedd pethau eraill, hefyd, yn peri tipyn o ddychryn i ymwelwyr, er eu bod yn rhan gwbl arferol o fywydau'r Llundeinwyr. Meddyliodd Carys am wyneb dryslyd ei mam wrth symud trwy orsafoedd a phlatfformau dirifedi'r rhwydwaith tanddaearol. Cofiodd hefyd am ei hwyneb wrth weld ei merch yn dangos ei cherdyn warant er mwyn pasio heb dalu trwy glwydi gorsaf King's Cross. Edrychai mor falch ohoni. Meddyliodd Carys ei bod yn siŵr o ffrwydro, a chyhoeddi dros bob man – '*Look! That's my daughter passing through! She's really important! She's a police officer with the Metropolitan Police!*'

Tipyn o agoriad llygaid i Gwenda oedd Soho hefyd. Bu'n anodd i Carys ddal ei thafod wrth weld llygaid ei mam fel soseri pan aethant heibio criw o drawswisgwyr yn chwerthin ac yn ysmygu y tu allan i far. Cydiodd Gwenda yn ei braich yn dynn, dynn, fel petai'n disgwyl iddynt ymosod arni a chipio ei handbag. Yna, pan ddaethant at griw o fechgyn du yn eu harddegau, cydiodd unwaith eto ym mraich Carys, a sibrwd yn bryderus, 'Oes cylleth gyda'r hwdis 'na, ti'n credu?'

Efallai y dylent fod wedi mynd i fwyty mewn ardal fwy parchus, meddyliodd Carys. Ond roedd awyrgylch cartrefol yno, a'i mam wedi cymryd at y gweinydd o Wlad Pwyl, a oedd yn wincio arni o hyd. Roedd y bwyd yn flasus hefyd, a Rhydian wedi anghofio'n llwyr am ei ddeiet bresych a berwr dŵr.

'Diolch yn fawr am y bwyd, Gwenda – do'dd dim isie ichi dalu drosto i hefyd,' meddai yntau, gan sychu saws tomato oddi ar ei wefusau.

'Croeso, Rhydian. Ro'n i isie neud. Mae'n neis iawn dy weld di. Ti'n gwmni da i Carys – ni'n falch bod 'na fachan ffein fel ti yn rhannu fflat 'da hi. I gadw golwg arni hi, ontefe – un wyllt fuodd hon erio'd!'

Gwenodd Carys wrth sylwi ar y disgleirdeb yn llygaid ei mam, a'r gwrid yn ei bochau, ar ôl gorffen tri gwydraid o win coch. Braf oedd ei gweld yn ymlacio, heb boeni am olchi llestri na glanhau nac unrhyw ddyletswyddau eraill. Bu'r diwrnod yn 'rial trêt' iddi hi. Heblaw am giniawau Merched y Wawr a digwyddiadau tebyg i hynny, anaml iawn y câi gyfle i fwyta allan ac yfed gwin, heb sôn am fynd i'r theatr. Nid bod llawer o ddewis ganddi a'r Ynys mor bell o bobman, a'u ffrindiau ar wasgar dros dde-orllewin Cymru. Ond hyd yn oed petai ei rhieni yn byw yn agosach i'r dref, meddyliodd Carys, ni fyddai'r ddau yn debyg o fynd allan i fwynhau fel hyn. 'Gwastraff arian', fyddai ymateb ei thad i unrhyw awgrym o'r fath. A chyfyng oedd ei ddewis yntau o fwyd, beth bynnag, ac yntau'n dioddef o glefyd y siwgr.

Trodd Carys i edrych ar Rhiannon, i wenu arni ac i chwerthin gyda hi am ben eu mam â'i bochau coch. Ond ni allai ddal llygaid ei chwaer, gan ei bod wrthi'n brysur yn chwarae gyda'i napcyn papur.

'Joiest ti'r pizza, Rhiannon?'

'Hm?'

'Y pizza, Rhiannon. Wnest ti joio fe? Fwytaist ti ddim lot ohono fe.'

'Gormod o winwns. Sa i'n cîn arno fe.'

'Wel, dyna ni. Pawb at y peth y bo, ontefe! Roedd fy un i'n lyfli.'

Pylodd gwên Gwenda, a throdd ei llygaid i syllu'n bryderus ar wyneb pantiog, esgyrnog Rhiannon. Ar ôl bwrlwm sgyrsiau'r ddwy awr cynt, roedd y tawelwch o gylch y bwrdd yn boenus o anghysurus. Rhydian a dorrodd y tensiwn.

'Wel, o's rhywun moyn mynd mlân am *nightcap* bach? Wy'n gwybod eich bod chi'n ffan o Baileys, Gwenda ... neu sieri bach falle?'

'Wy wedi blino, Mam. Dewch mlân. Allwn ni fynd 'nôl i'r gwesty nawr?'

Am eiliad, cofiodd Carys fel y byddai ei chwaer yn cwynfan wrth iddynt fynd ar deithiau hir yn y car. Dyna sut y swniai ei llais nawr, yn denau a chwynfanllyd fel llais plentyn bach.

'OK ... Wy'n credu byddai'n well i ni fynd, Rhydian. Ry'n ni wedi cael diwrnod hir, gyda'r siopa a'r miwsical a phopeth arall. Fe welwn ni'n gilydd fory, ta beth.

Dyw'r trên ddim yn gadael tan bedwar. Mae'n flin 'da fi, Carys.'

Diflannodd y disgleirdeb o lygaid Gwenda, a daeth rhyw olwg niwlog, bell i gymryd ei le. Teimlodd Carys ei gwaed yn berwi. I beth oedd isie i Rhiannon bwdu fel hyn, a sbwylio hwyl pawb? Pam nad yw hi'n falch i weld Mam yn hapus ac yn joio? Sylwodd nad oedd ei chwaer wedi cymryd llawer o sylw o Rhydian chwaith, er iddi gwyno'r diwrnod cynt wrth feddwl na fyddai yn ei weld, a hwythau yn gymaint o ffrindiau yn yr ysgol. Ysai Carys am gael rhoi siglad i'w chwaer, a dweud wrthi am beidio â bod mor blentynnaidd a hunanol ... ond beth fyddai'r pwynt? Byddai hynny'n fêl ar fysedd Rhiannon. Byddai wrth ei bodd yn cael bod yn ganolbwynt y sylw. Roedd hi'n hoffi cael ei gweld fel rhyw *victim*. Felly, ni allai Carys wneud dim ond gwenu, ac anwybyddu'r olwg bwdlyd, ddiamynedd ar wyneb ei chwaer.

'O, 'na drueni. Wel, falle byddai'n well i Rhydian a fi fynd, beth bynnag. Ma 'da ti lot o linelle i ddysgu fory, on'd o's e, Rhyds. Byddai'n well i ti beidio cael *hangover*. O'ch chi'n gwybod bod Rhydian wedi cael y brif ran yn nrama diwedd tymor y coleg?'

'O, da iawn ti, Rhydian. Trueni na fyddwn ni'n gallu dy weld di'n perfformio, byddai hynny'n neis, yn bydde fe, Rhiannon ...'

'Bydd rhaid i chi ddod lawr 'ma 'to ym mis Mai.'

'Mam, cym on, wedoch chi bod ni'n mynd. Gawn ni fynd nawr, plis?'

'Wrth gwrs, Rhiannon. Sori. Galla i weld dy fod ti wedi blino.'

Wrth i'r pedwar wisgo'u cotiau, sylwodd Carys fod jîns Rhiannon yn llac o gwmpas ei phen-ôl, a bod yn rhaid iddi eu tynnu i fyny o hyd.

Fore trannoeth, aeth Carys â'i theulu i Sgwâr Trafalgar. Gofynnodd Rhiannon am gael mynd i Spittalfields a Camden a llu o lefydd ffasiynol y bu'n darllen amdanynt yng nghylchgrawn *Heat*. Ysai am gael cip ar ryw seren deledu, yn sipian coffi neu'n cael sigarét slei, wrth geisio cuddio rhag y *paparazzi*. Ond gwyddai Carys na fyddai hynny'n llawer o hwyl i'w mam.

Felly, ar ôl tamaid o ginio drudfawr yn Covent Garden, ymlwybrodd y tair ymlaen, nes iddynt gyrraedd y Sgwâr, a sefyll yn stond. Roedd e yno, o'u blaenau, yn herfeiddiol a bygythiol, bron: Trafalgar ar gefn ei geffyl. Sŵn dŵr yn tasgu o'r ffownten, sŵn parablu miloedd o dwristiaid, a'r London Eye ac wyneb eiconaidd Big Ben yn ddisglair yn awyr las oer yr hydref. Cafodd Carys wefr, ac roedd hi'n weddol sicr fod Gwenda a Rhiannon wedi profi'r un wefr hefyd, er na fyddai Rhiannon yn cyfaddef hynny, wrth gwrs. Roedd rhywbeth haerllug am y Sgwâr, meddyliodd Carys, wrth i'r tair eistedd yno'n fud, yn gwylio'r holl fynd a dod o'u cwmpas. Roedd cymaint o gyfoeth yn y lle, meddyliodd, a chymaint o falchder trahaus. Serch hynny, byddai'r olygfa'n dal i'w swyno bob tro y byddai'n ei gweld. Anodd fyddai atal ei hun rhag agor ei cheg yn fawr ac yn syfrdan, wrth deimlo grym yr adeiladau anferth o'i chwmpas, yn ymwthio yn ei herbyn. Câi ei hatgoffa fod Llundain yn ddinas arbennig. Ac er mor wrth-Seisnig y teimlai ar brydiau, byddai'n rhaid iddi gyfaddef fod gan y Saeson berffaith hawl i alw Llundain yn ddinas orau'r byd.

'Galla i weld pam dy fod ti'n lico byw 'ma,' meddai Gwenda, gan anadlu'n ddwfn, fel petai'n ceisio sugno'r awyrgylch drydanol i'w hysgyfaint. Ni ddywedodd Rhiannon air, ond roedd Carys yn sicr iddi weld arlliw o wên ar ei gwefusau, yn hytrach na'r wg surbwch arferol.

Ar ôl nôl eu pethau o'r gwesty, aeth y tair draw i orsaf drenau Paddington. Roedd ces Gwenda bron yn wag ar ôl rhoi'r pice bach a'r llyfrau i Carys. Ond cafwyd cryn drafferth i gau ces Rhiannon – hithau wedi prynu llu o drugareddau a dillad newydd, a'u Mam wedi talu am y cyfan, meddyliodd Carys yn ddig.

Daeth Gwenda o hyd i fwrdd iddynt mewn caffi yn yr orsaf, ac eisteddodd y tair o'i amgylch.

'Pam y'n ni wedi dod yma mor gynnar? Ma awr 'da ni tan fydd y trên yn mynd.'

Trodd Rhiannon ei choffi a syllu arno'n ddwfn, fel petai'n disgwyl gweld ateb i'w chwestiwn yn y trobwll ewynnog yn ei chwpan.

'O'n i'n poeni y basen ni'n cymryd lot o amser i symud gyda'r cesys 'ma – dy'n ni ddim yn moyn colli'r trên.' Gwenodd Gwenda'n addfwyn ar ei merch.

'Wel, pryd y'ch chi dwy'n meddwl dod lawr eto i 'ngweld i?' holodd Carys, gan lyncu cegaid o ewyn ei *cappucino*. 'Wy wedi joio eich cael chi yma.'

'Ti fydd yn dod gartre aton ni nawr, g'lei. Byddi di 'nôl Nadolig, gobeithio?'

'Byddaf. Dylwn i allu cael y Nadolig a Nos Galan bant eleni.'

'Wel, o'n i'n meddwl dod lawr 'ma ym mis Mai – i'r brotest Calan Mai.' Gwenodd Rhiannon yn herfeiddiol.

'Ti? Yn dod i brotest? Ers pryd mae 'da ti ddiddordeb mewn *politics* a phethau fel 'na?'

'Ers iddi ddechre siarad 'da ryw bobol ar Facebook.'

'Paid â'u galw nhw'n "rhyw bobol". Ffrindie y'n nhw. Maen nhw'n neis iawn, ac wedi agor fy llygaid i lot o bethe sy'n mynd mlân yn y byd.'

'Wel, gwed ti, ond bydd rhaid iti neud yn siŵr bod hynny'n iawn gyda Margaret, Rhiannon,' atebodd Gwenda'n bryderus. 'Alli di ddim gwneud trefniade nawr heb ei holi hi. Sa i'n moyn iti sbwylio'r cyfle yma. O't ti'n gwybod, Carys, fod dy whâr wedi cael swydd fach yn y siop bapur newydd? Dim ond tri diwrnod yr wythnos am nawr – dydd Sadwrn, dydd Mercher a dydd Gwener – jyst i weld sut aiff hi, ontefe, bach.'

Gwenodd Rhiannon, a throdd i edrych ar Carys, â golwg bryfoclyd ar ei hwyneb. 'Falle dof i aros gyda ti, Carys. Wy'n ddigon hapus i slymo.'

'Slymo? Dyw'n fflat i ddim fel slym!'

'Sa i'n moyn mynd gartre'n syth ar ôl y brotest ar hen gronc o fws, ond sa i'n mynd i dalu am hotel chwaith.'

'Wel, gawn ni weld am hynny. Galle fe fod tamed bach yn lletchwith – falle bydda i'n gweitho yn y brotest. Bydd heddlu o bob rhan o Lundain yno, yn helpu i gadw trefen. Falle bydda i'n un ohonyn nhw.'

'Cadw trefen, wir! Blydi hel!'

'Rhiannon! Paid â rhegi!'

'Wel, wy'n dal i ffaelu credu bod fy chwaer i'n un o'r moch. Ma fe'n *shaming*. Sa i wedi gweud wrth hanner fy ffrindie beth wyt ti'n neud.'

'Hei nawr, mae Carys yn neud gwaith da,' meddai Gwenda, gan geisio tawelu'r dyfroedd.

'Sa i'n deall pam ma hi'n moyn gwneud y fath jobyn, a bod yn rhan o system mor annheg, sy'n dwgyd hawlie pobol ac yn pigo ar bobol ddiniwed ...'

'Wel, o leia wy'n neud rhywbeth 'da 'mywyd. Yn lle eistedd ar 'y nhin yn teimlo trueni dros fy hunan o hyd ...'

Sylwodd Carys ar fflach o boen yn llygaid ei chwaer, a thewodd. Efallai iddi fynd yn rhy bell. Roedd llais Rhiannon yn dawel ac yn gryg pan atebodd.

'Wel, jyst gobeithio na fydd yr heddlu'n clatshio protestwyr fel naethon nhw yn y brotest ddiwethaf. Ro'dd y peth yn hollol warthus.'

Brathodd Carys ei thafod. Roedd hi'n ysu i ymateb, i achub cam ei chyd-weithwyr – er na theimlai'n gwbl gyfforddus yn gwneud hynny. Gwyddai i ambell un fynd dros ben llestri y diwrnod hwnnw. Bu seibiant lletchwith am rai munudau, a phawb yn canolbwyntio ar yfed eu coffi, tan i Gwenda geisio codi eu hwyliau. Dechreuodd hel atgofion am gastiau ei merched pan oeddent yn blant bach. Soniodd am Carys yn gwasgu botwm 'stop' pan oeddent ar risiau symud mewn siop fawr yng Nghaerdydd – y tro cyntaf a'r olaf i'r teulu ymweld â'r brifddinas gyda'i gilydd. Soniodd wedyn am Rhiannon yn neidio i bwll nofio heb ddŵr ynddo pan fu'r teulu am dro i Ben-bre. Chwarddodd Carys. Gallai gofio'r digwyddiad hwnnw'n glir, a'r sioc ar wyneb ei chwaer fach.

'Dyw e ddim mor ddoniol â 'ny, Carys. Sa i'n deall pam bo' ti'n dal i wherthin ar fy mhen i.'

'Paid â bod mor groendene! Digwyddodd y peth rhyw ugain mlynedd yn ôl, felly sa i'n deall pam wyt ti mor sensitif am y peth.'

'Wel, wy jyst wedi cael llond bola arnoch chi'ch dwy yn wherthin fel plant bach. Dyw e ddim yn ddoniol iawn. Ces i ddolur.'

'Hei, cym on, Rhiannon. Sdim isie pwdu am y peth.'

'Pwdu? Wy ddim yn pwdu ...'

Teimlodd Carys law ei mam yn gwasgu ei hysgwydd yn galed. Rhybudd i dawelu, i beidio â chorddi ei chwaer fach, or-deimladwy.

'Ferched, ferched, does dim isie cweryla nawr, a ninne wedi cael penwythnos mor hyfryd. Dewch nawr ...'

Pesychodd Rhiannon. Edrychodd Carys drwy'r papur dydd Sul a adawyd ar y bwrdd. Cododd Gwenda ar ei thraed i edrych o'i chwmpas – braidd yn nerfus – ar y teithwyr dirifedi o'i chwmpas. Ac yna, daeth y cyhoeddiad. Roedd y trên i Gaerfyrddin ar fin cyrraedd. Symudodd y tair gyda'r tuag at y platfform gyda'r dorf, a sefyll yn stond ar ôl canfod eu cerbyd.

'Wel, dyma ni, 'te. Hwyl, Carys.' Plygodd Rhiannon i lawr, a rhoi coflaid fer, stiff, i'w chwaer. Yna, heb wenu, a heb aros am ei Mam, camodd ar y trên. Gwyliodd Carys hi'n gollwng ei ches ar y rac, cyn mynd i eistedd mewn sedd wrth y ffenestr, a gosod pentwr o gylchgronau o'i blaen. Daliodd Carys i edrych arni, gan ddisgwyl iddi droi i edrych arni, i chwifio neu wenu. Ond nid edrychodd Rhiannon drwy'r ffenestr. Cododd ei chylchgrawn, a chuddio ei phen rhwng ei ddalennau sgleiniog.

'Well i chi fynd i eistedd ar ei phwys hi, Mam,' meddai Carys yn bryderus. 'Bydd y trên yn gadael cyn bo' hir.'

'Wel dere 'ma, cyn imi fynd.' Cydiodd Gwenda yn ei merch, a'i chofleidio'n dynn nes bod coler ffwr ei chot yn goglais ei boch. Gallai Carys ei chlywed yn anadlu'n ddwfn, yn llyncu ei phoer.

'Plis peidiwch â llefen, Mam.'

'Dwi ddim, Carys fach,' atebodd mewn llais cryglyd. 'Jyst ... gofala am dy hunan, plis.'

'Peidiwch poeni, Mam. Does dim isie i chi boeni amdana i.'

'Plis nawr. Allwn i ddim diodde meddwl am unrhyw beth yn digwydd i ti, Carys fach. Gyda Rhiannon ... fel ma hi ... wy jyst isie i ti fod yn iawn, yn hapus ...'

'Wir, Mam, fi'n OK. Wy wrth fy modd yma. Wy wedi ffeindio beth wy'n moyn neud. Ma jobyn ffantastig 'da fi.'

'... ond wyt ti'n hapus?'

'Odw, Mam.'

'Achos ... ma mwy i fywyd na gwaith. Ma isie iti feddwl am dy hunan. Mwynhau dy hunan ... ond hefyd dechrau meddwl am setlo lawr, dy oedran di, achos ...'

'Peidiwch poeni, Mam. Fi'n iawn. A fydd hyn ddim am byth, ta beth.'

'Pa fath o ddyn ffeindi di fan hyn? Gei di rywun gwell gartre. Rhywun all edrych ar dy ôl di'n iawn. Gŵr bonheddig.'

Penderfynodd Carys anwybyddu ei hawgrym. 'Chi'n gwybod taw jyst am gwpwl o flynyddoedd ma hyn, Mam. Bydda i 'nôl yng Nghymru, whap ... a does dim lot o amser tan y Nadolig nawr ...'

'Wy jyst yn poeni amdanat ti weithie, mewn lle mor fawr, 'da gymint o bobl ddrwg dy gwmpas di'n bob man

… a'r graith 'na ar dy wyneb – wyt ti'n gweud y gwir wrtha i am 'ny?'

'Mam, plis peidiwch poeni. Drychwch, mae'r trên yn dechre llenwi. Well i chi fynd draw i iste ar bwys Rhiannon. Dewch nawr.'

Gwyliodd Carys ei mam a'i chwaer drwy ffenestr y trên. Rhiannon â'i phen yn ei chylchgrawn, a Gwenda yn estyn ei brechdanau Marks and Spencer o'i bag, ac yn gosod picnic bach ar y bwrdd o'u blaen. Ar ôl chwiban y gard, cychwynnodd y trên, a throdd y ddwy deithwraig i edrych ar Carys. Chwifiodd Gwenda yn wyllt, a gwên dros-ben-llestri o hapus ar ei gwefusau. Gwên fach wan oedd ar wefusau Rhiannon. Chwifiodd Carys. Chwifio a gwenu nes bod ei braich yn brifo a'i cheg yn blino. Chwifiodd tan i'r trên ddiflannu ymhell o'r golwg, heb sylwi bod pobl yn edrych arni'n syn. Rhedodd Carys i gyfeiriad y toiledau. Gwyddai fod y lwmp yn ei gwddf ar fin ffrwydro, a dagrau ar fin llifo'n ddireolaeth. Aeth i lawr y grisiau, a gwthio ugain ceiniog yn ffwndrus i'r iet dro. Rhuthrodd i'r unig giwbicl gwag yn y rhes, gan ddiolch bod sŵn sychwyr dwylo a chleber yn llenwi'r ystafell. Chlywodd neb mohoni'n eistedd yno, yn llefain yn dawel fach wrthi'i hun.

PENNOD 9

'Jan knows something. She knows where he is, I'm telling you. I wouldn't be surprised if he's sleeping on her sofa.'

Ceisiodd Carys fynd ymlaen â'i gwaith papur, heb gymryd sylw o Diane a'i chlebran, ond roedd ei sylwadau di-sail yn ei digio.

'You shouldn't go around saying things like that, Diane. You've got no proof. Jan's a really good cop. Really hard-working and conscientious. She wouldn't protect her brother if he'd stabbed someone.'

'I knew you'd defend her! I knew that Taffy would defend her little black friend ...'

'Shhhh, you two!'

Pesychodd Carl, ac amneidio ar y drws. Safai Jan wrth ei ymyl, yn tynnu ei chot ac yn ysgwyd diferion glaw oddi ar ei hymbarél. Trodd Carys i edrych arni, a dychrynodd. Roedd ei hosgo'n wahanol i'r arfer. Ei phen yn isel, ei breichiau'n llipa, a'i cherddediad yn araf a blinedig. Wrth iddi godi ei phen i wenu'n wan ar ei chyd-weithwyr, sylwodd Carys ar y cochni yn ei llygaid, a'r cysgodion oddi tanynt. I ble'r aeth y wên ddisglair?

'I'm telling you, she's hiding something,' ysgyrnygodd Diane.

Treuliodd Carys weddill y diwrnod allan ar y bît gydag Alex, ac am y tro cyntaf ers yr ymosodiad arni wythnosau ynghynt, bu'n rhaid iddi fynd i mewn i'r farchnad ger yr orsaf heddlu. Anadlodd yn ddwfn wrth gamu drwy'r fynedfa, a theimlodd ei stumog yn troi wrth i arogleuon cryf lenwi ei ffroenau – cybolfa o sbeis, saim, llysiau pydredig a chwys. Daeth yr arogleuon â llun i'w meddwl o wyneb yr ymosodwraig, yn gwenu arni â'i dannedd gwaedlyd. Caeodd ei llygaid er mwyn dileu'r llun, ond mynnai aros o flaen ei llygaid. Cododd ei llaw er mwyn cyffwrdd â'i chraith; roedd yn dal i dynnu ei chroen yn boenus o dynn.

'Are you OK, Carys? You seem a bit quiet today.'

'Just a bit tired, Al,' atebodd Carys, dan wenu arno'n annaturiol o serchus. *'Let's go this way – this is where we saw Jan's brother last time.'*

Camodd y ddau yn eu blaenau i gyfeiriad y stondin gerddoriaeth, ond fel y disgwyliai Carys, doedd dim golwg o Jerome Jones a'i griw, yn eu tracwisgoedd a'u capiau pêl-fas. Doedd neb yn y siop heblaw ei pherchennog, yn eistedd y tu ôl i'r cownter, a'i *dreadlocks* llwydwyn yn siglo i guriad cerddoriaeth *reggae*. Cerddodd Carys tuag ato, i'w holi a welodd y criw y diwrnod cynt. Gwenodd yntau arni, ond honnodd, mewn llais cyfeillgar, nad oedd y criw wedi bod i mewn ers dyddiau. Syllodd Carys arno. Edrychodd i fyw ei lygaid. Oedd, roedd yn siŵr iddi weld mymryn o nerfusrwydd yn llechu y tu ôl i'w wên gynnes.

'Well, if you remember anything, even if you don't think it's very important, please get in touch. We know that Jerome Jones, our main suspect, is one of your regular customers ... and he was seen on CCTV, not far from here, just before the murder took place ...'

'I told you, ma'am, I ain't seen him this week ...' atebodd, â thinc diamynedd yn ei lais.

Ochneidiodd Carys yn dawel.

'A boy was stabbed here, remember. Murdered. Just a few yards from this market. A fifteen year old boy called Ricky Stephens, who had his whole life ahead of him.'

Edrychodd arni. Meddalodd ei lygaid.

'Yes ma'am, of course. I'll help you if I can.'

Trodd y perchennog yn ôl at y til, gan sychu llwch oddi ar resi o gryno ddisgiau wrth fynd heibio. Suddodd calon Carys. Ofer fyddai holi rhagor o gwestiynau iddo.

Wrth ymlwybro allan o'r farchnad, synhwyrai Carys ryw anesmwythyd o'i chwmpas. Doedd y bwrlwm arferol ddim yno. Llithrai pawb yn dawel o stondin i stondin, yn prynu eu nwyddau heb oedi i sgwrsio gyda hwn a hon. Tawel hefyd oedd y stryd fawr, heblaw am fynedfa'r cigydd. Yno, roedd torf fach wedi ymgasglu i osod blodau ger y man lle y lladdwyd Ricky Stephens. Safodd Carys ac Alex yn stond, yn gwylio'r gysegrfa fach yn dechrau tyfu, yn domen o betalau a thedi-bêrs. Merched ifainc oedd y galarwyr yn bennaf, yn rhynnu mewn sgertiau mini ac yn cydio'n dynn ym mreichiau ei gilydd.

'*This is so sad. Such a waste of life,*' meddai Alex yn dawel. '*Do you think ... do you think maybe Jan knows something?*'

Carthodd Carys ei llwnc.

'She's been questioned, and she says that she doesn't know anything, and I believe her ...'

'But you know, blood is thicker than water ...'

'*She told me that she doesn't speak to her brother, and I believe her.*' Roedd llais Carys yn gadarn ac yn llawn argyhoeddiad. Ond yna, meddyliodd am Rhiannon. A fyddai hi'n ddigon calon-galed i'w harestio, pe bai hi'n gwneud rhywbeth o'i le?

*

'Ma isie sesh arna i. Ma rial chwant cwrw arna i heddi,' meddai Carys wrth Rhyds, gan lapio sgarff coch Cymru o gwmpas ei gwddf.

'*Stress*, ife?'

'Wel, y busnes 'ma 'da Jan yn y gwaith, ti'n gwybod. Mae pawb yn siarad amdani hi, yn dweud ei bod hi'n cuddio'i brawd rhag yr heddlu. A fi yw'r unig un sy'n barod i'w hamddiffyn hi. Ma hyd yn oed Alex yn credu ei bod hi'n cuddio rhywbeth.'

'Ma Alex yn foi ffein – wy'n siŵr na fydde fe'n ame rhywbeth heb fod rheswm. Wyt ti'n siŵr bod Jan yn gwbwl ddiniwed yn hyn i gyd?'

'Ydw, Rhyds ... '

'... achos galla i weld dy fod ti'n hoff iawn ohoni hi. Chi wedi dod yn ffrindie da – smo ti'n gadael i hynny liwio pethe, a dylanwadu ar dy farn di, wyt ti?'

'Nagw, Rhyds, nagw. Nawr dere – well inni fynd at y tiwb, neu bydd Lleucu wedi sythu yn aros amdanon ni.'

Cymerodd Rhydian gip arall arno'i hun yn y drych.

'Dyw cryse rygbi ddim yn *flattering* iawn, nag y'n nhw. Mae'n disgwyl fel tase 'da fi dipyn o *man-boobs*.' Esmwythodd ei grys coch dros ei frest, gan gnoi ei wefus yn feddylgar.

'Cym on! Gwisga dy got, er mwyn dyn – wy moyn peint!'

'OK, OK!'

Ufuddhaodd Rhydian i'w gorchymyn diamynedd, gan gymryd un cip olaf ar bigau twt ei wallt. Yna, camodd y ddau allan i'r oerfel, a'u hanadl yn cyrlio'n gymylau o'u blaenau.

Safai Lleucu ger mynedfa gorsaf y tiwb, a choler ffwr ei chot wedi'i chodi'n uchel dros ei chlustiau, a'i gwefusau coch, sgleiniog, yn gwgu'n gam.

'Hei! Ble y'ch chi'ch dou wedi bod? Chi chwarter awr yn hwyr! Rwy jyst â sythu fan hyn ...'

'Sori Lleucu,' meddai Carys, a'i llygaid yn llawn edifeirwch, gan amneidio ar Rhydian. 'Hwn oedd yn ffysan gyda'i wallt.'

'O'n i'n ame! Galla i weld fod tunnell o *wax* arno fe. Ti'n edrych fel taset ti'n gweithio yn Hollister, Rhyds, yn enwedig 'da'r highlights 'na!'

'*As if*! Sa i'n ddigon *buff* i weithio fynna!'

Chwarddodd Rhydian, ond sylwodd Carys arno'n cyffwrdd â'i wallt yn bryderus, i geisio llyfnhau'r pigau.

A hithau'n fore Sadwrn, ychydig wythnosau cyn anterth gwyllt y siopa Nadolig, roedd y tri'n ffodus i gael lle i eistedd gyda'i gilydd ar y tiwb, a Rhydian yn y canol rhwng y ddwy. Gwasgodd Lleucu ei fraich yn llawn cyffro.

'Nawr 'te, Rhyds, ydy Carys yn mynd i weld ei *fancy man* heddi'?'

'Wel, siŵr o fod. Anfonodd e tecst ata i neithiwr yn gweud taw yn y Prins bydd e'n gwylio'r gêm hefyd.'

Llyncodd Carys ei phoer, a theimlodd ei hwyneb yn cochi. Doedd hyn ddim yn annisgwyl, gan mai'r Prins oedd un o hoff dafarndai'r Cymry i wylio gemau rygbi. Ond bu'n gobeithio'n daer fod Joni wedi gwneud cynlluniau eraill. Ei fod, efallai, wedi llwyddo i gael tocyn i'r gêm yn Stadiwm y Mileniwm, trwy ryw gontact neu'i gilydd.

'W, dyna ni 'te, Car. Dim angen i ti fynd ar y *pull* heno … a gobeithio y bydd 'da fe ffrind bach neis i fi. Sa i 'di cael *shag* ers sbel …'

'Wy wedi gweud wrthot ti, Lleucu – does 'da fi ddim diddordeb ynddo fe. Mae hynny fisoedd yn ôl nawr, ta beth. Wy jyst yn moyn joio heddi, gyda chi'ch dou, a chael cwpwl o beints …'

'Iawn, iawn … wel, gawn ni weld beth ddigwyddith, ie?' meddai Lleucu gyda winc ddireidus. Ochneidiodd Carys, gan droi dalennau'r *Metro,* heb gymryd fawr o sylw o gynnwys y papur.

Awr yn ddiweddarach, safai Carys yn y Prins, yn mwynhau ei pheint cyntaf o gwrw. Roedd hi wedi colli Rhydian a Lleucu ar ôl bod i'r tŷ bach, ond ni cheisiodd chwilio amdanynt ym mhrysurdeb y dafarn. Roedd hi'n ddigon hapus i sefyll ar ei phen ei hun am ychydig, i deimlo cynnwrf a nerfau'r dorf yn ffrwtian cyn dechrau'r gêm. Syllodd mewn rhyfeddod ar gyrff o bob lliw a llun, wedi'u gwasgu'n dynn yn erbyn papur wal darniog y dafarn. Menywod a dynion, cyrff tenau a chyrff boliog – ond pob un, bron, yn gwisgo crys coch Cymru. Gwrandawodd ar y lleisiau o'i chwmpas, a gwenodd wrth glywed acenion Cymreig, ac ambell lais Cymraeg, yn doethinebu'n frwd am chwaraewyr tîm Cymru. Yn awchus, llyncodd ddracht o'i chwrw, ac un arall, ac un arall, a theimlodd gynhesrwydd braf yn treiddio trwyddi. Roedd ei flas yn fendigedig.

'Shwmae … syched arnot ti, o's e?'

Rhewodd Carys wrth sylweddoli fod rhywun yn ei gwylio'n yfed. Joni. Edrychodd ar ei gwydr peint, a oedd bellach yn hanner gwag.

'Ym … o's. Wastad bach yn nerfus cyn gemau rygbi Cymru … yn enwedig cyn iddyn nhw whare'r All Blacks … Ti'n olreit?'

'Ydw, grêt. Heb dy weld di ers sbel. Ti 'di bod yn fishi?'

'Ym … do. Gwaith 'bach yn nyts ar hyn o bryd, ac wy'n treial arbed tamed o arian cyn y Nadolig hefyd. Ond mae'n rhaid cael peint ar ddiwrnod gêm fel hyn, on'd o's e?'

'Wrth gwrs! Fi'n mynd i'r bar nawr … ti'n moyn un arall?'

'Na … dim diolch. Wy mewn rownd gyda Lleucu … mae hi wrth y bar yn rhywle, yn nôl drinc i fi.'

'OK. Wel, wela i di'n y funed, te – mae Gay Boy wedi cadw seddi i ni i gyd draw fynna.' Pwyntiodd Joni at Rhydian, a eisteddai yng nghornel bellaf yr ystafell, o dan y sgrin fawr. Suddodd calon Carys. Byddai'n rhaid iddi ddioddef cwmni Joni drwy'r gêm, felly.

Daeth Lleucu yn ôl o'r bar gyda photel o win coch a dau wydr.

'Peint o'n i'n moyn …'

'Ie ie, wy'n gwybod, Car, ond o'n i'n teimlo braidd yn *bloated* ar ôl y peint diwethaf. Yr holl nwy 'na – ych-a-fi! Ti'n lico gwin coch, on'd wyt ti?'

'Odw, odw … jyst … bod gwin coch yn mynd lawr yn llawer rhy gloi ac yn llawer rhy rwydd. Bydda i'n rhacs erbyn hanner amser. Fi'n mynd bach yn honco ar ôl gwin coch.'

'Sdim ots, o's e? O'n i'n meddwl bod ti am gael sesh heddi?'

'Ydw, ond …'

'Mae'n wir, Lleucu,' torrodd Rhydian ar eu traws, â golwg bryderus ar ei wyneb. 'Wy wedi gweld shwt ma Carys ar ôl gwin coch. Mental. Ma hi fel yr Incredible Hulk. Ti'n cofio'r trip Ffermwyr Ifanc i Ynys Môn, Carys, pan yfest ti focs o win coch gyda Luned?'

Gwridodd Carys wrth gofio sut y dechreuodd gega ar bawb ar y bws, gan gynnwys y gyrrwr, a thorri bawd ei llaw dde wrth faglu lawr grisiau'r neuadd bentref lle'r oeddent yn aros.

'Wel, alla i ddim cofio lot am y trip – jyst beth ma pobol wedi'i ddweud wrtha i. *Embarassing.* Ond, wel, gan dy fod ti wedi prynu'r botel, Lleucu, fe gymra i lased neu ddou – ond bydda i 'nôl ar y lager wedyn.'

Gwenodd Lleucu'n foddhaus wrth arllwys y ddiod i wydrau mawr gloyw, fel powlenni pysgod aur.

A Chymru'n colli o ugain pwynt, a'i meddwl yn niwlog braf ar ôl tri gwydraid o win, dechreuodd Carys golli diddordeb yn y gêm. Rhoddodd bwniad yn asennau Rhydian i dynnu ei sylw at ddyn canol oed wrth y bar, a oedd yn pwyso'i ben yn feddw-ddioglyd ar ysgwydd merch ifanc benfelen. Roedd hithau'n mwytho'i ben-ôl yn gariadus.

'Yr Aelod Seneddol 'na yw e, Rhyds. A sa i'n credu mai ei wraig e yw hi …'

'O,' atebodd Rhydian yn ddi-hid, gan gymryd cegaid arall o gwrw.

‘Ac ai betingalw yw hwnna?’ holodd, gan roi pwniad ysgafn arall i’w asennau.

‘Pwy nawr?’

‘Yr actor ’na o Gaerdydd sy’n byw yn LA … ti’n gwybod, Andrew rhywbeth …’

Amneidiodd Carys ar ddyn tal pryd tywyll a eisteddai ar fwrdd cyfagos ar ei ben ei hun, yn chwarae gyda’i iPhone. Craffodd Rhyds arno, yn llawn diddordeb.

‘Ie, ti’n iawn. Andrew Huw yw e. Mae e’n actio Hamlet yn y West End ar hyn o bryd …’

Gwenodd Rhydian, a sylwodd Carys fod ei lygaid yn ddisglair ac yn ddyfrllyd. Naill ai roedd e’n feddw rhacs, meddyliodd, neu roedd wedi cynhyrfu’n lân o weld yr actor byd-enwog o Gaerdydd.

‘Pam na ei di i siarad gyda fe, Rhyds? Jyst i ddweud helô? Falle gei di ychydig o dips gyda fe – shwt i lwyddo fel actor …’

‘Alla i ddim!’

‘Gelli – *go on*! Mae e’n eistedd ar ben ei hunan bach draw fanna. Mae’n edrych fel boi neis iawn. Falle y bydd e’n falch o gael cwmni.’

‘Ie, OK. Falle dy fod ti’n iawn … af i draw, jyst am sgwrs fach gloi.’

Cododd yn sigledig ar ei draed, ac aeth i eistedd wrth ochr yr actor, yn swil. Gwyliodd Carys y ddau yn ysgwyd llaw ac yn dechrau sgwrsio, a gwên Hollywood-aidd Andrew Huw fel mellten wen lachar drwy dywyllwch y dafarn. Gwisgai’r un iwnifform â phawb arall – crys rygbi coch a phâr o jîns – ond doedd dim gobaith iddo ymdoddi i’r dorf. Roedd rhyw ddisgleirdeb fel eurgylch o’i gwmpas, meddyliodd Carys.

'Mae Gay Boy wedi tynnu, 'te?'

Trodd Carys i wynebu Joni dan wenu'n wan, a sylwodd, gyda braw, mai dim ond nhw ill dau oedd bellach yn eistedd wrth y bwrdd.

'Ble ma Lleucu wedi mynd?'

'Fe welodd hi ffrind o'r gwaith – Emma, ife? Maen nhw wedi galw draw i'r pyb dros y ffordd am ddrinc bach. Ro'dd hi wedi cael llond bola ar y gêm. Bydd hi 'nôl yma yn nes 'mlâ'n.'

'O,' atebodd Carys, gan geisio swnio'n ddi-hid, er bod siom a dicter yn ei brathu. Pam na fyddai Lleucu wedi ei gwahodd hi hefyd? Ddim yn ddigon soffistigedig i gwrdd â'i ffrindiau o'r gwaith, ife? Yna, edrychodd ar Joni, a sylweddolodd mai dyna oedd bwriad Lleucu. Gadael Carys ar ei phen ei hun gydag e, yn y gobaith y byddai'r ddau yn dechrau siarad â'i gilydd. Teimlodd gorff Joni'n gwasgu'n agosach tuag ati, a gwingodd.

'Wy wedi prynu hon i ni rannu. Yr un 'ma chi'n yfed, ife? Y Cabernet Sauvignon?'

'Ie, wel, ym ... diolch. Ond cymra di'r gwin – o'n i am fynd 'nôl ar y lager.'

Anwybyddodd Joni ei phrotest, ac arllwysodd wydraid o'r gwin iddi, dan wenu.

'Iechyd da.'

'Iechyd.'

Cododd Carys y gwydr at ei gwefusau, a chymerodd lymaid yn betrusgar. Gwyddai ei bod wedi cael llawer gormod o win eisoes, ond ni allai ymwrthod â'r hylif melfedaidd yn y gwydr o'i blaen. A beth bynnag, meddyliodd, byddai'n rhaid iddi feddwi'n rhacs er mwyn dioddef Joni a'i glebran ymffrostgar tan i Rhydian a Lleucu ddychwelyd i eistedd wrth ei hochr.

Wedi i'r gêm ddod i ben – gêm drychinebus i Gymru – sylweddolodd Carys fod Rhydian wedi diflannu i rywle gydag Andrew Huw. Sylweddolodd hefyd na fyddai Lleucu'n dod yn ôl, wrth ddarllen neges destun ganddi:

> Emma a fi wedi mynd i Camden. Mwynha gyda Joni! Ffonia i di fory i gael y goss.

'Ble ewn ni nesa 'te, Carys?'

Roedd braich Joni'n pwyso'n drwm ar ei hysgwydd ac yn ei gwasgu'n sownd i'w sedd, ond teimlai Carys yn rhy wan a llipa i'w symud.

'Gartre, Joni … fi'n gaib ac yn nacyrd! Alla i ddim handlo *all-dayers* nawr.'

'Boring! OK. Wel, dof i gartre gyda ti 'te. Gallwn ni gael cwpwl o ddrincs yn y fflat.'

'Iawn,' atebodd Carys yn betrusgar, 'OK 'te. Ond … bydd rhaid i fi fynd yn syth i'r gwely siŵr o fod.'

'O ie?' Cododd Joni ei aeliau'n bryfoclyd.

'I gysgu, Joni.'

'Iawn, iawn, dim problem. Ond dof i gyda ti ta beth, i wneud yn siŵr dy fod ti'n cyrraedd adre'n saff. Beth am inni gael un bach arall fan hyn? *One for the road* – ac fe af i â ti 'nôl wedyn.'

Ochneidiodd Carys yn dawel. Roedd ei phen yn troi. Doedd diod arall ddim yn syniad da. Doedd arni ddim angen help i gyrraedd adref, chwaith. Ond roedd Joni eisoes wedi codi i fynd at y bar, a gwyddai, o'r olwg benderfynol ar ei wyneb, na fyddai pwynt dadlau ag e.

Rai munudau'n ddiweddarach, daeth yn ôl gyda dau beint – a dau fodca bach.

'Diolch Joni,' meddai Carys dan wenu, a'i thafod yn drwsgl ac yn dew. Ond wrth i'r fodca saethu i'w system, trodd ei meddwdod dioglyd yn deimlad o ddryswch a phryder.

'Fi'n moyn mynd adre, Joni. Plis gawn ni fynd adre nawr?'

'Iawn, iawn.'

'Nawr, Joni. Fi'n moyn mynd adre nawr.'

'OK, dere. Fe awn ni nawr.'

PENNOD 10

Fore trannoeth, ni allai Carys gofio'r daith adref i ben pellaf dwyrain Llundain. Ni allai gofio cyrraedd ei fflat a sefyll y tu allan iddo'n canu, wrth i Joni ymbalfalu'n wyllt yn ei bag am ei hallweddi. Ni allai gofio chwydu yn y tŷ bach, a mynd i orwedd yn ei gwely, heb drafferthu tynnu ei dillad. Ond mae'n rhaid ei bod wedi dechrau sobri ar ôl hynny, oherwydd gallai gofio clywed cnoc ysgafn ar ddrws ei hystafell wely ganol nos, a Joni'n sibrwd yn dawel a phetrusgar.

'Wyt ti'n cysgu, Carys? Gaf i ddod mewn?'

'Hmm?'

'Mae'n oer ar y soffa. Gaf i ddod mewn fan hyn atot ti?'

'Dim ond gwely sengl sy 'da fi, Joni. Sdim lle i ti.'

'Cym on, Carys. Jyst am funud fach, i gael cwtsh.'

'Fi'n trio cysgu, Joni, a fi wedi bod yn chwydu.'

'Plis?'

'O, iawn, dere mewn. Unrhyw beth am damed o lonydd.'

Clywodd gamau trymion Joni'n nesu tuag ati, a sŵn siffrwd a baglu trwsgl wrth iddo dynnu ei ddillad. Gollyngodd ei gorff ar y fatras, a sigodd y gwely bach gwichlyd. Ochneidiodd Carys yn ddiamynedd, a rholiodd yn nes at y wal. Ond doedd dim dianc rhagddo. Roedd ei frest noeth yn boeth yn erbyn ei chefn, a'i freichiau wedi'u lapio'n dynn o'i hamgylch. Gwingodd, a cheisiodd godi ei freichiau trwm. Ond roedd Joni wedi cwympo i gysgu, ac nid oedd ganddi nerth i'w symud. Caeodd ei llygaid, gan geisio anwybyddu sŵn cras ei anadl yn ei chlust, a'i farf yn goglais ei gwar. Gwasgodd ei llygaid ynghau. A chyn hir, teimlodd ei hun yn llithro i gwsg ysgafn, meddwol.

Ymhen awr neu ddwy, dihunodd. Roedd llaw yn mwytho ei phen-ôl, a llaw arall yn crwydro dros ei bol, i fyny at ei bronnau. A hithau rhwng cwsg ac effro ac yn hanner meddw, gadawodd i'r dwylo grwydro am ychydig, heb ddeall yn iawn beth oedd yn digwydd, gan feddwl ei bod mewn breuddwyd ryfedd, rywiol. Yna, wrth i law wasgu ei bron yn galed, dadebrodd a sylweddolodd ble'r oedd hi. Roedd yn ei gwely ei hun, gyda Joni, ac nid oedd yn breuddwydio.

'Joni … be ti'n neud?'

'Dim byd … ymlacia. Galla i weld dy fod ti'n joio. *Let yourself go for a change.*'

'Stopia nawr, Joni, jyst ffrindiau ydyn ni, OK? Smo fi'n moyn …'

'Cym on, nawr, *chill out.*'

'Gad lonydd i fi, wnei di? Gad i fi gysgu …'

Cyn iddi orffen ei brawddeg, roedd Joni wedi symud i orwedd ar ei phen, a'i gorff trwm yn ei gwasgu'n is i'r pant yn y fatras. Cusanodd ei thalcen, a'i anadl yn boeth dros ei bochau. Ochneidiodd Carys yn ddiamynedd.

'Joni, plis nawr, gad fi fod.'

'Cym on, Carys, ymlacia. Galla i weld dy fod ti'n joio. Ti mor ffycin secsi.'

'Gad hi, Joni, plis nawr …' ymbiliodd Carys, yn ofer. Roedd Joni wedi llithro ei gorff yn is i lawr, ac yn llyfu ei gwddf yn awchus. Roedd ei anadl yn ddwfn ac yn floesg, a'i godiad yn galed ar ei chlun. Ceisiodd Carys droi ar ei hochr, ond roedd pwysau ei gorff yn ei dal yn dynn. Teimlodd ei ddwylo'n crwydro'n is ac yn is, yn chwilota am fwcl ei gwregys.

'Joni, stopia nawr, wy wedi cael digon ar hyn ...'

Mygwyd ei llais wrth i Joni osod ei wefusau dros ei cheg, a'i chusanu'n arw, gan grafu ei gên â'i farf. Agorodd fwcl ei jîns.

'Joni!'

Daeth ton o banig dros Carys. Roedd y fflat yn dawel. Doedd Rhydian ddim wedi dod adref. Roedd hi ar ei phen ei hun gyda Joni, a doedd e ddim yn gwrando arni. Dwi ddim yn ddigon cryf i'w wthio fe bant. Mae e'n mynd i fy nhreisio i. Does neb yma i fy helpu i.

Erbyn hyn, roedd ei ddwylo'n pwyso i lawr ar ei harddyrnau, a'i gorff yn gwasgu ei hysgyfaint.

'Alla ... i ... ddim ... anadlu, Joni, ffycin ...'

'*Relax,* Carys. Ti'n mynd i joio hyn. Dere.'

Cydiodd Joni yn ei llaw, a'i gwthio i lawr ei drôns. Gwingodd Carys wrth deimlo'i flewiach llaith yn crafu yn erbyn ei bysedd.

'Wy ddim yn moyn ...'

Roedd yn rhaid iddi ymladd yn ôl. Roedd yn rhaid iddi roi stop arno nawr, cyn i bethau fynd yn rhy bell. Gyda'i holl nerth, gwasgodd ei geilliau'n galed. Gwasgu a gwasgu, nes bod ei hewinedd yn suddo i mewn i'w groen.

'Aaa! Y bitsh! Pam wnest ti 'na?'

Llamodd Joni oddi wrthi, yn cynrhoni mewn poen. Cyn iddo gael amser i ddod ato'i hun, rhoddodd gic galed i'w grimog, gan ddiolch ei bod yn dal i wisgo'i hesgidiau sodlau uchel pigfain.

'Hei, stopia! Stopia! Y cyfan oedd isie iti ddweud oedd "na".'

'Fe driais i dy wthio di bant, Joni – ddywedais i wrthot ti am stopio, ond o't ti'n pallu gwrando!'

'Wnest ti ddim trio'n galed iawn, naddo fe! Ro't ti'n edrych fel bod ti'n joio. Ffycin bitsh! Roiest ti yffarn o gic i fi nawr. Be sy'n bod arnat ti – ti'n *frigid* neu be?'

'Ro't ti'n cymryd mantais ohona i Joni. Yn cymryd mantais achos 'mod i'n feddw ac yn hanner cysgu. Ac mae hynny'n beth … ffiaidd i neud, Ti'n ffycin troi arna i.'

'Hei, howld on. *Ti* ofynnodd i *fi* ddod gatre gyda ti. Ac fe wnest ti 'ngadael i mewn i dy stafell di. Beth o'n i fod i feddwl? Ffycin *prick tease,* dyna beth wyt ti.'

'Ti'n gwybod yn iawn nad o'n i'n ddigon sobor i wneud unrhyw benderfyniad call dros fy hunan. Ddylet ti ddim fod wedi mynnu prynu rhagor o gwrw a ffycin fodca i fi.'

'Ddes i â ti gartre'n saff. Edryches i ar dy ôl di, ar ôl i dy *so-called* ffrindiau ddiflannu …'

'A fi fod i deimlo'n ddiolchgar am hynny, a rhoi fy hunan i ti, ydw i? Mae isie i fi dalu i ti, gyda fy nghorff, am fod yn ffycin gŵr bonheddig?'

'O, caea dy hen wep, nei di? Wy 'di ca'l llond bola nawr. Wy'n mynd.'

A chyda hynny, cododd Joni ei ddillad oddi ar y llawr, a brasgamodd o'r ystafell. Caeodd y drws gyda chlep fawr ar ei ôl, nes bod waliau'r ystafell yn dirgrynu.

Ni symudodd Carys am rai eiliadau. Arhosodd yn y

gwely, a'i chorff yn belen fach gron, fel petai wedi rhewi. Yna, ar ôl clywed drws y ffrynt yn cau, a phan oedd yn hollol sicr fod Joni wedi mynd, cyneuodd y golau bach wrth ei gwely, a chododd ar ei thraed. Yn araf, fel petai mewn breuddwyd, dadwisgodd, ac estynnodd ei hoff bâr o byjamas, a gafodd ar ei phen-blwydd yn ddeunaw oed. Roedd y lluniau tedi-bêrs arnynt yn fwy addas i ferch chwe blwydd oed nag i fenyw yn ei hugeiniau hwyr, a'u defnydd *flannelette* wedi breuo dros y blynyddoedd, ond byddai eu gwisgo bob amser yn ei chysuro. Mwythodd eu meddalwch, ac anadlodd eu harogl glân, ffres, fel gwair newydd ei dorri. Ond wrth gamu yn ôl i'w gwely, daeth arogl chwys ac alcohol i'w ffroenau. Arogl Joni.

Bu'n gorwedd yn llonydd am oriau, yn gwylio'r ystafell yn goleuo yn raddol bach, yn gwrando ar draffig y stryd yn dechrau prysuro. Ceisiodd gofio holl ddigwyddiadau'r noson cynt, a theimlodd donnau o edifeirwch yn ei bwrw. Pam na wnaeth hi ffonio Lleucu, er mwyn cwrdd â hi yn Camden? Pam na fyddai wedi gwrthod y ddiod olaf gan Joni, a mynd adref ar ei phen ei hun? Pam y gwnaeth hi aros gydag ef, er nad oedd hi'n mwynhau ei gwmni? Dylai fod wedi bod yn fwy cadarn a phendant gydag e o'r dechrau. Ar ôl pendroni a difaru, nes bod ei meddwl ar chwâl, cododd o'i gwely a gwnaeth baned o goffi du cryf iddi hi ei hun.

*

Ddiwedd y prynhawn, a hithau'n dal i orweddian o gwmpas y fflat yn ei phyjamas, clywodd Carys ei ffôn symudol yn canu. Enw Lleucu oedd yn fflachio ar y sgrin. Ochneidiodd, a pharatodd ei hun ar gyfer storom o gwestiynau busneslyd.

'Hei, sut aeth hi, Car? Sut aeth pethe gyda *loverboy?'*

'Gad dy ddwli. Dyw e ddim yn *loverboy* i fi, iawn?'

'O, beth ddigwyddodd? Perfformiad siomedig yn y gwely, ife?'

Anadlodd Carys yn ddwfn a cheisiodd reoli ei haniddigrwydd, ond fe'i cythruddwyd gan sŵn gwatwarus llais Lleucu ar ben arall y ffôn. Cymerodd anadl ddofn arall, a cheisiodd siarad yn dawelach ac yn fwy pwyllog.

'Ddylet ti ddim fod wedi 'ngadael i ar ben fy hun, gyda fe, Lleucu. Ddylet ti fod wedi dweud wrtha i dy fod ti'n mynd.'

'O, cym on, Carys, roeddech chi wedi bod yn anwybyddu'ch gilydd bron drwy'r pnawn. Ro'n i a Rhyds yn y ffordd. Roedd isie i ni fynd o' na, i roi llonydd i chi'ch dou, ichi gael dod i nabod eich gilydd yn well.'

'Do'n i ddim isie dod i'w nabod e'n well. Mae'n ffycin twat!'

'Ma fe'n fachan ffein! Beth sy'n bod arnat ti?'

'Dwi ddim yn ei ffansïo, iawn? Sawl gwaith ma isie i fi ddweud wrthot ti ...'

Wrth glywed ei llais yn atsain dros loriau pren ffug y cyntedd, tawodd Carys, a bu distawrwydd tan i Lleucu fentro gofyn cwestiwn, yn dawel a phetrusgar.

'Beth sy'n bod arno fe, Carys? Mae'n gwd laff, yn Gymro Cymraeg, ac mae'n ennill *loads* o arian. OK, wy'n gwybod nad yw e'n *oil painting,* ond dyw e ddim yn hyll, o bell ffordd ... Wy ddim yn dy ddeall di, wir – wy jyst ddim yn deall dy agwedd di at ddynion. Am beth wyt ti'n chwilio? Wyt ti'n aros am Prince Charming, y dyn perffaith? Achos dyw e ddim yn mynd i ddod, Carys. Ti'n ferch bert, ond ma dy safonau di'n rhy uchel.'

Teimlodd Carys ei phyls yn cyflymu a'i gwaed yn dechrau byrlymu.

'Dyw fy safonau i ddim yn rhy uchel! Wy jyst ddim isie cysgu rownd gyda rhywun-rhywun. A ddylet ti ddim fod wedi 'ngadael i gyda fe, ar fy mhen fy hunan.'

'Carys – ti'n 28 oed ac yn blismones. Ti'n gwybod shwt ma edrych ar ôl dy hunan. Pam wyt ti'n gwneud cymaint o ffys am hyn?'

'O'n i'n feddw rhacs, Lleucu, diolch i ti a'r ffycin Cabernet Sauvignon. Do'n i ddim mewn unrhyw stad i edrych ar ôl fy hunan, ac roedd Joni'n gwybod hynny. Fe … fe wnaeth e … gymryd mantais arna i …'

'Cymryd mantais? Be ti'n feddwl "cymryd mantais", Carys?' ebychodd Lleucu, gan lyncu ei phoer. 'Wnaeth e ddim dy … rêpo di, do fe?'

'Naddo, naddo, diolch byth, ond fe aeth pethau'n … rhy bell. Ti'n deall? Dwylo ym mhobman, yn fy ngwthio i lawr, yn trio tynnu fy nillad i bant er 'mod i'n gweud wrtho fe am beidio …'

Bu tawelwch eto am eiliad. Tawelwch poenus ac anghysurus. Gallai Carys ddychmygu Lleucu yn ei fflat, yn pigo'r croen sych o gwmpas ei hewinedd ac yn cyrlio'i gwallt o gwmpas ei bysedd. Dyna fyddai hi'n ei wneud ar yr adegau prin hynny pan fyddai'n teimlo'n lletchwith ac yn ansicr.

Carthodd Lleucu ei llwnc.

'Carys, mae'n flin 'da fi. Wir nawr. O'n i ddim yn meddwl ei fod e'r math yna o foi.'

‘Wel, lwcus ’mod i wedi dechrau sobri a bod ’da fi syniad am *self-defence*. Buodd rhaid i fi wthio’r diawl bant a rhoi rêl wad iddo fe yn ’i betingalws. Roedd e’n pallu gwrando arna i.’

‘Sori Carys, wir nawr. O’n i’n meddwl dy fod ti’n ei hoffi e – jyst tamed bach yn shei. Achos, wel, dwyt ti ddim wedi cael lot o brofiad ’da dynion, wyt ti? O’n i’n credu ’mod i’n dy helpu di, yn rhoi cyfle ichi ddod i nabod eich gilydd yn well.’

‘OK, mae’n iawn.’

‘Wyt ti am … fynd â’r peth ymhellach?’

‘Beth, mynd at yr heddlu, ti’n meddwl? Nagw. Ches i ddim niwed yn y diwedd felly bydde hi’n amhosib profi unrhyw beth. Ei air e yn erbyn fy ngair i. Fydde fe ddim werth y drafferth. Bydd rhaid i fi jyst trio anghofio am y peth, a gweud wrth Rhydian am beidio â’i wahodd e mas gyda ni eto.’

‘Mae’n wir, wir ddrwg ’da fi, Carys. O’n i’n meddwl ’mod i’n gwneud y peth iawn.’

‘Mae’n OK. Jyst paid trio’n seto i lan gyda rhywun eto. Fe ddyweda i wrthot ti os ydw i’n ffansïo rhywun.’

Ar ôl saib hir arall a phesychiad lletchwith, newidiodd Lleucu drywydd y sgwrs.

‘Ffansi gêm o sboncen wythnos ’ma, Car?’

‘Iawn, OK. Sa i’n siŵr beth yw fy shiffts wythnos ’ma. Anfona decst ata i fory i’n atgoffa i tsecio, ac fe drefnwn ni rywbeth wedyn.’

‘OK. Fe wna i hynny. Siaradwn ni’n fuan, ’te. Hwyl nawr!’

Gwingodd Carys wrth glywed tinc ffug, gorhwyliog yn ei llais. Atebodd gyda ‘ta-ra’ sych, a daeth y sgwrs i ben gyda theimlad o ddieithrwch rhyfedd rhwng y ddwy.

*

'Rhyds! Ble wyt ti wedi bod ers pnawn ddoe? Ma hi bron yn hanner nos! O'n i'n dechre meddwl y byddai'n rhaid i fi anfon *search party* i chwilio amdanat ti.'

Tynnodd Rhydian ei got, a'i hongian ar y bachyn yn y cyntedd. Cymerodd gip arno'i hun yn y drych, a gwenodd.

'Smo fi'n edrych yn rhy ffôl, Car, o feddwl 'mod i heb gysgu am 48 awr …'

'Wel ble rwyt ti wedi bod?'

'Mewn parti. Yn nhŷ Andrew Huw. Yr enwog Andrew Huw. Ac roedd e'n ffab. Llwythi o *celebs* yno. Ces i noson ffantastig. Gredet ti byth pwy oedd yno …'

'Da iawn … ond dylet ti fod wedi anfon tecst ata i. O'n i'n dechre becso amdanat ti.' Synodd Carys wrth glywed ei hun yn swnio'n ffyslyd ac yn bryderus, yn union fel ei mam.

'Sori Carys. O'n i'n joio, ac fe aeth yr amser mor gyflym. Mae Andrew yn foi … arbennig. Ac fe aeth e â fi mas am ginio – lle *Vietnamese* yn Soho – ac fe es i i'w weld e wedyn yn perfformio. Roedd e'n Hamlet *amazing*, hollol *amazing* … ac mae e am inni fynd mas eto, cyn iddo fe fynd nôl i LA ddiwedd yr wythnos. Mae e mor neis – mae e'n hollol *down to earth …*'

Tawodd Rhydian yn sydyn wrth weld Carys yn syllu arno'n fud. Roedd hi wedi sylwi ar ei wên gyfrin a'r disgleirdeb yn ei lygaid, a'r tinc chwerthinog yn ei lais. Syllodd yn ôl arni, a difrifolodd.

'Carys ...'

'Ie?'

'Ti'n gwybod, on'd dwyt ti? Ti'n gwybod 'mod i'n ... hoyw? Ni erioed wedi trafod y peth ond ... ti'n gwybod, on'd wyt ti?'

'Ydw, Rhyds. Ro'n i wedi dyfalu.'

'Gwd. Mae'n flin 'da fi 'mod i heb siarad am y peth gyda ti o'r blaen ... mae e jyst yn rhywbeth anodd i fi siarad amdano. Does neb yn gwybod gartre. Dyw'r teulu ddim yn gwybod. Wy byth yn moyn i Mam-gu a Tad-cu ffindo mas. Fydden nhw jyst ddim yn deall. Bydde'r peth yn ormod iddyn nhw.'

Trodd Rhydian ei ben oddi wrthi. Gwasgodd ei lygaid ynghau. Yn betrusgar, estynnodd Carys ei braich tuag ato, a phwyso ei llaw yn ysgafn ar ei ysgwydd.

'Paid poeni, Rhyds. Wy'n deall. Bydde Mam a Dad yn ffaelu handlo rhywbeth fel'na, heb sôn am Mam-gu ... Dd'weda i ddim gair wrth neb. Dwi'n deall. A does dim rhaid iti esbonio nac ymddiheuro.'

'Diolch i ti, Carys.'

'Ond jyst gwed un peth wrtha i ... wyt ti'n mynd mas gydag Andrew Huw nawr 'te? Ydych chi'n ... gariadon?'

'Ahem, wel, falle – gewn ni weld, ontefe!'

'Wel wir, pwy fydde'n meddwl! Rhyds bach yn mynd mas gyda seren o Hollywood!'

'Hei, gewn ni weld, wedes i! A beth bynnag ... smo ti wedi rhannu dy *gossip* di eto. Beth ddigwyddodd gyda Joni?'

'O, wel ...'

Teimlodd Carys ei chalon yn cyflymu, a chwys oer

ar gledrau ei dwylo. Sut gallai esbonio wrth Rhyds fod ei ffrind yn hen ddiawl brwnt?

'Beth wyt ti'n feddwl "o, wel"? Beth ddigwyddodd?'

Trodd Carys ei phen. Ni allai edrych i fyw ei lygaid. Pesychodd, a cheisiodd reoli'r cryndod yn ei llais.

'Wel, a bod yn gwbl onest, Rhyds, ma dy ffrind di'n goc oen, a smo fi byth am ei weld e eto.'

'O?'

'Dwylo ym mhob man, a dim ond un peth ar ei feddwl e … felly paid â thrio bod yn *match-maker* eto. Does 'da fi ddim diddordeb yn y mochyn.'

'O, dyna 'ny 'te. Digon teg.'

Syllodd Carys arno'n syn wrth glywed ei ymateb di-hid.

'O'n i'n meddwl y baset ti'n siomedig gan eich bod chi'n shwt fêts …'

'Do'n i ddim wir yn meddwl eich bod chi'n siwtio. Lleucu oedd yn mynnu eich bod chi'n neud cwpwl neis. O'n i ddim wir yn credu mai fe oedd dy deip di … er, sa i'n gwybod beth yw dy deip di. Ti byth yn siarad am ddynion ti'n ffansïo. O'n i'n dechre meddwl falle bo' ti fel fi, ti'n gwybod, *batting for the other side.*'

'Pam?' trodd wyneb Carys yn fflamgoch, a theimlodd ei chalon yn llamu i'w gwddf. 'Beth roddodd y syniad 'na i ti? Y ffaith bo' fi'n blismones?'

'Nage, y ffaith bo' ti wastad yn siarad am Jan, ac yn poeni gymaint beth mae Lleucu'n feddwl ohonot ti …'

'Galli di anghofio am 'ny nawr. Wy ddim yn lesbian. Ddim bod unrhyw beth o'i le 'da hynny … wy jyst 'rioed wedi cael perthynas hir iawn 'da neb. Erioed wedi bod yn ddigon lwcus i ffeindio rhywun … Does byth 'da fi gyts i siarad 'da'r dynion wy wir yn 'u hoffi.'

'O, dyna 'ny 'te,' atebodd Rhydian yn dawel, â golwg braidd yn syn ar ei wyneb wrth glywed ei hymateb cryf. 'Ond paid poeni am Joni. O'n i wastad yn credu dy fod ti'n rhy dda iddo fe. A bod yn onest, sa i'n rhy hoff ohono fe'n hunan. Mae 'na ochr eitha cas iddo fe. Ond mae e'n ffrind i'r teulu, ac mae Mam wedi gofyn i fi gadw mewn cysylltiad â fe. Mae e wedi cael tipyn o brobleme yn y gorffennol …'

'O?'

'Iselder, gamblo, yfed gormod. Mae e'n bach o *coke-head* hefyd, wy'n credu … ddim wir y math o berson fydden i'n dewis bod yn ffrindie 'da fe.'

'Iawn, OK. Felly does dim rhaid iti ei wahodd mas eto gyda ni, oes e?'

'Nag o's. Wna i ddim, os nad wyt ti'n moyn ei weld e eto.'

'Nagw, yn bendant … diolch, Rhyds.'

Gorweddodd Carys yn ôl ar y soffa, a chau ei llygaid yn dynn. Dychmygodd ei bod yn yr Ynys, yn bell, bell i ffwrdd oddi wrth Joni a Carl a Diane a phawb arall oedd yn ei phoeni. Dychmygodd ei bod yn rwm ffrynt y ffermdy, yn syllu ar y bryniau drwy'r ffenestr, yn gwrando ar ddim ond tician y cloc mawr a chlecian gweill ei mam. Gyda'r darlun cysurlon hwnnw yn ei phen, cwympodd i gysgu.

PENNOD 11

'Something for you to deal with, Taffy. This girl's come in – looks like a right slapper – and she says she's been raped by a work colleague.'

Teimlodd Carys ei chalon yn curo'n galetach, a'i hwyneb yn poethi.

'Oh, one of those alleged date-rape things again, is it?' meddai llais o'r cefn, a rhedodd ias i lawr ei chefn wrth glywed ei oslef oeraidd a di-hid.

'Think so. She looks a right state and she's stinking of booze.'

Crechwenodd y plismyn ar ei gilydd, a suddodd calon Carys. Pam heddiw? Pam oedd rhaid iddi ddelio ag achos fel hyn heddiw, a'r noson gyda Joni mor amrwd o fyw yn ei meddwl o hyd? Llyncodd ei phoer a charthodd ei llwnc.

'OK, Carl. I'll go and meet her now. And I'd appreciate it if you all could grow up a bit. It's really disappointing to hear you being so unpleasant about a rape victim.'

Wrth gerdded o'r ystafell, clywodd rywun yn piffian chwerthin, a llais Carl yn mwmial '*fucking dyke*' o dan ei anadl.

Ysgrifenyddes ddeg ar hugain oed i siambrau bargyfreithwyr oedd y ferch, a'i henw oedd Liz. Ond edrychai'n llawer iau na'i deng mlwydd ar hugain, a'i chorff yn eiddil a bachgennaidd. Wrth wrando arni'n rhoi esboniad bras o ddigwyddiadau'r noson cynt, a'i llais yn gryndod dagreuol, ysai Carys am roi braich o amgylch ei hysgwyddau. Ysai i'w chysuro a sychu'r stribedi budr o golur oddi ar ei bochau meddal. Ond cadwodd ei phellter a chanolbwyntiodd ar nodi pob manylyn pwysig, cyn esbonio camau nesaf yr ymchwiliad.

'I'd like you to come with me now to the haven, where a nurse will examine you. We'll give you a morning after pill and we'll also do some tests for STDs. Then we'll do a blood test to check your alcohol levels and to see if you were drugged, and we'll check a urine sample. It's nothing to worry about.'

'Can I have a shower there?'

'Yes, yes … but after we've taken the samples.'

'I feel really horrible. I really need a shower.'

'Fine. No problem.'

'… So you believe me? You believe me that I was raped?'

'I think that we can take this further, yes. We're taking this very seriously.'

'I know I was drunk, but he did it, I'm telling you. I'm not lying. I wouldn't make up something like this.'

Ochneidiodd Liz, gan sychu ei dagrau ar lawes ei thracwisg. Estynnodd Carys flwch o hancesi papur iddi, dan wenu'n garedig.

'OK, OK. Don't go upsetting yourself now. We'll go to the haven, then we'll come back here and do a detailed interview, when you can explain exactly what happened.'

Yn ôl yn yr orsaf wedi'r ymweliad â'r 'hafan', aeth Carys â Liz i ystafell gyfweld, lle gosodwyd camera fideo i recordio'r cyfweliad. Byddai'r ffilm yn rhan o'r dystiolaeth yn y llys pe bai Liz yn dwyn achos yn erbyn ei hymosodwr.

'*Take your time, Liz, there's no rush. Just start from the beginning, and explain everything that happened last night.*'

Yn dawel, gan syllu i lawr ar y ddesg yn nerfus, esboniodd Liz iddi fod mewn parti gyda'i chyd-weithwyr – parti ymddeoliad un o'r bargyfreithwyr mwyaf uchel ei barch. Aethant allan i far coctêls am hanner awr wedi pump, yn syth o'r gwaith, ac fe yfodd Liz lawer mwy nag y byddai fel arfer. A hithau'n aelod cymharol newydd o'r gweithlu, bu'r ddiod yn gymorth iddi ymlacio a sgwrsio'n rhwydd gyda'i chyd-weithwyr. Gallai gofio yfed o leiaf bedwar coctêl, hanner potel o win a dau neu dri fodca. Cyfaddefodd ei bod yn hollol feddw erbyn diwedd y noson, ac mai dyna pam y gwahoddodd dri pherson yn ôl i'w fflat i gael rhagor o ddiod. Y tri pherson oedd Annabel a Ruth – bargyfreithwyr dan hyfforddiant – a Colin, un o fargyfreithwyr ifanc mwyaf disglair y siambrau ... a'r treisiwr honedig.

'*So there might be witnesses to this attack?*' holodd Carys yn obeithiol.

'*No, no. The two girls left after having one drink. But Colin stayed.*'

'*And you remember what happened next? Or do you think that you were drugged?*'

'*No. I was just really drunk. Totally hammered. So when he started kissing me, I didn't know what was happening and I kissed him back ... but it doesn't mean that I wanted to have sex with him, does it?*' meddai, gan godi ei phen i edrych ym myw llygaid Carys, '... *because*

I didn't. I started sobering up when things got out of hand. I definitely didn't want to have sex with him.' Brathodd ei gwefus yn galed a sychodd ei llygaid llaith, gan dasgu dau ddeigryn ar y ddesg.

'*No, of course not,*' atebodd Carys yn dawel, '*Of course you didn't. Now, what happened next? Take your time, there's no rush ...*'

Dros gyfnod o ddwyawr, rhwng pyliau o wylo a seibiant i gael coffi, llwyddodd Liz i roi esboniad bras i Carys o'r hyn a arweiniodd at y trais. Esboniodd sut y trodd ei phen i geisio diweddu'r gusan. Ceisiodd ddweud wrth Colin, yn garedig, nad oedd ganddi ddiddordeb ynddo. Ond ni wrandawodd arni. Dechreuodd ei chusanu eto – yn fwy gwyllt y tro hwn – a symudodd i orwedd ar ei phen. Datododd ei gwisg. Ceisiodd Liz gydio yn ei addyrnau i'w atal. Suddodd ei hewinedd i mewn i'w groen. Ymbiliodd arno i beidio, ond dim ond chwerthin a wnaeth yntau. Chwerthin a gwenu, fel petai'r cyfan yn gêm, a rhoi slap egr i'w boch. Yna, cyn iddi ddod at ei hun wedi'r ergyd, pwysodd ei law yn drwm dros ei cheg i dawelu ei sgrechian, ac estynnodd ei law arall at ei gwasg, i rwygo ei sgert oddi amdani. Erbyn hynny, câi Liz drafferth anadlu, a'i gorff mawr trwm yn gwasgu ei chorff eiddil a'i hysgyfaint asthmatig. Felly, pan ddechreuodd y treisio, nid oedd ganddi'r nerth i ymladd yn ôl.

'*So the rape happened there, on your sofa?*'

'*Yes. On my sofa, in my flat.*'

'*And what happened afterwards?*'

'*He got up, and got off me. I was crying, and he says, "Why are you crying, you silly cow?" and I said, "Because you've just raped me." And he just laughs and says, "You're off your head. You wanted that just as much as I did", and then he says, "No-one's going to believe you if you say it was rape, anyway. Look at the state of you! You're hammered, you stupid slag."'*

Wrth ailadrodd gwenwyn ei eiriau, daeth lwmp i'w llwnc a chryndod i'w llais. Ac yna, dechreuodd feichio wylo, fel petai'n ddoluriau byw i gyd. Siglodd yn ôl ac ymlaen yn ei chadair, a'i breichiau wedi'u lapio o'i hamgylch, yn ei chofleidio'i hun yn dynn.

Wedi i'r cyfweliad ddod i ben, anfonwyd plismyn i ddod o hyd i Colin Richards, i ddod ag ef i'r ddalfa. Yna, ddechrau'r prynhawn, aeth Carys gyda dau dditectif i leoliad y drosedd i gasglu tystiolaeth.

Fflat newydd oedd cartref Liz, yn un o'r tyrau unffurf lliw hufen hynny sydd i'w gweld ar gyrion pob dinas ym Mhrydain. Safai Carys o flaen ei ddrws – ar drydydd llawr y tŵr – i ddiogelu'r fflat tra byddai'r ddau dditectif yn ei archwilio. Aeth rhai o'r preswylwyr eraill heibio gan edrych ar Carys yn chwilfrydig, ond ni feiddiodd neb ofyn pam roedd hi yno.

Roedd y fflat yn debyg i fflatiau ei ffrindiau coleg ym Mae Caerdydd, meddyliodd Carys, wrth fwrw golwg arno'n gyflym trwy gil y drws. Cegin ac ystafell fyw yn un ystafell gyfyng, un ystafell wely, balcon bach twt ac ystafell ymolchi ddiffenestr. Roedd yn blaen ac yn gymharol ddiaddurn, gyda waliau gwyn, glân, posteri wedi'u fframio o Ikea, ac ambell grair personol ar y bwrdd coffi. Ar y llawr laminedig sgleiniog, wedi'u gollwng blith draphlith, roedd poteli a chaniau gwag, pacedi o greision a phentyrrau o DVDs.

Ymhen awr, daeth y ditectifs i siarad â hi, i esbonio fod rhywbeth, yn amlwg, o'i le. Nid olion parti a welid, ond olion ffrwgwd a phoen. Dafnau gwaed, blewiach a thameidiau o ddillad wedi rhwygo. Ac yn y soffa pantiog, daethpwyd o hyd i olion semen. Sylwodd Carys ar nicers blodeuog Liz yn un o amlenni tryloyw y ditectifs, ac edrychodd tua'r llawr, yn llawn embaras. Druan â Liz, meddyliodd, yn gorfod gadael iddyn nhw ddod yma i dyrchu trwy ei phethau preifat. Roedd yn broses mor amharchus, rywsut.

Pan ddychwelodd Carys i'r orsaf, bu'n rhaid iddi esbonio camau nesaf y broses wrth Liz. Dyna oedd rhan anoddaf y dydd, a hithau bellach yn flinedig a manylion annymunol yr achos yn pwyso'n drwm ar ei meddwl. Bu'n rhaid iddi ddefnyddio holl rym ei hewyllys i atal dagrau wrth glywed Liz, yn raddol, yn torri i lawr.

'*Six months to a year*?' meddai'n anghrediniol. '*Why is it going to take so much time to go to court? You know who did it. There's no need to wait six months ...*'

Syllodd Carys ar y llawr, a cheisiodd feddwl am eiriau i'w chysuro, i ddangos nad oedd pethau'n hollol anobeithiol. Ond er iddi bendroni'n hir, ni allai ganfod y geiriau hud hynny.

'*I'm sorry, Liz, but that's the way it is. It can take months to get DNA samples back from the laboratory, and we need all the evidence we can get to have a fair trial. That is ... if you want to go ahead with this prosecution ... if you're sure that you're strong enough to handle it ...*'

'I do. I can't let the bastard get away with this.'

Synnwyd Carys gan y pendantrwydd yn ei llais. Sylwodd ar ei dwylo, a oedd nawr wedi ffurfio'n ddau ddwrn cryf, gwynias.

Ar ddiwedd ei shifft – a deimlai'n llawer hwy na naw awr – ffoniodd Carys yr hafan i gael canlyniadau'r profion. Dywedwyd y byddai'n rhaid iddi aros rhai dyddiau am ganlyniad y profion gwaed, felly ni châi wybod eto faint o alcohol oedd yn system Liz, a ph'un ai a oedd wedi cymryd unrhyw gyffur arall y noson honno. Ond dangosai'r prawf wrin fod semen yn ei chorff, ac roedd y cleisiau ar ei haddyrnau a'i chluniau a'r ôl llaw ar ei hwyneb yn olion diamheuol o sgarmes.

Tra oedd Carys wrthi'n paratoi adroddiad ar ei chyfweliad â Liz, anfonwyd plismyn i chwilio am Annabel a Ruth, y ddwy gyd-weithwraig a fu gyda Colin a Liz cyn yr ymosodiad. Gobeithiai Carys y byddai'r ddwy yn datgelu rhywbeth a allai ddangos, rywsut, fod Colin â'i fryd ar gysgu gyda Liz y noson honno.

Ymhen awr, gyda Carl yn ei hebrwng, cyrhaeddodd Colin Richards yr orsaf. Gwisgai got laes ddu, a wnâi i'w gorff chwe throedfedd a hanner ymddangos hyd yn oed yn dalach ac yn lletach nag yr oedd mewn gwirionedd. Mae'n edrych fel gangster, meddyliodd Carys, wrth edrych ar ei sgarff biws *cashmere* a'i het *fedora* ddu. Yna dwrdiodd ei hun am fod mor rhagfarnllyd. Gwyddai na ddylai ffurfio barn amdano, cyn iddo hyd yn oed agor ei geg. *Innocent until proven guilty.*

Gwyliodd Carys e'n cerdded gyda Carl i'r ystafell gyfweld, lle byddai'r ditectifs yn ei holi. Gwenodd Colin arno'n serchus.

'There's been an awful misunderstanding,' meddai mewn llais hwyliog, gan esmwytho ei wallt slic. *'I really hope that we can sort this out quickly.'*

'I'm sure you appreciate it's not that simple,' atebodd Carl. *'A very serious allegation has been made against you.'*

'Which is totally untrue,' meddai yntau, fel bwled.

*

'Are you sure you've got to head off now? Why don't we go for a little drink? You're not working til ten tomorrow.'

'It's tempting ...'

Gwenodd Carys ar Jan. Mor braf fyddai teimlo cwrw oer yn llifo i lawr ei llwnc, yn golchi holl bryderon y dydd lawr y lôn goch. Am eiliad bu bron iddi anghofio am ei hadduned i gallio a chymedroli – tan y Nadolig, o leiaf. Adduned a wnaeth yn y dyddiau du, dryslyd ar ôl y noson drychinebus gyda Joni.

'Just a little one ...'

'No, I'd better not ... I want to go for a run tomorrow morning. I'm starting to feel a bit unfit, you know. I played squash with Lleucu last week and she totally thrashed me.'

'Come on. One for the road. You deserve it. You've had a really stressful day. And we haven't had a proper chat for ages. It would be good to ... have your advice on a couple of things.' Gwenodd Jan arni'n ymbilgar, â'i llygaid llo bach. Teimlodd Carys ei hun yn toddi, a grym ei hewyllys yn gwanhau. Ond o rywle, cafodd nerth i'w gwrthod.

'No, really, thanks Jan – but I'd better head off. Bye everyone.'

Trodd ei chefn yn benderfynol, cyn cael cyfle i gloffi a newid ei meddwl. Caeodd ei chot yn dynn amdani, ac allan â hi i'r tywyllwch gan ochneidio, wrth deimlo diferion glaw yn pwnio'i hwyneb, a gwynt oer yn chwythu ar ei gwar. Cododd ei chwfl, agorodd ei hymbarél, a dechreuodd gamu at y trên tanddaearol. A'r glaw yn ei dallu, rhegodd wrth droedio mewn pwll o ddŵr budr. Roedd yn gas ganddi fis Tachwedd. Hen fis diflas, a'r dyddiau mor fyr, y glaw yn ddidrugaredd, a'r gwanwyn yn bell, bell i ffwrdd.

Camodd dan ddaear, ac am unwaith, roedd yn falch o deimlo'r gwres llethol, annaturiol yn pwyso arni. Ysgydwodd ei hymbarél, ac aeth i mewn i'r cerbyd, gan anelu am sedd wag o'i blaen. Eisteddodd. Anadlodd yn ddwfn gyda rhyddhad. Roedden nhw'n symud. Roedd hi ar y ffordd adref o'r diwedd.

Yn sŵn hypnotig y trên, dechreuodd ei meddwl grwydro. Meddyliodd am y diwrnod a aeth heibio, a daeth teimlad cymysglyd drosti. Teimlai ei bod wedi delio gydag achos Liz yn dda. Teimlai'n falch ohoni ei hun hefyd, am iddi wrthod y demtasiwn i gael diod gyda Jan, er mor agos y daeth at ildio. Ond eto … teimlai ryw wactod ac anniddigrwydd rhyfedd. Er y gwyddai iddi wneud popeth o fewn ei gallu i helpu Liz, ac i gasglu'r holl dystiolaeth yn deg ac yn gywir, efallai na fyddai hynny'n ddigon. Meddyliodd am Colin, gyda'i osgo hunanfoddhaus a'i got ddu, ddrudfawr. Rhedodd ias i lawr ei hasgwrn cefn.

'Helô? Rhyds?'

Dim ateb. Doedd neb yn y fflat. *Diolch byth,* meddyliodd Carys. Roedd arni angen amser i ddod at ei hun cyn wynebu Rhyds, a'i gwestiynau a'i barablu di-ben-draw. Dechreuodd lenwi'r bàth, ac wrth arogli'r swigod lafant a chlywed sŵn byrlymus y dŵr, teimlodd ei chorff yn dechrau ymlacio. Tynnodd ei dillad gwlyb, estynnodd dywel meddal o'i chwpwrdd, a chamodd i'r dyfroedd poeth. Ac yno yr arhosodd am awr, yn ceisio meddwl am bethau hapus braf, er mwyn dileu Liz a Colin o'i meddwl. Ond yn fwy na hynny, ceisiodd anghofio am Joni. Mynnai ei lais, ei wyneb a'i arogl ymwthio i'w meddwl, gan godi cyfog.

PENNOD 12

'Fuest ti ddim am jog, 'te?' holodd Rhydian, gan basio paned o de i Carys.

'Na. Sa i'n hollol boncyrs,' atebodd hithau, gan amneidio ar y cesair a oedd fel bwledi'n taro'r ffenestr. 'Wnes i ddim cysgu'n grêt chwaith … yn meddwl am yr achos 'na ro'n i'n delio ag e ddoe … merch wedi cael ei threisio gan foi mae hi'n gweithio 'da fe.'

'Swnio'n gas.'

'Mae e. Mae'n hen achos diflas. Mae'r boi yn gwadu'r peth wrth gwrs. Yn gweud mai *consensual sex* oedd e. Ac roedd hi'n feddw gaib, wedyn bydd y peth yn anodd ei brofi …'

'Ond os o'dd e wedi'i gorfodi hi, bydd 'na dystiolaeth, na fydd e?'

'Hm. Ma 'na gleisie … dillad wedi rhwygo … a byddwn ni'n gwneud profion DNA. Ond ma cymaint o'i blaid e. Mae e'n fargyfreithiwr, a'i dad e'n fargyfreithiwr hefyd. Bydd ganddo fe dîm gwych i'w gefnogi e. Bydd e'n gwybod yn union beth i'w ddweud. Mae'n deall y system. A bydd y ferch druan yn gorfod ymladd yn uffernol o galed i roi ei hochr hi o'r peth.'

'Beth ma pawb arall yn feddwl?'

'Wel, roedd y boi wedi troi'r plismyn eraill rownd ei fys bach e ddoe wrth gael ei holi. Pawb heblaw fi. Mae Carl a'r lleill yn meddwl ei fod e'n ddieuog, ac roedd hyd yn oed y merched yn yr orsaf yn credu ei fersiwn e o'r stori … sef bod y ferch wedi creu'r stori 'ma achos bod hi ddim yn moyn i bawb feddwl ei bod hi'n *slag*, yn cael *one night stand …*' Cymerodd Carys gegaid o'i the, a gosod dau ddarn o dost yn y tostiwr cyn parhau â'i stori.

'Roedd y diawl 'na'n actor gwych, Rhyds. Dyle fe fod yn y coleg drama 'da ti. Roedd e'n edrych fel tase fe wedi cael rial sioc fod rhywun wedi meiddio dweud y fath beth amdano fe. Yn siarad yn neis-neis ac yn gwrtais gyda ni i gyd. Rêl gŵr bonheddig. A wedyn, fe wnaethon ni holi dwy ferch oedd wedi dod 'nôl gyda fe am ychydig i fflat Liz. Ruth ac Annabel. Dwy hen ast, os ti'n gofyn i fi.'

'Pam?'

'Glywes i mai'r cyfan wnaethon nhw oedd amddiffyn Colin. Blydi llyfu ei din e. Dywedon nhw fod Liz yn amlwg yn ei ffansïo fe, a'i bod hi wedi bod yn fflyrtan gyda fe drwy'r nos. Dywedon nhw ei fod e'n foi hyfryd, a fase fe byth yn gallu gwneud y fath beth. Bod Liz yn hollol feddw, a'i bod hi'n amlwg isie cael rhyw 'da fe …'

'Falle bod hynny'n wir …'

'Falle, ond sa i'n credu, Rhyds. Taset ti wedi gweld y stad arni o'dd hi ddoe, pan oedd hi'n torri lawr drwy'r amser wrth drio rhoi tystiolaeth i fi – wel, fyddet ti'n gweld pam 'mod i'n ei chredu hi.'

Gyda hynny, llamodd y tost o'r tostiwr. Estynnodd Carys blât o'r cwpwrdd, a'i osod gyda chlec ddig ar y bwrdd. Aeth i nôl y menyn o'r oergell, a chau'r drws mor galed fel bod yr holl jariau a photeli ynddi yn clindarddach.

'Hei, cŵl hed nawr, Carys. Paid â gwylltu.'

'Ffycin merched.'

'Be ti'n feddwl, "ffycin merched"?'

'Wel, mae'n fy ngwneud i mor grac pan mae merched – yn enwedig merched clefer fel yr Annabel a'r Ruth 'ma – yn mynnu cadw ochr dynion, yn cael eu hudo gan eu *charm* nhw, yn lle cefnogi menywod eraill. Jyst achos fod y Colin 'mae'n uwch lan na nhw, ac yn fargyfreithiwr pwysig. Maen nhw'n poeni mwy am eu swyddi nag unrhyw beth arall. Does dim ots 'da nhw fod menyw sy'n gweithio gyda nhw wedi cael ei threisio.'

'Wel, fel ma pethe dyddie hyn, alli di ddim beio pobol am whare'n saff, a thrio dal gafael ar eu swyddi nhw ...'

'Na, na. Wy'n gwybod 'ny. Ond ... does 'da nhw ddim cydwybod? On'd yw amddiffyn menyw arall yn bwysicach na hynny?'

'Hm. Ie. Ti'n iawn ...' Trodd Rhydian ei gefn arni, a dechreuodd olchi'r llestri yn y sinc. Doedd arno ddim awydd dadlau.

'Ta beth, mae'n rhaid i fi fynd, Rhyds. Wy fod yn y gwaith erbyn deg. Wela i di heno.'

'Hwyl.'

Camodd Carys allan i'r glaw. Anadlodd yn ddwfn a llyncodd ei phoer yn galed, i geisio cael gwared ar y lwmp chwerw yn ei llwnc.

Roedd tawelwch anghyffredin yn yr orsaf pan gamodd Carys i mewn, a phawb wrthi'n ddiwyd wrth eu desgiau. Fel arfer, gwelid tipyn o sgwrsio, tynnu coes ac yfed paneidiau ar ddechrau'r dydd. Ond heddiw, doedd dim ond tawelwch, a golwg ddifrifol ar wynebau pawb. Gwenodd a chwifiodd ar Alex yng nghefn yr ystafell, ond ni welodd yntau mohoni. Roedd yn craffu ar sgrin ei gyfrifiadur, yn canolbwyntio'n llwyr ar ei waith. Trodd wedyn i edrych ar ben arall yr ystafell, i chwilio am Jan. Roedd hi, hefyd, i fod yn gwneud yr un sifft gynnar ag Alex. Fe ddylai hi fod wrth ei desg nawr. Efallai ei bod yn y gegin, meddyliodd, cyn mynd i'r ystafell loceri i newid i'w hiwnifform.

Pan ddychwelodd yn ôl i fyny at ei desg, aeth i sgwrsio gydag Alex, a chafodd wybod y rheswm am awyrgylch oeraidd yr orsaf. Roedd Jan wedi cael ei harestio.

'*What?*' ebychodd Carys, gan dorri ar dawelwch y gweithlu. Gwridodd wrth weld pennau'n troi i syllu arni'n syn.

'*The sarge told us in the briefing first thing this morning. She's been suspended, and arrested.*'

'*But … why?*'

'*For hiding her brother. Aiding and abetting a criminal. He was in her flat all along, when we were out looking for him, all over London.*'

Curodd calon Carys yn galetach, wrth i donnau o emosiynau cymysg ei bwrw. Sut y gallai hynny fod yn wir? Sut gallai Jan fod wedi twyllo pawb cyhyd? Ac yn fwy na hynny, sut gallai Jan fod wedi'i thwyllo hi?

'*There must be some mistake … she's been behaving so … normal. We were going to go for a drink last night … and she told me before that she wasn't talking to her brother.*'

'*No, Carys, there's been no mistake. CID traced a mobile her brother was using to her flat, and found him there on her sofa at two o'clock this morning …*'

Llyncodd Carys ei phoer, a charthodd ei llwnc. Teimlai fel petai gordd wedi'i phwnio ei stumog. '*I'm sorry, Carys ... I know that you two were good mates ... you must be really gutted ...'*

Rhoddodd Alex ei fraich o amgylch ei hysgwydd, a cheisiodd Carys wenu arno, ond ni allai guddio'r siom a'r dicter yn ei llygaid. Yna, wrth sylwi bod Diane yn edrych arni, a golwg hunanfoddhaus ar ei hwyneb, trodd i ffwrdd, a cherddodd tua'i desg.

'I tried to tell you, Taff – I tried to tell you that she was well dodgy, but you were having none of it ...'

Roedd Diane yn benderfynol o roi ei phig i mewn yn y sgwrs. Gwgodd Carys.

'I didn't ask for your opinion, Diane.'

'Oh, don't be so touchy, for fuck sake ...'

Cymerodd Carys anadl ddofn, a cherddodd yn syth tua'r gegin. Byddai arni angen tipyn o goffi heddiw, er mwyn ymdopi â'r diwrnod o'i blaen. Brathodd ei gwefus wrth deimlo dagrau'n cronni yng nghefn ei llygaid. Sut y gallai Jan fod wedi gwneud y fath beth? A hithau wedi'i hamddiffyn a chadw'i hochr, er gwaethaf malais pawb arall. Roedden nhw'n ffrindiau, on'd oedden nhw?

*

'Ti'n barod PC Plod? Dere!'

'Sori Lleucu – o'n i'n hwyr yn gorffen gwaith. Fydda i 'da ti nawr.'

Pwysai Lleucu yn erbyn canllaw'r grisiau, yn edmygu bwâu coch perffaith ei hewinedd. Gwenodd Carys arni wrth ruthro i lawr y grisiau, a'i chyfarch yn gynnes. Roedd cynnwrf yn cronni yn ei bol, oherwydd gwyddai y byddai gan Lleucu lond stôr o glecs difyr i'w rhannu â hi. Gwyddai hefyd fod y chwithdod a ddaeth rhyngddynt ar ôl y noson gyda Joni wedi diflannu bellach. Ond eto, wrth edrych ar ei gwallt sgleiniog a'i sodlau pigfain, ni allai beidio â theimlo mymryn o anniddigrwydd. Fel y byddai ei mam yn dweud, roedd wastad 'tipyn o rân' ar Lleucu. Hyd yn oed pan fyddai'n galw i'r siop gornel i nôl papur dydd Sul, a hithau'n dioddef o ben-maen-mawr uffernol, byddai golwg lân a sgleiniog arni. Rhyw sglein arbennig, na allai Carys byth ei efelychu. Nid oedd yn ferch hardd, chwaith – gyda'i haeliau pendant a'i gên sgwâr, edrychai fel petai'n ddig am rywbeth o hyd. Ond roedd rhywbeth yn y ffordd y byddai'n ysgwyd ei mwng trwchus, fel eboles, yn denu dynion ati – ac yn dân ar groen Carys.

'Ti'n edrych yn smart iawn, Lleucu – dim ond i siopa ry'n ni'n mynd,' meddai, gan geisio meddalu'r tinc pigog yn ei llais. 'Sa i'n gwybod shwt wyt ti'n gallu godde gwisgo sodle fel 'na i gerdded ar hyd y lle ... a shwt wyt ti'n cael amser i baentio d'ewinedd a neud dy wallt mor daclus ...'

'Mae heno'n noson sbesial, Carys,' atebodd Lleucu'n serchus, yn amlwg heb sylwi ar y min yn ei llais. 'Maen nhw'n troi goleuade Nadolig Oxford Street mlân. Pwy â wyr pwy welwn ni ...'

'Wel, dim ond rhyw *Z-list celebrity* o *reality TV* sy'n troi nhw mlân, ife?'

'Wnaiff e'r tro i fi,' meddai, gyda winc.

Camodd y ddwy allan i'r nos, ac anelu, fraich ym mraich, am y trên tanddaearol. Yn raddol, teimlodd Carys ei haniddigrwydd yn diflannu, a daeth ton o gynnwrf a chynhesrwydd drosti wrth weld Siôn Corn neon ar y tŷ pen. Roedd yr addurn braidd yn ddi-chwaeth, meddyliodd, ond roedd yn cuddio'r craciau yn y wal ac yn tynnu ei sylw oddi ar y siglenni rhydlyd yn yr ardd ffrynt. Gyda'i lewyrch amryliw, fe wnâi i'r cartref llwm edrych bron yn hardd. Ac yn fwy na hynny, efallai, roedd yn ei hatgoffa bod y Nadolig ar y ffordd, ac y byddai hi gartref gyda'i theulu yn yr Ynys cyn hir.

Draw yn Oxford Street, daeth gwên i wyneb Carys wrth weld heidiau o ferched yn sgrechian ac yn parablu'n gyffrous wrth aros am y seren deledu i oleuo'r stryd.

'Wy'n teimlo braidd yn hen fan hyn,' meddai, wrth sylwi fod bron pawb arall o'i chwmpas yn iau nag ugain oed.

'Sdim ots – mae hyn yn sbort, on'd yw e!' atebodd Lleucu, gan godi ei llais i foddi rhagor o gynnwrf a sgrechian wrth i'r actor/canwr/seren realaeth gamu ar y llwyfan. Sylwodd Carys ei fod yn llawer llai nag yr edrychai ar y teledu. Roedd hefyd yn ddigon agos ato i sylwi bod ei groen yn annaturiol o oren.

'*Hello London!*' bloeddiodd, ac atseiniodd sgrech fyddarol drwy'r dorf. '*How you doin tonight?*'

Rhagor o sgrechian afreolus a chwifio breichiau'n wyllt – ac yna, dechreuodd y cyfrif.

TEN-NINE-EIGHT-SEVEN-SIX-FIVE-FOUR-THREE-TWO-ONE!

Goleuodd y stryd, yn enfys danbaid, ddisglair. Rhedodd gwefr drwy wythiennau Carys, a chydiodd Lleucu'n dynnach yn ei braich, wrth iddi hithau hefyd deimlo'r wefr.

'We-hei! Nadolig Llawen, PC Plod!' bloeddiodd, gan chwifio'i dwrn yn yr awyr a sboncio i fyny ac i lawr.

Gwenodd Carys, gan deimlo ynni'r ddinas yn byrlymu drwy ei gwythiennau.

*

'Ti'n edrych yn ffantastig, Carys. Pryna hi!'

Edrychodd Carys arni ei hun yn y drych, cyn troi at Lleucu dan wenu'n gam.

'Mae'n gant a hanner, Lleucs. Cant a hanner am ffycin ffrog! Dychmyga beth gallwn i brynu gyda chant a hanner o bunne!'

'Dere nawr. Ti'n gwybod dy fod ti'n edrych yn *stunning* ynddi hi. Mae'n rhaid iti gael rhywbeth neis i wisgo i'r parti gwaith ...'

'Wy'n siŵr y galla i gael rhywbeth neis am hanner – os nad chwarter – y pris 'ma ...'

'Paid â bod yn sofft. Ma isie iti gael rhywbeth o safon ... a 'drycha ar y ffordd mae'n dangos dy gorff di, yn *clingy* yn y llefydd iawn i gyd. Dwlen i gael ffigwr fel ti, y bitsh!'

Gwenodd Carys. Oedd, roedd y ffrog yn glynu'n llyfn wrth ei chorff, gan ddangos siâp ei bronnau a meinder ei gwasg. Diolch i'r gemau sboncen gyda Lleucu – a mis heb gwrw – edrychai ar ei gorau ar hyn o bryd.

'Mae hi'n fy siwtio i, wy'n credu ... ac mae'r lliw gwyrdd yn neis ...' meddai Carys, â thinc o betruster yn ei llais o hyd.

'Ydy ... nawr dere! Pryna hi! Rwyt ti am greu argraff dda yn y parti, on'd wyt ti?'

'Ym ... wel ... ydw, ond falle ei bod hi damed bach dros ben llestri ar gyfer pryd o fwyd mewn tafarn?'

'Nag yw! Paid â bod yn sili! Mae'n Nadolig! Nawr tynna'r ffrog 'na bant, a dere i dalu …'

Ufuddhaodd Carys, a theimlodd ias o bleser wrth i'r ffrog ddisgyn yn sidanaidd dros ei chluniau. Ond wrth dalu amdani, daeth wyneb ei mam i'w meddwl – yn gwgu. Gallai ddychmygu beth fyddai ei hymateb pe bai hi yno gyda hi nawr – 'Cant a hanner o bunnoedd ar ffrog! O's colled arnat ti ferch?'

Daeth pwl o euogrwydd drosti, a bu bron iddi ddychwelyd y ffrog i'r rheilen. Ond yna, dychmygodd ei hun yn cerdded i mewn i'r parti Nadolig, a'i chyd-weithwyr yn troi i edrych arni'n llawn edmygedd. Meddyliodd am esmwythder y defnydd yn erbyn ei chluniau, a pha mor debyg oedd lliw y ffrog i lwydwyrdd ei llygaid. Camodd at y til, a phwysodd ei rhif PIN i'r peiriant.

PENNOD 13

Er bod yr awyr rewllyd yn brathu ei chlustiau, a'i hesgidiau'n gwasgu ar ôl oriau o sefyllian yn yr oerfel, teimlai Carys yn sionc ac yn fodlon ei byd wrth gerdded o'r orsaf danddaearol tuag adref. Rhoddodd ei llaw i mewn i'w bag siopa, a mwythodd ei ffrog newydd. Unwaith eto, dychmygodd ei chyd-weithwyr yn ebychu mewn rhyfeddod – *Carys, you look stunning! Wow! You look so different out of your uniform!*

A hithau'n synfyfyrio'n ddwys, baglodd dros grac yn y pafin, a bu bron iddi gwympo ar ben cardotyn, a safai yn nrws siop Spar.

'*Got any spare change, love?*'

'*Sorry, I haven't got any change,*' atebodd yn frysiog, gan sgrialu oddi wrtho. Ond parodd rhywbeth yn ei gylch iddi droi ei phen. Craffodd arno, o'i gorun i'w sawdl – ar ei *shell suit* dyllog a'r flanced fawr frown dros ei ysgwyddau. Edrychodd ar ei farf drwchus, ei drwyn coch, a'r can o Special Brew yn ei law. Roedd yn debyg i bob cardotyn arall a welai bob dydd ledled Llundain. Yr un oedd ei arogl hefyd – chwys stêl ac alcohol. Ond roedd tinc cyfarwydd yn ei lais. Tinc cynnes a ddeuai â phwl o hiraeth drosti. Ie, dyna pwy oedd e, meddyliodd – Trefor. Trefor y cardotyn o Drefor.

Roedd Carys wedi siarad ag e sawl gwaith. Ar un adeg, ryw flwyddyn yn ôl, fe'i gwelai bron bob wythnos wrth gerdded tuag adref. Ni fyddai Trefor yn ei chofio fel arfer, a byddai'n rhaid iddi ei chyflwyno ei hun iddo o'r newydd bob tro. Er hynny, byddai'n mwynhau cael sgwrs fach gydag ef am hyn a'r llall, a byddai Trefor yn amlwg wedi cyffroi'n lân o gael cyfle i siarad ei famiaith.

'Shwt y'ch chi heno Trefor?'

Trodd yntau i edrych arni. Carthodd ei lwnc, cyn ateb mewn llais tawel, syfrdan.

'Duw Duw, Cymraes! Yma yn Llundan! Dwi'n dda iawn, 'y mechan i. Da iawn. Dal i fynd, yntê. Dal i gredu.' Ymsythodd, ac edrychodd yn ffenestr y siop er mwyn esmwytho'i wallt. Gwnaeth hynny mor ofalus a chyda cymaint o falchder â phe bai'n ŵr bonheddig mewn siwt a thei.

Gwenodd Carys. Trefor, druan. Cofiai'r sioc a gawsai pan ddechreuodd Trefor siarad Cymraeg â Rhydian a hithau, y tro cyntaf iddynt ei weld. Roedd y ddau ar y ffordd adref o'r King, yn slyrian 'Calon Lân' dros bob man, pan glywsant lais arall yn y pellter yn ymuno â nhw, yn canu alaw'r tenor yn llawn arddeliad. Llais swynol Trefor. Llais a oedd yn swnio'n rhy bur, rywsut, i fod yn llais trempyn.

Yn fuan wedi'r cyfarfyddiad cyntaf hwnnw, daeth Rhydian a Carys ar ei draws eto, a buont yn siarad gydag ef am gryn amser. Cawsant glywed hanes ei fywyd. Sut y daeth i Lundain yn y chwedegau i wneud ei ffortiwn, yn fachgen penfelyn pump ar hugain oed. Yr un sbit â Brian Jones o'r Rolling Stones, yn ôl ei ffrindiau. Esboniodd iddo gael gwaith fel peiriannydd yn Canary Wharf, a phriodi merch neis o Walthamstow, a'u bod nhw'n byw mewn fflat cyfforddus ar Carnaby Street, yng nghanol Swinging London. Popeth yn dda, a bywyd yn braf... tan i'w wraig redeg i ffwrdd gyda'i ffrind gorau (a oedd hefyd yn hanu o Drefor). Torrodd ei galon, a chollodd bopeth – ei waith, ei gartref, a'i holl arian. Ac ers degawdau, roedd yn crwydro'r strydoedd yn ddigyfeiriad, yn cerdded ac yn cerdded nes bod ei draed yn glwyfau byw.

'Mi ddylwn i fod wedi'i heglu hi 'nôl i Drefor,' cyfaddefodd, â thinc dagreuol yn ei lais. 'Ond roedd gin i ormod o g'wilydd cyfadda 'mod i wedi methu. 'Mod i heb neud fy ffortiwn. Ac erbyn imi sylweddoli bod hynny'n wirion, a bod 'na ddim dyfodol imi yn Llundan … roedd yr hen ddiod 'ma wedi cydiad yndda i, a doedd gin i ddim pres i deithio adra. Hen le creulon ydy'r ddinas 'ma, ngwas i. Paid ti ag aros yma fwy na sydd raid. Na titha chwaith, 'y mechan i.'

Ac ar ôl clywed ambell stori frawychus am rai o gymeriadau mwyaf annymunol y strydoedd, ceisiodd y ddau ei helpu, trwy fynd ag ef i hostel. Ond nid arhosodd yno'n hir, ar ôl clywed nad oedd ganddo hawl i smygu yno. Cyflwynodd Carys ef i werthwr *Big Issue* hefyd, yn y gobaith y gallai wneud hynny i gael rhywfaint o drefn a sefydlogrwydd yn ei fywyd, ond nid oedd y syniad hwnnw'n apelio ato chwaith.

'Fedra i ddim diodda ca'l rhywun yn deud wrtha i beth i neud. Dwi wedi bod yn *independent* yn rhy hir, wsti.'

A dyna fu diwedd y syniad hwnnw.

Trodd Carys i edrych arno nawr, a sylwodd ar graith goch ddofn uwchben ei aeliau.

'Wy ddim wedi'ch gweld chi ers sbel, Trefor.'

Craffodd arno eto, syllu'n hir ar y rhychau dwfn yn ei wyneb. Roedd yn drigain oed, yn ôl Rhydian, a fu'n ddigon anghwrtais i ofyn beth oedd ei oedran. Dyna oedd Trefor yn ei gredu, beth bynnag – ond doedd e ddim yn siŵr. Wedi colli cownt dros y blynyddoedd.

Trigain oed. Yr un oed â Mam, meddyliodd Carys. Ond â'r olwg bell yn ei lygaid pwl, a'r cryndod yn ei ddwylo, edrychai ugain mlynedd yn hŷn.

'Ym … wel … fuish i'n hosbitol am 'chydig, sti,' atebodd Trefor, yn araf a phetrusgar.

'Pam aethoch chi i'r ysbyty?'

'Disgyn i lawr ryw stepia wrth y tiwb. Fuodd rhaid i mi gael pwytha ar y nhalcian.'

'Ma fe'n disgwyl yn gas.'

'Wel, mi oedd o'n reit hegar, sti.'

'Gesoch chi dipyn o sioc, wy'n siŵr.'

'Do … ond dwi'n well rŵan. Yn iach fatha … fatha cneuan,' atebodd, gan beswch dros bob man. Hen beswch cras, a oedd yn crafu gwaelod ei ysgyfaint.

'Y'ch chi'n iawn?'

'Yndw, sti. Fydda i'n iawn … mewn sbelan …'

Cymerodd lymaid o'i Special Brew, a gostegodd y peswch.

Trodd Carys oddi wrtho. Ni allai ddioddef edrych arno, a'r graith hyll ar ei wyneb.

Ond ni allai droi ei chefn arno.

'Dyma bumpunt ichi, Trefor. Prynwch rywbeth i fwyta, plis. Peidiwch â'i wario fe ar ragor o gwrw, wnewch chi?'

Cipiodd y bumpunt o'i llaw, cyn iddi gael cyfle i newid ei meddwl.

'Wel diolch yn fawr iawn i ti, 'y mechan i. Rwyt ti'n ffeind iawn, wyt wir.'

Ac i ffwrdd ag ef, i mewn i'r siop gornel. Edrychodd Carys arno drwy'r ffenestr, yn ymlwybro o gwmpas yn drwsgl, fel petai golau llachar y siop wedi'i ddallu. Yn cydio'n dynn, dynn yn y papur pumpunt, gan ei wasgu yn erbyn ei frest. Ond yna, fe'i gwelodd yn troi oddi wrth yr oergell, ac yn cerdded at y cwrw. Edrychodd Carys i ffwrdd, wrth deimlo chwerwedd yn crynhoi yn ei stumog. Yr hen ddiawl dwl, meddyliodd. Ond yn fwy na dim, teimlai'n ddig â hi ei hun, am fod mor naïf a disgwyl y byddai Trefor yn gwrando arni hi. Gwthiodd ei llaw i'w bag siopa, a gwasgodd ei ffrog newydd yn ei dwrn. Ei gwasgu a'i mwytho, gan feddwl am noson y parti, pan gâi ei gwisgo. Ond roedd y chwerwedd yn dal yno.

Ar ôl cyrraedd adref a newid i'w phyjamas meddal, clyd, aeth Carys yn syth at y ffôn i ffonio'i theulu. Roedd hi'n tynnu am ddeg o'r gloch – fyddai hi byth yn ffonio mor hwyr â hynny fel arfer – ond ysai am glywed llais ei mam. Roedd y cyfarfyddiad â Trefor wedi tanio rhywbeth ynddi. Teimlai hiraeth anniddig ym mêr ei hesgyrn, a gwyddai na fyddai gobaith iddi gysgu heb gael gwared arno. Ond ni ddaeth cysur o'r alwad ffôn.

'Carys fach, beth sy wedi digwydd?' oedd geiriau cyntaf Gwenda.

'Dim byd, Mam. Peidiwch becso. Jyst ffonio i weld shwt y'ch chi, 'na'i gyd. Sori am ffonio'n hwyr … pawb yn iawn?'

'Odyn, odyn… disgwyl mlân at dy weld di wrth gwrs. Pryd wyt ti'n dod gartre nawr?'

'Mewn tair wythnos. Rhagfyr y pedwerydd ar bymtheg. A bydda i gartre wedyn tan yr ail o Ionawr.'

'O, lyfli. Lyfli, Carys. Bydd yn neis dy gael di gartre am sbel … ry'n ni am gael gaeaf hir a chaled, wy'n credu …'

Tawelodd ei llais, ac er mor glir oedd llinell y ffôn, swniai ei mam fel petai'n bell i ffwrdd, ar gyfandir arall. Ni welai Carys y pryder yn ei llygaid na'r ffordd yr oedd hi'n chwarae'n nerfus â chortyn cyrliog y ffôn, ond synhwyrai fod rhywbeth o'i le.

'A shwt ma Dadi?'

'Bishi, fel arfer. Ma John Pen Cae wedi gwneud dolur i'w ben-glin ac yn gorfod ca'l trinieth wthnos nesa, felly ma dy Dad wedi bod yn helpu i fwydo'i ddefed e a rhyw fân bethe eraill ar hyd y lle. Gweithio'n rhy galed, fel arfer.'

'A Rhiannon?'

Tawelodd y lein, a chlywodd Carys ei mam yn anadlu'n ddwfn, fel petai'n cael trafferth dethol y geiriau cywir i'w rhannu'n ofalus gyda'i merch.

'Wel, ddim yn rhy dda, ma arna i ofan. Ma hi wedi colli'i swydd yn y siop bapur newydd … cafodd hi'r sac.'

'Pam? Does dim isie help ar Margaret nawr? O'dd hi'n ffaelu ffordo talu ei chyflog hi?'

'Na … dim byd fel'na. Chwarae teg, buodd Margaret yn amyneddgar tost ac yn dda iawn wrthi. Ond roedd Rhiannon … wel, ti'n gwybod fel ma hi. Yn ca'l trafferth codi yn y bore. Bydde'n rhaid i fi a dy dad weiddi arni i'w dihuno hi, a mwy neu lai ei chario hi i'r bathrwm … ond roedd hi wastad yn cyrraedd yn hwyr. Ac yn diflannu weithie ar ôl cyrraedd y gwaith, yn mynd mas i'r cefen i gael ffag … ac yn swrth gyda'r cwsmeriaid hefyd. Doedd Margaret ddim yn gallu dibynnu arni hi o gwbwl.'

'Beth mae Rhiannon yn feddwl am hyn i gyd? Yw hi'n ypset?'

'Ypset? Nag yw! Mae hi'n falch, os rhywbeth. "O'n i'n ffaelu godde'r job ta beth, Mam," medde hi wrtha i. "O'n i mor *bored.* Ac roedd yr arian yn crap." Dyna oedd geirie mei ledi. Ond beth y'n ni'n mynd i neud 'da hi Carys? Os yw hi'n ffaelu ymdopi â swydd ran amser ceiniog a dime mewn siop bapur newydd, beth ar wyneb y ddaear mae hi am wneud gyda'i bywyd? Y cyfan mae hi am wneud yw cysgu, cysgu, cysgu drwy'r dydd, a siarad 'da phobol ar y Face ... Face ...'

'Facebook, Mam,' meddai Carys, gan dorri ar ei thraws mewn llais tawel, gofalus.

'Ie, hwnnw ... ac mae hi mas heno gyda rhyw foi mae hi wedi'i gwrdd trwyddo fe. Rhyw hipi sydd newydd symud mewn i'r ardal. Mae hi'n pallu dweud beth mae hi'n neud a ble mae hi'n mynd – a fydd hi ddim 'nôl tan yn hwyr heno, betia i di. Ond beth alla i neud? Mae hi'n bump ar hugain oed ...'

'... Ond mae hi'n trin chi a Dad yn ofnadw. Dyle hi fod yn talu rhent i chi neu rywbeth, neu o leia'n helpu o gwmpas y fferm.'

'Talu rhent? Gyda beth? Marblis? Ac mae hi wedi blino gormod i helpu. Wastad wedi blino. Isie gwneud dim ond cysgu. A dyw hi ddim yn bwyta'n iawn, wrth gwrs. Yn pigo'i bwyd fel dryw ac yn dene fel sgrin. Ac mae hi mor gas os ydw i'n trio awgrymu y dylai hi neud rhywbeth, neu fynd i weld rhywun i gael help. Mae hi'n gweiddi ac yn sgrechen arnon ni ... ma hi mor ffycin gas o hyd ... '

Rhewodd Carys. Nid oedd erioed wedi clywed ei mam yn rhegi – wel, nid yn rhegi go iawn. 'Shefins' neu 'sglyfeth' fyddai ei dewis eiriau, pe digwyddai rhyw anffawd neu'i gilydd. Swniai'r rhegair Saesneg yn galed ac yn drwsgl yn ei llais addfwyn. Mae'n siŵr y byddai Carys wedi chwerthin, pe na bai ei mam yn swnio mor ddig, ac mor ofnadwy o ddigalon.

'Sori, Carys,' ochneidiodd Gwenda. 'Mae'n flin 'da fi am regi fel'na. Ond ry'n ni wedi cyrraedd y pen, wy'n gweud wrthot ti. Allwn ni byth â chario mlân fel hyn. Wy mor falch dy fod ti'n dod gartre cyn bo' hir. Falle wrandawith hi arnat ti. Falle galli di fwrw tamed bach o sens i'w phen hi ...'

'Wel, gawn ni weld. Galla i drio 'ngore. Ond help proffesiynol sydd angen arni hi nawr, wy'n credu.'

'Diolch Carys. Wy mor falch dy fod ti'n cadw'n iawn, ac yn hapus. Wy'n gwybod nad oes isie imi boeni amdanat ti, er dy fod ti'n Llunden yn gwneud job danjerus. Ti'n synhwyrol, yn gallu edrych ar ôl dy hunan. Diolch byth dy fod ti'n iawn.'

Daeth y sgwrs i ben, ac aeth Carys ar ei hunion i'r gwely. Teimlodd ei hun yn suddo'n ddwfn i'r pant yn y canol. Roedd pob asgwrn a phob gewyn yn ei chorff yn dyheu am gwsg, a'i llygaid blinedig yn sych grimp. Ond cwsg aflonydd a gafodd, yn llawn breuddwydion anesmwyth am graith goch Trefor a wyneb pryderus ei mam.

Ar ôl dychmygu'r foment dro ar ôl tro yn ei phen – y foment fawr pan fyddai'n camu i mewn i'r parti Nadolig yn ei ffrog werdd newydd, a phawb yn troi i edrych arni'n syfrdan – cafodd Carys dipyn o siom pan na ddigwyddodd pethau fel roedd hi wedi eu disgwyl.

'Hi Carys, you look nice,' meddai Alex yn serchus, cyn troi 'nôl at Carl, a oedd wrthi'n dweud jôc hir ac yn mwynhau cael sylw cynulleidfa feddw, frwd.

'That dress is a lovely colour – really brings out the colour of your eyes,' meddai Carol o'r adran Adnoddau Dynol, a'i chlustlysau Siôn Corn yn wincio dan y *fairy lights*. Sylwodd Carys ei bod hi'n gwisgo jîns a thop coch, tyn. Dillad eithaf anffurfiol, fel gweddill y merched yn y gweithlu. O, diawl! Dim ond hi oedd wedi gwisgo ffrog. Pam na allai hi byth edrych yn iawn? Pam fod rhaid iddi wisgo'n rhy anniben – neu'n rhy smart – o hyd?

Fel petai hi'n darllen ei meddwl, cydiodd Diane yn ei braich, a dweud yn ffug-gyfeillgar, *'Nice dress ... saw it the other day in Karen Millen. But a bit over the top for a pub do, don't you think? You'll have beer stains and all sorts over it in no time.'*

'I thought I'd make an effort – it is Christmas after all,' atebodd Carys yn serchus, gan ymdrechu'n galed i beidio ysgyrnygu ei dannedd.

'Hmm. Well, it does show off your figure – and maybe you're trying to impress someone. I don't know who, though. Jan's not here any more. Your little lesbian friend. So maybe it's Alex – he's always had the hots for you, hasn't he?'

Gwenodd Diane wrth weld wyneb Carys yn troi o goch i biws, a fflach o ddicter yn ei llygaid. Ymbalfalodd Carys yn ei meddwl am ymateb chwim, ffraeth. Unrhyw beth i gau ceg ei chyd-weithwraig anghynnes. Ond yna, fel ateb i'w gweddi, daeth 'I Wish It Could Be Christmas Every Day' ar y jiwcbocs, yn uchel fyddarol, ac ymunodd Diane yn y canu. Ni fu Carys erioed mor falch o glywed sgrechian Noddy Holder.

Digon difywyd fu gweddill y noson, er gwaethaf ymdrechion y sarjant i gael pawb ar eu traed i ddawnsio. Bu'n wythnos brysurach nag arfer i staff yr orsaf. Wrth i dymor y partïon dwymo, gwelwyd cynnydd yn yr achosion o gam-drin yn y cartref ac ymladd meddwol yn y strydoedd. Ar ben hynny, roedd pawb yn gysglyd ar ôl stwffio cinio Nadolig y dafarn – mynydd o datws rhost, galwyni o refi, sbrowts slwtsh a thafellau cybyddllyd o dwrci brown. Cinio tipyn llai moethus a blasus na'r flwyddyn cynt, ond roedd y sarjant yn awyddus i brofi fod yr heddlu – fel pawb arall – yn barod i dorri'u costau yn yr 'hinsawdd economaidd anodd'.

Tua hanner awr wedi deg, a hithau wedi hen ddiflasu ar glebran Carol a chega Diane, dechreuodd Carys edrych ar ei wats. Faint o'r gloch fyddai hi'n dderbyniol iddi adael, meddyliodd, heb ymddangos yn hollol sych a diflas? Ond ni fu'n rhaid iddi aros yn hir. Yn raddol, dechreuodd pobl sôn am 'sifft gynnar fory' a 'gwaith papur i'w wneud cyn mynd i'r gwely', cyn ymlwybro allan trwy ddrws y dafarn. Cododd Carys ar ei thraed, ac estynnodd ei chot.

'*You're not going now, are you*?' holodd Alex, a oedd bellach wedi symud i eistedd gyferbyn â hi. '*It's not even eleven o'clock.*'

'*I'm knackered, Al,*' atebodd, gan rwbio'i llygaid.

'*Well let me walk you to the tube, then,*' meddai, gan godi ar ei draed a chamu tuag ati. Cydiodd yn ei chot, a'i helpu i'w rhoi amdani.

'*Thanks ... but I'll be OK. You stay here with the boys.*'

'*I'd like to make sure you're OK.*'

'*I'm fine. It's only across the road.*'

Roedd braich Alex yn dal i bwyso ar ei hysgwydd. Cododd Carys ei phen i edrych arno, a theimlodd fymryn o anesmwythyd. Roedd yn syllu arni'n ddifrifol, a'i lygaid yn llawn pryder amdani. Efallai bod Diane yn iawn, meddyliodd. Efallai fod Alex yn ei ffansïo. Trodd i edrych ar y llawr, wrth deimlo'i hwyneb yn gwrido eto.

'*Well – if you're sure you're OK, I'll stay here. But Carys ...*'

'*What?*'

'*Take no notice of Diane. You look stunning in that dress.*'

Gwenodd Carys arno, cyn troi i ffwrdd ar ôl seibiant chwithig, a chamu allan drwy'r drws.

Anadlodd yr awyr oer yn ddwfn i waelod ei hysgyfaint. Roedd ei meddwl ar chwâl. Alex yn ei ffansïo? Fyddai hi byth wedi dyfalu. Roedden nhw'n ffrindiau. Mêts. A doedd hi erioed wedi meddwl amdano mewn ffordd wahanol i hynny.

Roedd rhan ohoni'n falch – yn falch bod rhywun yn ei gwerthfawrogi ac yn ei gweld yn ddeniadol. Ond Alex? Ei ffrind?

Cerddodd yn ei blaen, gan gyflymu'n gynt ac yn gynt nes ei bod yn loncian. Yna dechreuodd redeg, a'i sodlau uchel yn clecian ar y pafin. Anadlodd yn ddyfnach ac ymgollodd yn rhythm cyson ei chamau, a theimlodd ei chorff yn ysgafnhau gyda phob cam. Doedd dim ots nawr am Colin a Liz a Diane ac Alex a phawb arall. Doedd dim angen iddi feddwl am y gwaith am bythefnos. Roedd y gwyliau wedi dechrau.

PENNOD 14

Wrth deithio adref ar y trên, teimlai Carys donnau o gynnwrf wrth feddwl am weld ei rhieni – yn enwedig ei thad. Nid oedd wedi'i weld ers dechrau'r haf, pan fu ar ei hymweliad diwethaf â'r Ynys, ac ni fu yntau erioed i ymweld â hi yn Llundain. Roedd yn anodd iawn iddo adael y fferm, gan y byddai rhywbeth i'w wneud yno o hyd. Meddyliodd Carys am yr unig dro yr aeth y teulu cyfan i ffwrdd gyda'i gilydd. Wythnos fach mewn lle Gwely a Brecwast ym Mhwllheli, pan oedd Rhiannon a hithau'n ifanc, yn rhyw ddeg ac wyth oed. Ond buont yno am lai nag wythnos yn y diwedd; bu'n rhaid dod â'r gwyliau i ben yn ddisymwth pan ddaeth galwad ffôn i'r Gwely a Brecwast, i hysbysu Gwilym a Gwenda fod un o'u gwartheg ar fin esgor.

Yn ogystal â chynnwrf, roedd rhywfaint o bryder yn corddi yn stumog Carys. Byddai hi gartref am bythefnos, ac nid oedd wedi treulio cyfnod gyn hired â hynny yn yr Ynys ers dyddiau coleg, ryw saith mlynedd yn ôl. Byddai Gwenda a'i ffysian di-baid yn siŵr o fod yn dân ar ei chroen erbyn y diwedd. Pryderai hefyd am weld ei Mam-gu ddiwrnod Nadolig; ni châi Carys lawer o'i hanes gan Gwenda, ond awgrymai'r cryndod yn ei llais wrth sôn amdani fod ei chyflwr wedi gwaethygu dros y misoedd diwethaf. Ond yn fwy na dim, wrth gofio am ei sgwrs gyda'i mam rai wythnosau ynghynt, pryderai am orfod delio â Rhiannon, a'i hwyliau anwadal ac ymfflamychol.

Unwaith iddi adael Caerdydd ar drên Calon Cymru, newidiodd hwyliau Carys a lleddfodd ei phryder yn sŵn clic-clac-clic-clac y cledrau. Ymlaciodd a daeth gwên i'w hwyneb wrth weld y tirlun dinesig, diwydiannol yn dechrau glasu a harddu. A hithau'n ddiwrnod rhewllyd o aeaf, roedd yr awyr las lachar bron â'i dallu. Yna, wrth nesu at Landeilo, tywyllodd yr awyr, a disgynnodd cawod drom o law, gan fwrw ffenestr y trên fel cesair. Ond munudau yn unig a barodd y gawod, ac ymhen dim, roedd yr awyr yn las drachefn ac enfys yn ymestyn drosti. Syllodd Carys drwy'r ffenestr, gan ryfeddu at wyrth byd natur. Ac yna, i goroni'r cyfan, sylwodd ar geffyl gwyn yn y pellter, fel petai'n carlamu at yr enfys.

Daeth 'ping' ei ffôn i darfu ar bleser y foment honno. Neges destun. Llyncodd Carys ei phoer yn nerfus. Jan oedd yr enw ar y sgrin.

> I'm really sorry Carys for everything. I really let you down. You've been a good friend to me. But I couldn't hand him in. He's my brother. I'm so sorry. I hope you can forgive me. I'd really like to see you to explain what happend, and to apologize. Please get in touch. Jan X

Syllodd yn hir ar y neges. Daeth cryndod rhyfedd drosti.

Am eiliad, teimlodd yn falch. Roedd Jan wedi meddwl amdani. Roedd hi'n teimlo euogrwydd am yr hyn wnaeth hi, ac yn poeni ei bod wedi brifo teimladau ei ffrind. Swniai fel pebai'n hollol ddiffuant. Na, penderfynodd. Allai hi ddim ateb ei neges. Roedd Jan wedi ei thwyllo a'i siomi, ac wedi gwneud ffŵl ohoni.

Caeodd y neges ac edrychodd ar enw Jan yn ei rhestr gysylltiadau. Mae'n siŵr y dylai ddileu ei rhif, ac anghofio popeth amdani. Llithrodd ei bys at y symbol bin sbwriel. Syllodd arno'n hir, gan deimlo ei chalon yn cyflymu. Mae Llundain yn anferth, meddyliodd, ac mae'n bosib na wela i hi byth 'to. Un glic, a dyna ni. Torri'r cysylltiad am byth. Allai hi ddim ei bwyso. Roedd ei llaw wedi fferru. Allai hi ddim dileu ei ffrind o'i bywyd. Wedi'r cyfan, meddyliodd yn drist, faint o wir ffrindiau sy gyda fi erbyn hyn?

Rhoddodd ei ffôn yn ôl yn ei bag a cheisiodd ganolbwyntio ar ddarllen ei phapur newydd. Ond mynnai geiriau Jan ddawnsio o flaen ei llygaid. Roedd hi wedi mynd i'r drafferth i gysylltu â hi. Oedd hi'n haeddu cyfle i esbonio popeth?

Arafodd y trên, ac yn raddol, daeth ei thad i'r golwg. Adnabu Carys ef o bell gan mai'r un dillad a wisgai bob amser, fwy neu lai, sef trowsus brown tywyll, cot oel werdd a chap stabal brown, a fflach lachar o goch a melyn am ei wddf, sef sgarff a gawsai'n anrheg gan Carys a Rhiannon flynyddoedd maith yn ôl. Wrth nesu ato, sylwodd Carys mor frown oedd ei groen, er ei bod yn ganol gaeaf. Lliw brown naturiol y byddai Rhydian yn barod i dalu ffortiwn am botel ohono, meddyliodd. Chwifiodd arno, dan wenu o glust i glust, a chododd ei thad ei law am eiliad fach, a gwenu'n swil cyn sythu ei gap a'i sgarff. Nid oedd yn un i dynnu sylw ato'i hun. Mor wahanol oedd ei ymarweddiad i gynnwrf gorffwyll ei mam yng ngorsaf Paddington rai misoedd yn ôl.

Agorodd y trên ei ddrysau, a chamodd Gwilym tuag at Carys.

'Shwt wyt ti, Carys fach?' meddai, gan bwyso'i law ar ei hysgwydd. Yna, cyn aros am ateb, estynnodd ei law arall am ei chês trwm, a oedd yn llawn anrhegion Nadolig, a'i godi'n ddidrafferth cyn cerdded at y tryc. Ni chafodd gusan na choflaid ganddo, gan na fyddai Gwilym byth yn rhoi llawer o faldod i'w ferched, ond gwelai Carys yr anwyldeb yn ei lygaid. Roedd ei thad wrth ei fodd o'i gweld.

Roedd y tryc mawr wedi'i barcio'n anniben ym mhen pellaf y maes parcio. Gwenodd Carys. Roedd pob ffermwr arall yr oedd yn ei adnabod yn gyrru'n hollol feistrolgar – bron nad oedd yn beth hollol reddfol iddynt – ond ni fentrai ei thad ar y ffyrdd yn y tryc oni bai bod hynny'n gwbl angenrheidiol.

'Chi'n moyn i fi rifyrso fe mas i chi?' holodd Carys, wrth sylwi fod y tryc wedi'i gau mewn congl letchwith, a golwg bryderus ar wyneb ei thad.

'Ym, ie, os wnei di, Carys fach,' atebodd, a'r rhyddhad yn amlwg yn ei lygaid wrth wylio'i ferch yn troi trwyn y cerbyd tua'r allanfa. Ond mynnodd symud y tu ôl i'r llyw wedi hynny, er mor herciog oedd ei ddull o yrru, a'i lygaid nerfus yn dynn ar yr heol. Ni ddywedodd air wrth Carys tan iddynt gyrraedd cymal olaf y daith yn ddiogel.

'Shwt daith gest ti, 'te? O'dd y trên yn fishi?'

'Ddim yn rhy ffôl. O'n i'n lwcus 'mod i'n gallu teithio ar ddydd Iau – pnawn fory fydd hi waetha … Shwt ma pawb? Shwt ma Mam-gu?'

'Wel, ddim yn rhy dda. Dim ond diwrnod Nadolig fydd hi gyda ni, wy'n credu. Awn ni â hi 'nôl wedyn i'r hôm. Mae'n rhy anodd inni ofalu ar ei hôl hi nawr. Dyw hi ddim yn siŵr ble ma hi … mae'n dechre panico …'

'A Rhiannon?' Nid atebodd ei thad. Roeddent wedi cyrraedd cyffordd, ac ni allai ef gadw golwg ar y drych a siarad yr un pryd. Arhosodd (yn rhy ofalus, ym marn Carys) am fwlch yn llif y traffig, cyn gyrru ymlaen yn betrusgar, a'i wyneb yn goch gan dyndra. Yna, pan oeddent yn ôl ar yr heol, a'r Ynys o fewn golwg, atebodd ei chwestiwn.

'Ry'n ni wedi bod yn becso … am Rhiannon. Ma hi wedi mynd yn waeth … yn pwdu ac yn gwylltu am ddim rheswm. Bydd dy fam yn falch o dy gael di gartre. Gobeithio galli di helpu. Falle gwrandawith hi ar ei whâr fowr.'

Edrychai cegin yr Ynys mor gynnes a chroesawgar â llun ar gerdyn Nadolig. Fel arfer, ar Noswyl Nadolig y byddai'r teulu'n addurno'r tŷ, ond roedd Gwenda wedi gwneud hynny'n gynnar eleni er mwyn estyn croeso cynnes arbennig i Carys. Hongiai rhesi o gardiau ar gortyn uwchben y ffwrn Rayburn, a hen gadwynau papur – a'u lliw bellach wedi pylu – ar draws y nenfwd. Yn y corneli a'r silff ffenestr, roedd celyn gydag aeron coch iraidd, a sbrigyn o uchelwydd uwchben y drws. Deuai arogl mins peis ffres o'r Rayburn, gan gryfhau'r naws gynnes, draddodiadol.

'Waw, Mam, mae hi'n edrych yn grêt yma,' ebychodd Carys, gan nesu at y Rayburn i dwymo. Brysiodd Gwenda tuag ati, a'i gwasgu'n dynn at ei brest.

'O Carys fach, mae hi mor neis dy weld di!' Gwasgodd hi'n dynnach eto, gan fwytho ei gwallt. 'Carys fach, gartre'n saff! Nawr, eistedda wrth y bwrdd. Galli di ddadbaco wedyn. Cymera ddisgled a mins pei, tra'u bod nhw'n dwym. Ti'n disgwyl yn dene – bydd rhaid i fi roi digon o fwyd i ti dros y pythefnos nesa, i ti gael pesgi tamed bach.'

'Iawn Mam,' atebodd Carys, â thinc diamynedd yn ei llais, cyn holi, 'Ble mae Rhiannon?' Difarodd iddi ofyn y cwestiwn. Diflannodd y sirioldeb o lygaid ei mam.

'Ym, wel ... smo ni'n siŵr. Aeth hi mas y peth cynta bore 'ma gyda Rob, y cariad newydd. Ond bydd hi 'nôl cyn hir, wy'n siŵr. Nawr dere, byt dy fins pei.'

*

Er mai dim ond ers tridiau yr oedd Carys gartref, roedd arogl unigryw'r Ynys wedi treiddio trwy ei dillad, i lawr at ei chroen. Tan iddi symud i ffwrdd i'r Brifysgol, ni sylweddolai fod yr arogl hwnnw'n bodoli, gan mor hollbresennol ydoedd yn ei ffroenau bob dydd. Ond nawr, a hithau wedi gadael cartref, dyheai am yr arogl hwnnw o bryd i'w gilydd – y gymysgedd chwerw-felys o bridd, tail a 'cêc' y defaid.

Camodd i mewn i'r bàth, ac ochneidiodd yn braf wrth deimlo'r dŵr cynnes yn mwytho'i chyhyrau lluddiedig. Bu'n gweithio'n galed dros y dyddiau diwethaf, gan na allai ddioddef bod yn segur ar y fferm. Codai'n blygeiniol gyda'i thad, ac fe'i dilynai drwy'r dydd i'w helpu wrth ei waith. Ac roedd digon o waith i'w wneud, er mor oer a rhewllyd oedd y tywydd. Y diwrnod hwnnw, buont yn carthu'r beudai ac yn cludo sachau o 'cêc' i gopa'r bryniau oer i fwydo'r defaid. Hynny i gyd cyn hanner dydd, a rhagor o garthu ar ôl cinio.

Suddodd Carys yn ddyfnach o dan y dŵr. Teimlai'n sicr fod gwaith corfforol y fferm yn rhoi tipyn mwy o straen ar ei chorff na sesiwn yn y gampfa neu gêm sboncen gyda Lleucu. Roedd ei dwylo wedi newid hefyd – ei hewinedd yn ddu, a'i chroen yn arw fel rhisgl coeden. Ond nid oedd ots ganddi am hynny. Teimlai fod y gwaith caled yn dda i'w meddwl hefyd, gan iddi gysgu'n well y nosweithiau diwethaf nag y gwnaeth ers amser maith. Braf hefyd oedd cael bod gyda'i thad, a mwynhau tawelwch cyfforddus ei gwmni. Ni fyddent yn sgwrsio rhyw lawer – dim ond gwneud ambell sylw, a gwên a chwerthiniad. Roedd hynny'n ddigon, ac ni theimlai'r un ohonynt fod angen llenwi'r seibiannau gyda chlebran disylwedd.

Ddiwedd y prynhawn, ar ôl gorffen ei gwaith am y dydd, gyrrodd Carys yn y tryc i ganol y pentref er mwyn prynu anrheg Nadolig i'w mam-gu. Ond gwyddai nad oedd diben iddi fynd i ormod o drafferth. Ni fyddai ei mam-gu yn debyg o sylweddoli ei bod yn ddiwrnod Nadolig, heb sôn am fedru gwerthfawrogi ei hanrhegion. Aeth i mewn i'r siop grefftau, a werthai bob math o nwyddau rhad yr olwg i dwristiaid. I gyfeiliant CD o garolau Cymraeg, crwydrodd heibio rhesi o grysau-T *I Love Wales*, doliau o ferched mewn gwisg Gymreig a modelau llychlyd o gestyll a dreigiau. Dim byd addas i'w mam-gu ... ond yna, sylwodd ar silff o fisgedi a jams. Fe wnâi rhywbeth fel'na y tro, meddyliodd, gan geisio dewis rhwng jam riwbob, jam mafon a jam mefus. Ond cyn iddi benderfynu, torrwyd ar draws ei myfyrdod gan lais cras, cyfarwydd.

'Carys! Shwt wyt ti 'chan!'

Trodd Carys yn syfrdan i edrych ar y ferch y tu ôl i'r cownter. Merch welw a blinedig yr olwg, a'i hiwnifform yn anghyfforddus o dynn o amgylch ei chanol. Ond ie, er mor wahanol yr edrychai, Luned oedd hi, y ferch benfelen hyderus y bu'n rhannu desg â hi yn ei dosbarth cofrestru yn yr ysgol uwchradd.

'Shwt wyt ti, Luned? 'Na sypreis! Ers pryd wyt ti'n gweithio fan hyn?'

'Ers bron i flwyddyn nawr ... jyst jobyn bach rhan-amser, ti'n gwybod. I gadw fi mas o drwbwl! Mae'n OK – bach yn ddiflas, ond sdim lot o ddewis rownd ffor' hyn, nawr bo' fi'n byw gyda John ar y fferm. Ac mae mam John yn gallu carco Rosie dou ddiwrnod yr wythnos ...'

'Rosie?'

'Y groten. Mae hi bron yn flwydd nawr!'

Teimlodd Carys bwl o euogrwydd. Gwyddai fod Luned wedi ceisio cysylltu â hi sawl gwaith drwy Facebook ac e-bost, ond nid atebodd Carys yr un o'i negeseuon. Byddai'n dechrau ysgrifennu e-bost ati, ac yn llwyddo i lunio paragraff neu ddau ynglŷn â'i newyddion diweddaraf, cyn penderfynu ei fod yn swnio'n ymffrostgar, a dileu'r cyfan mewn pwl o dymer.

'Mae'n flin 'da fi Luned, o'n i ddim yn gwybod,' meddai Carys, dan wenu arni'n betrusgar. 'Sori, wy wedi bod yn hollol crap am gadw mewn cysylltiad 'da phobl gartre.'

'Paid poeni. Ti siŵr o fod yn brysur iawn yn Llunden, a gyda'r swydd sy 'da ti ... ti'n joio?'

'Ydw. Mae'n grêt. wy wir yn joio yno.'

'Da iawn. Fi'n siŵr bod hi'n joben gyffrous … ond allen i ddim byw yn Llunden … lot rhy ddrud, a rhy fishi … Ti gartre nawr at y Nadolig, wyt ti?'

'Odw … wedi cael pythefnos off 'leni, felly bydd mwy o amser 'da fi i weld fy ffrindie.'

'Da iawn. Bydd rhaid inni gwrdd am ddrinc, 'te, i ga'l dal lan yn iawn. Ti'n dod mas nosweth cyn Nadolig? Ni'n meddwl mynd lawr i'r Blac.'

'Ydw, siŵr o fod.'

'Iawn, wel rho' i ring i ti cyn hynny.'

'OK.'

Gwenodd Luned, â golwg bell yn ei llygaid.

'Jiw, pwy fase'n meddwl, e? Pwy fase'n meddwl, flynyddoedd yn ôl, pan o't ti'n groten fach, yn gochen fach shei, y byddet ti'n gweithio i'r polîs yn Llundain, o bob man! A finne wedyn … yn llawn syniade mowr … ond yn priodi ffarmwr ac yn cael babis ac yn byw yn nhwll din y byd …'

'Hm, ie … rhyfedd fel mae pethe'n troi mas … 'co ti …'

Gyda gwên anghysurus, estynnodd Carys bapur decpunt iddi, i dalu am jam mafon a bocs o deisennau brau. Diolchodd fod dau gwsmer arall yn aros i dalu, ac y byddai'n rhaid dod a'r sgwrs i ben.

'Diolch Carys … pedair punt tri deg o newid. Wela i di *Christmas Eve,* 'te … ffonia i di i drefnu.'

'Grêt – hwyl nawr!'

Camodd Carys allan o'r siop, gan adael Luned i weini ar y cwsmeriaid eraill, â golwg bell, synfyfyrgar yn ei llygaid.

Synfyfyrio a wnaeth Carys hefyd, wrth yrru adref yn y tryc. Cofiodd yn ôl at ei dyddiau ysgol, a'r hwyl a gâi yng nghwmni Luned a Catrin. Meddyliodd am dripiau'r Adran Hanes, a'r canu a'r clebran yn sedd gefn y bws. Cofiodd am Mrs Roberts druan, eu hathrawes gofrestru, a ymdrechai yn ofer i dawelu eu piffian chwerthin parhaus.

Ond nid dyddiau cwbl ddedwydd oeddent, chwaith. Ni theimlodd erioed ei bod hi a Rhiannon yn 'ffitio i mewn' yn yr ysgol, rywsut. Ni allai ymuno â chlybiau drama a phêl-rwyd a chyfrannu'n llwyr at fywyd yr ysgol, oherwydd ei bod hi a Rhiannon yn gwbl ddibynnol ar eu mam i ddod i'w nôl o'r ysgol bob dydd, a hwythau'n byw yn bell o bob man. Ac er na chwerylodd erioed â Luned a Catrin, teimlai ei bod ar donfedd wahanol iddynt, a hwythau'n blant y dref. Weithiau, byddent yn gwneud pethau hebddi – yn mynd i'r sinema neu'n mynd i siopa – heb feddwl ei gwahodd. Byddai gwaed Carys yn berwi o genfigen wrth glywed amdanynt yn gweld bechgyn golygus y chweched, neu'n prynu dillad newydd o New Look. Ar yr adegau hynny, teimlai Carys yn ddig wrth ei mam, am eu hanfon ill dwy i ysgol ddegau o filltiroedd i ffwrdd, a'u gorfodi i deithio gyda hi am ddwyawr bob dydd mewn hen dryc rhydlyd. 'Mae'n rhaid ichi gael addysg Gymraeg!' fyddai ymateb syml Gwenda.

Weithiau, ceisiai Carys ddyfalu pa mor wahanol fyddai ei bywyd wedi bod petai wedi mynd i'r ysgol uwchradd agosaf, a oedd yn ysgol Saesneg, ac a fyddai ganddi, o ganlyniad, ragor o ffrindiau a gwreiddiau cadarnach yn ei milltir sgwâr. Ond roedd yn ddigon aeddfed bellach i werthfawrogi safiad ei mam.

Ar ôl gorffen ei bàth, a newid i ddillad glân wedi'u smwddio gan Gwenda, aeth Carys i eistedd wrth fwrdd y gegin ger y Rayburn.

'Beth y'ch chi'n neud, Mam? Rhagor o fins peis?' holodd, wrth fyseddu drwy'r papur bro.

'Ie.'

'Ma peil ohonyn nhw 'ma – pam y'ch chi wedi gwneud cymaint ohonyn nhw?'

'Wel, sdim dal pwy fydd yn galw – mae'n well cael gormod o fwyd yma na dim digon.'

Trodd Carys i edrych arni'n rholio'r toes yn frau. Ar ôl ei wthio a'i wasgu gyda'i holl nerth, fe'i torrodd yn gylchoedd twt, yn araf a gofalus. Canolbwyntiai'n llwyr ar ei thasg, gan ochneidio o bryd i'w gilydd pan fyddai'r toes yn rhwygo.

'Chi'n OK, Mam?'

'Odw, odw ... jyst mae lot i'w wneud ... gormod i'w wneud ...'

'Wel, gadwch i fi helpu. Af i nôl y *mincemeat,* ife?'

'Diolch, cariad ... ma fe wrth y ffrij.'

Cododd Carys ar ei thraed, a rhoddodd y radio ymlaen wrth estyn y llenwad. Er mai dim ond caneuon Nadolig sentimental oedd i'w clywed, roedd hynny'n well na gwrando ar sŵn y gwynt ac ochneidiau digalon ei mam.

'Mae'n dawel yma. Ble mae Rhiannon?'

'Paid â sôn. Mas eto fyth gyda'r Rob 'na.'

'Sa i prin wedi'i gweld hi ers dod gartre. Ma hi fel tase hi'n f'osgoi i.'

'Fel hyn mae hi o hyd nawr, mewn a mas heb weud gair ... ond wy moyn iti gael gair â hi pan ddaw hi mewn.

Wnei di hynny? Wnei di drio? Jyst i weld beth mae hi'n neud, ac i holi shwt foi yw'r Rob 'ma.'

'OK, iawn … A ble mae Dad?'

'Yn y tŷ bach tu fas, yn darllen.'

Suddodd calon Carys. Erbyn hyn, deallai mai dim ond pan fyddai rhywbeth yn ei boeni y dihangai ei thad i'r tŷ bach ar y clos. A hithau'n noson dywyll, rewllyd o oer, mae'n rhaid bod rhywbeth go fawr yn ei boeni, meddyliodd.

PENNOD 15

'Wyt ti'n mynd mas yn disgwyl fel'na?'

Roedd golwg siomedig yn llygaid Gwenda wrth edrych ar Carys, yn ei chrys siec a'i jîns glas tywyll.

'Beth sy'n bod ar y dillad 'ma?'

'Dim ... dim byd ... jyst tamed bach yn anniben. Pam na wisgi di'r ffrog werdd bert 'na ddangosest ti i fi y noson o'r blaen? Mae'n noswyl Nadolig, on'd yw hi? Bydd pawb arall wedi neud tipyn o ymdrech i wisgo lan yn smart.'

'Hm ... ie ... ti'n edrych tamed bach yn shabi,' ategodd Rhiannon, gan godi ei phen o'r *Heat Christmas Special,* a chraffu ar ei chwaer o'i chorun i'w sawdl.

'Dim ond i'r Blac y'n ni'n mynd, Rhiannon. Smo fi'n moyn mynd dros ben llestri ...'

'O, dyna ni, te. Ma fe lan i ti.'

Gwgodd Carys, a throdd i edrych ar y teledu. Ond wrth gael cip ar Rhiannon, a'r olwg feirniadol ar ei hwyneb, teimlodd don fach o banig. Edrychodd i lawr ar ei jîns, a'r rhwyg bach uwchben ei phenglin dde. Efallai y dylai hi wisgo rhywbeth mwy trwsiadus, meddyliodd.

'Wel, OK, fe wna i drio'r ffrog ...'

Rhuthrodd i fyny'r grisiau i'w hystafell, gan edrych ar ei wats. Roedd ganddi bum munud tan y byddai John, gŵr Luned, yn dod i'w chasglu. Estynnodd y ffrog werdd o'r cwpwrdd dillad, a theimlodd ias bleserus wrth i'r defnydd sidanaidd lithro dros ei chorff. Edrychodd yn y drych, a siglodd ei phen-ôl o ochr i ochr. Gwenodd.

Oedd, roedd hi'n edrych yn llawer gwell yn hon nag yn ei jîns. Ond eto … roedd rhywbeth ar goll. Edrychai ei hwyneb digolur yn rhy blaen gyfochr â lliw tywyll, moethus y ffrog. Agorodd ei bag colur, a dechreuodd ymbincio'n frysiog, gan daenu trwch o *foundation* fymryn yn rhy dywyll dros ei chroen. Cyflymodd ei chalon wrth weld bysedd ei wats yn nesáu at wyth.

'Mae John yma, Carys!' bloeddiodd Gwenda o waelod y grisiau.

'OK, fydda i lawr nawr!' atebodd, gan garlamu i lawr i'r cyntedd.

'O, Carys, ti'n edrych yn hyfryd, yn bert iawn. Dere 'ma, Rhiannon, dere i weld Carys yn ei ffrog newydd.'

'Mam, sdim amser am *fashion show* … mae John yn aros tu fas …' meddai Rhiannon yn bwdlyd wrth godi ar y soffa. Llusgodd ei thraed at ddrws y ffrynt, a throdd i edrych ar Carys.

'Mae'r ffrog yn lyfli … ond trueni am y *foundation*. Ti'n edrych fel clown.'

'Diolch Rhiannon,' atebodd Carys, gan geisio chwerthin yn ddi-hid er gwaethaf gwayw geiriau ei chwaer. Camodd allan i'r clos, yn sigledig braidd yn ei sodlau uchel. Ceisiodd gael cip ar ei hadlewyrchiad yn ffenestri'r car. Efallai y gallai sychu rhywfaint o'i cholur i ffwrdd, meddyliodd. Ond drwy'r tywyllwch, y cyfan a welai oedd cylchoedd gwyn ei llygaid, yn syllu'n nerfus.

'Waw, ti'n edrych yn ffab, Carys!'

'Diolch, Catrin, ti'n edrych yn grêt!'

Wrth weld hen wynebau cyfarwydd yn gwenu arni'n groesawgar, teimlodd Carys ei hun yn adennill hyder.

Braf hefyd oedd gweld popeth o'i chwmpas yn union fel y'u cofiai. Yr un hen bapur wal treuliedig, a Gwynfor a Dai – selogion pennaf y Blac – yn rhoi'r byd yn ei le yn eu seddi arferol wrth y bar, a golwg dreuliedig ar eu hwynebau hwythau hefyd. Ac eithrio'r ffaith nad oedd tarth sigarét yn drwch drwy'r lle, roedd y lolfa'n union fel yr oedd ddeng mlynedd yn ôl.

'Beth wyt ti'n moyn, Carys – peint? Neu wyt ti'n yfed rhywbeth mwy ffansi ers symud i Lunden?'

'Bydde peint yn lyfli, diolch Catrin. Gaf i'r rownd nesaf.'

Gan gyfarch cymdogion a ffrindiau o'r capel a'r Ffermwyr Ifanc, aeth Carys draw at y setl ym mhen pellaf y lolfa, lle'r eisteddai Luned a John, a Gary, gŵr Catrin. Gwenodd wrth sylweddoli fod hyd yn oed y rhwygiadau yn y setl wedi aros yr un fath, a llosg sigarennau fel tyllau bwledi yn ei breichiau.

Digon herciog fu'r sgwrs rhwng y criw i ddechrau, ond ar ôl i John a Gary fynd i chwarae pŵl, ymlaciodd Carys a dechreuodd deimlo'n llai ymwybodol o'r ffaith mai hi oedd yr unig ferch sengl ymhlith y cwmni. Sylweddolodd hefyd ei bod yn destun cryn chwilfrydedd, wrth i ragor o bobl ymgasglu o'i chwmpas, yn ysu i glywed am ei bywyd yn y ddinas fawr. Saethwyd cwestiynau ati o bob cyfeiriad – Wyt ti'n gweld lot o bobl enwog? Wyt ti ddim ofan byw yno gyda'r holl *terrorists* ar hyd y lle? Ble brynest ti dy ddillad? Wyt ti'n teimlo'n saff yno?

Ymhen dim, Carys oedd canolbwynt y sylw, ac er ei swildod, dechreuodd gael blas ar hynny. Yn ei ffrog werdd, gyda'r cwrw'n cynhesu ei gwaed, teimlai'n ddeniadol ac yn eithriadol o ddiddorol. Roedd hi hefyd, er y ceisiai fygu'r syniad annymunol hwnnw, yn teimlo'n llawer mwy soffistigedig na Luned a Catrin. Teimlai fod y ddwy wedi mynd dros ben llestri braidd, gyda'u colur gliter a'u clustlysau nadoligaidd. Felly, a'i hyder ar ei anterth a'i thafod yn llac, dechreuodd rannu hanesion am ei gwaith yn Llundain, gan fwynhau gwylio wynebau cegrwth ei chynulleidfa.

'Dyw hyn i gyd ddim yn swnio'n real!' ebychodd Luned, 'Maen nhw'n swnio fel *Eastenders* neu rywbeth!'

'Wel, dyna shwt le yw e!' atebodd Carys dan chwerthin, wrth weld peint arall yn ymddangos o'i blaen. 'Hei, Luned, fy rownd i oedd hon i fod!'

'Owain Watkins brynodd hwnna i ti,' atebodd Luned, gan amneidio ar ddyn tal pryd tywyll a safai ar ei ben ei hun wrth y bar. Edrychodd Carys arno, a gwridodd wrth iddo wincio arni. Owain Watkins, yn prynu peint iddi hi! Owain Watkins, yn wincio arni! Wincio! Roedd rhywbeth mor smala a gorhyderus ynglŷn â hynny. Petai dyn yn Llundain yn wincio arni, mae'n siŵr y byddai hi'n gandryll. Ond wrth weld ei lygaid tywyll yn disgleirio'n ddireidus, allai hi ddim peidio â theimlo'n falch. Cofiai fel y byddai Luned, Catrin a hithau'n arfer ei ddilyn o gwmpas iard yr ysgol pan oeddent ym mlwyddyn deg, ac yntau'n brif ddisgybl golygus a phoblogaidd. Bryd hynny, ni chymerai Owain unrhyw sylw ohonynt ill tair. Ond nawr, roedd yn wincio arni.

Cododd Carys ar ei thraed er mwyn mynd i'r tŷ bach, gan edrych eto ar Owain. Meddyliodd y dylai fynd draw ato i ddiolch iddo am y peint. Ond er mor gyfforddus y teimlai bum munud ynghynt, yn ganolbwynt sylw'r criw, teimlai nawr fel merch ysgol bymtheg oed. Roedd hi'n siŵr o ddweud rhywbeth dwl a gwneud ffŵl ohoni ei hun. Felly gadawodd y lolfa a'i thân coed cynnes, a mynd yn syth yn ei blaen drwy'r cyntedd rhewllyd at y tai bach.

Wrth sefyll mewn rhes gyda phum merch arall yn aros i dŷ bach wacáu, ni allai beidio â gwrando ar sgwrs y ddwy ferch feddw a oedd wedi meddiannu un ciwbicl ers bron i chwarter awr, gan anwybyddu ebychiadau diamynedd y rhes o ferched y tu allan. Siaradent yn gwbl agored am ddynion yr oeddent yn eu ffansïo, a dynion yr oeddent wedi cysgu â hwy, heb boeni am eu cynulleidfa.

'Ro'dd Alun yn gwd *shag*,' meddai un, gan gymryd dracht swnllyd o'i diod. 'Trueni bod wejen 'da fe.'

'Yw hi yma heno?' holodd y llall.

'Odi ... y bitsh. A wy wedi'i weld e'n edrych ar y ferch 'na ... yr un yn y ffrog werdd ...'

'Pwy?'

'Y gochen 'na sy'n meddwl bod hi'n *it*, jyst achos bod hi'n byw yn Llunden ...'

'Yr un sy'n ishte gyda John Pen Cae a Luned?'

'Ie, 'na ti.'

Cyflymodd calon Carys wrth iddi sylweddoli mai hi, bellach, oedd testun sgwrs y ddwy. Chwaraeodd gyda'i ffôn symudol a cheisiodd ymddwyn yn ddi-hid, er ei bod, yn ei meddwl, yn ymbil yn daer ar y merched i glebran am rywbeth gwahanol. Ond yn eu blaenau ar yr un trywydd yr aeth y ddwy.

'Pwy yw hi, 'te?'

'Ma hi'n hŷn na ni. Roedd hi yn yr un flwyddyn â 'mrawd i yn yr ysgol. Rêl hambon yw hi, merch ffarm. Ond ers mynd i Lunden, i weithio i'r heddlu, mae hi'n meddwl bod hi'n rhywbeth sbesial. Welaist ti'r ffordd gerddodd hi mewn i'r pyb, yn wiglan ei phen-ôl fel tase hi'n rhyw siwpermodel?'

'Naddo, wnes i ddim sylwi arni hi'n dod mewn … ond mae hi'n edrych yn neis. Ffigwr *stunning* 'da hi.'

'Ti'n credu? Hm, sa i'n siŵr. Tamed bach yn rhy dene. A galla i weld bod 'da hi real *attitude problem.* Hyd yn oed os yw hi yn y polîs, fydde 'da fi ddim problem rhoi slap iddi hi …'

Ar hynny, penderfynodd Carys na allai ddioddef gwrando ar ragor o'r clebran maleisus.

'Wy'n mynd i dŷ bach y dynion,' cyhoeddodd gyda gwên. 'Sda fi ddim 'mynedd aros fan hyn rhagor … byddwn ni 'ma drwy'r nos.' Gwenodd y menywod eraill yn lletchwith ac yn fud wrth i Carys groesi i dŷ bach y dynion, a'i hwyneb yn fflamgoch.

Ar ôl dychwelyd i'w sedd, cymerodd beth amser i Carys ymlacio. Curai ei chalon yn galed yn ei brest, ac roedd geiriau'r ferch yn dal i atsain yn groch yn ei phen – *fydde 'da fi ddim problem rhoi slap iddi hi.*

'Ti'n iawn, Carys?' holodd Luned, wrth weld y gwrid ym mochau ei ffrind, a'r nerfusrwydd yn ei llygaid.

'Ydw, Lun … jyst … teimlo tamed bach yn feddw. Wy heb yfed peints fel hyn ers sbel.'

'O, wel bydd rhaid inni wneud rhywbeth am 'ny. Smo fi'n moyn iti droi'n *lightweight!* Bydd rhaid inni gael cwpwl o seshis eraill cyn iti fynd nôl i Lunden.'

Gwasgodd Luned ei braich, a gwenu arni'n garedig.

Yn raddol, daeth Carys ati ei hun, a phenderfynodd mai cenfigen oedd wrth wraidd casineb y ferch tuag ati. Nid oedd pwynt iddi boeni am y fath sylwadau dwl, anaeddfed. Ond ni soniodd ragor am ei hanturiaethau gyda heddlu Llundain.

Ar ôl sylwi na chanodd y gloch am un ar ddeg i siarsio'r yfwyr i nôl eu diodydd olaf, cafodd Carys wybod gan John mai un o'r gloch oedd amser cau'r dafarn erbyn hyn. Roedd ei dafod yn dew wrth iddo siarad, a'i lygaid yn goch. Sylweddolodd Carys, gyda braw, ei fod yn bwriadu gyrru adref yn ei feddwdod, a rhoi lifft iddi i'r Ynys.

'Faint wyt ti wedi yfed, John? Ti'n meddwl ddylen ni gael tacsi?'

'Tacsi? O ble ti'n meddwl gawn ni dacsi yn fan hyn yr amser yma o'r nos, ar *Christmas Eve?*'

'Ond … ti wedi cael tipyn i yfed, John …'

'Dim ond cwpwl o beints. Fi'n hollol iawn i yrru, paid poeni, PC Plod … a fydd 'na ddim heddlu rownd ffor' hyn heno. Byddan nhw i gyd yn G'fyrddin, yn treial stopo ffeits.'

'Fel arall wyt ti'n credu gallwn ni gyrraedd gartre, ta beth?' holodd Luned yn bigog, wrth synhwyro fod Carys yn beirniadu ei gŵr.

'Hm … ie.'

'Chwarae teg,' ategodd Catrin, 'Alli di ddim disgwyl i John beidio cael peint a hithe'n Nadolig.'

Llyncodd Carys ei phoer ac anadlodd yn ddwfn. Doedd dim dewis ganddi. Roedd yn rhaid iddi gyrraedd adref rywsut, ac ni allai ffonio ei rhieni i ddod i'w nôl. Noswyl Nadolig oedd un o'r achlysuron prin hynny pan fyddai'r sieri'n llifo fel dŵr yn yr Ynys.

'*Chill out,* Carys. Ti wedi bod yn y car gyda John ddegau o weithiau ar ôl iddo fe gael cwpwl o beints. O't ti'n ddigon hapus i wneud 'ny cyn ymuno â'r heddlu. Ti'n gwybod ei fod e'n gallu handlo ei ddiod, ac mae e'n gyrru'n iawn. Bydd e'n garcus. Mae'n nabod y ffyrdd 'ma fel cefen ei law. Ti'n gwybod taw fel hyn ma hi rownd ffor' hyn …'

'Wy ar y *coke* nawr, ta beth,' meddai John, cyn cymryd saib ddramatig ac ychwanegu – 'Y wisgi a *coke!*'

Chwarddodd Luned a Catrin, a gwenodd Carys yn wan, gan deimlo panig yn cronni yn ei stumog. Beth petaen nhw'n cael eu stopio gan yr heddlu? Beth petaen nhw'n cael damwain? Byddai ei gyrfa ar ben, doedd dim dwywaith am hynny.

Cymerodd lymaid arall o'i pheint, a cheisiodd ailymuno yn y sgwrs. Ond roedd ei choesau'n wan, a phryder yn corddi'r cwrw yn ei stumog, yn troi a throi fel peiriant golchi. Roedd yn rhaid iddi chwydu. Cododd ar ei thraed a rhuthrodd i'r tŷ bach.

Cafodd Carys achubiaeth o fan annisgwyl. Ar ôl dychwelyd i'r lolfa, yn gryndod gwelw ar ôl chwydu, y person cyntaf a welodd oedd Owain Watkins.

'Ti'n iawn, Carys?' holodd yntau, wrth ei gweld yn pwyso'n simsan yn erbyn y bar.

'Wel, ddim yn rhy dda … wedi cael tamed bach gormod i yfed, ac mae hi'n dwym fan hyn wrth y tân … ond diolch am y peint 'na gynne.'

'Popeth yn iawn. Mae'n neis dy weld ti 'to. Rhywbeth bach i dy groesawu di gartre. Sa i wedi dy weld di ers sbel.'

Gwenodd Carys, gan geisio cuddio'r syfrdandod a deimlai. Nid yn unig roedd Owain yn gwybod ei henw, ond roedd hefyd wedi sylwi nad oedd hi bellach yn byw yn yr ardal.

'Wy'n byw yn Llundain nawr,' atebodd, gan geisio swnio'n ddidaro.

'O'n i'n clywed … ac ro'n i'n clywed dy fod ti'n gweithio i'r heddlu yno. Cyffrous iawn, wy'n siŵr.'

'Ydy, ar adegau.'

Sychodd Carys y chwys oddi ar ei thalcen, ac anadlodd yn ddwfn.

'Ti'n siŵr dy fod ti'n iawn, Carys? Ti'n disgwyl yn welw iawn.'

'Ydw, wir nawr …'

'… Achos bydda i'n mynd gartre cyn bo' hir. Wy'n byw ar fferm fy wncwl i nawr – Perthi – ti'n gwybod ble mae hi, jyst tu ôl i'ch fferm chi. Gartre 'da dy rieni rwyt ti'n sefyll dros y gwylie, ife?'

'Wel galla i roi lifft i ti. Smo fi wedi bod yn yfed heno – ma'r car 'da fi.'

Edrychodd Carys i fyw ei lygaid. Oedd, roedd e'n sobor – a'r llygaid tywyll mor befriog ag erioed. Cododd ei aeliau yn ymholgar, a theimlodd Carys ei hun yn toddi, a'i choesau'n sigo oddi tani.

'Ym … wel, ro'n i fod i gael lifft gyda John a Luned …'

'OK, does dim rhaid iti ddod 'da fi. Ond does dim golwg iach iawn arnot ti …'

Nodiodd Carys. Oedd, roedd hi'n edrych yn welw iawn erbyn hyn, ac yn dyheu am gael gorwedd yn glyd dan garthen ei gwely.

'… a wy'n addo peidio trio dim byd arno 'da ti, os wyt ti'n poeni am hynny … er bo' ti'n edrych yn uffernol o secsi heno.'

Gwenodd Owain arni'n ddireidus, cyn llowcio gweddill ei ddiod oren. Yr hen gwrcyn gorhyderus, meddyliodd Carys – pwy mae e'n meddwl yw e? Ond er iddi geisio ei gorau, ni allai deimlo'n ddig tuag ato wrth weld ei wên gynnes.

'Wel? Wyt ti'n dod?' holodd Owain eto, gan bwyso ei law ar ei hysgwydd.

'Iawn … af i jyst i weud wrth y lleill 'mod i'n gadael, 'te,' atebodd Carys yn swil, gan droi at y setl.

Cadwodd Owain at ei air. Ni wnaeth 'drio unrhyw beth arno', a siaradodd â hi'n dawel drwy gydol y daith, gan gadw'i lygaid yn dynn ar y ffordd. Anesmwythodd Carys wrth sylweddoli bod hynny'n destun siom iddi. Roedd yn ysu am gusan, yn ysu am gael teimlo'i gorff yn gynnes yn ei herbyn.

Wrth iddynt nesáu at yr Ynys, cyflymodd ei chalon wrth iddi ddychmygu'r gusan a gâi pan ddeuai'r car i stop. Ond nid dyna sut y digwyddodd pethau. Ffarweliodd Owain â hi'n barchus a chwrtais, fel petai'n ffarwelio â hen fodryb.

'Nos da iti, Carys. Roedd hi'n braf iawn dy weld di. Wy wedi joio siarad 'da ti heno.'

'Mae hi wedi bod yn neis dy weld di 'fyd, Owain,' atebodd Carys, gan geisio cuddio'r cynnwrf yn ei llais.

Bu seibiant hir. Anadlodd Carys yn ddwfn. A ddylai hi droi tuag ato? Am y tro cyntaf yn ei bywyd, a ddylai hi roi cusan iddo? Ai hi ddylai wneud y *first move,* fel y basai Lleucu'n ei ddweud?

Cyn iddi gael cyfle i benderfynu'r naill ffordd neu'r llall, pesychodd Owain.

'Reit, wel … fe af i nawr, 'te. Ond bydda i mas eto Nos Galan … gobeithio wela i di bryd 'ny, ife? Ac … os bydd 'da ti amser rhydd cyn 'ny … dyma fy rhif ffôn i … ond … ti'n gwybod, *no pressure.*'

Estynnodd Owain gerdyn bach i Carys. Dan olau bach mewnol y car, gallai Carys weld y geiriau: *OWAIN WATKINS 'PERTHI' FFERMWR CIG EIDION*, a'i rif ffôn a'i gyfeiriad e-bost. Rhoddodd y cerdyn yn ofalus yn ei bag llaw, cyn ffarwelio ag ef yn dawel, a chamu allan i glos oer yr Ynys.

Wrth weld fflachiadau'r teledu drwy lenni'r lolfa, sylweddolodd Carys, gyda siom, fod pawb yn dal ar eu traed. Gobeithiai na fyddent yn gofyn gormod o gwestiynau am ei noson, a'i thaith adref.

'Helô!'

'Ti 'nôl yn gynnar, Carys fach. O'n i'n meddwl basen ni yn ein gwelyau erbyn iti gyrraedd gartre.'

'Ma hi wedi hanner nos, Mam,' meddai Rhiannon, heb dynnu ei llygaid oddi ar sgrin y teledu.

'Odi hi wir? Jiw jiw. O'dd hi'n noson dda? O'dd lot o bobol ti'n nabod mas?'

'O'dd. Tipyn go lew. Ond gyda Luned a Catrin o'n i fwya'. Roedd hi'n neis dal lan gyda nhw.'

'Wy'n ni wedi bod yn joio fan hyn, on'dyn ni Rhiannon? Mae goreuon Ryan a Ronnie wedi bod arno drwy'r nos.'

Trodd Rhiannon i edrych ar Carys, gan godi un ael i fynegi ei diflastod. Gwenodd Carys wrth weld bochau coch ei mam, a'r botel sieri hanner gwag ar y bwrdd bach o'i blaen. Chwyrnai ei thad yn ei hoff gadair freichiau wrth y tân.

'Wel, wy am fynd i'r gwely nawr …' meddai Carys gan ddylyfu gên. 'Wedi blino'n ofnadw. Wela i chi i gyd bore fory. Af i i nôl Mam-gu o'r cartref, ife? Er mwyn i chi gael paratoi'r bwyd, Mam?'

'Ie plis, Carys fach … nos da, nawr.'

'Nos da.'

Yn ei gwely, yn gaeth dan bwysau'r garthen drom, gorweddai Carys yn hollol effro, er gwaethaf ei blinder a'i hanner meddwdod. Cyn gynted ag y byddai ar fin llithro i drwmgwsg, clywai lais Owain yn ei chlustiau, a gwelai ei wên ddireidus o flaen ei llygaid.

Ceisiodd feddwl am bethau eraill. Meddyliodd am yr anrhegion Nadolig a brynasai i'w theulu, a'r dyletswyddau y byddai ganddi i'w gwneud y bore wedyn. Ond ni allai beidio ag ail fyw ei sgyrsiau gydag ef y noson honno, a'u taith drwy'r tywyllwch o'r Blac i'r Ynys.

PENNOD 16

Diolch i gwrw'r noson cynt a'i breuddwydion rhyfedd am Owain, teimlai Carys braidd yn ddryslyd wrth ddihuno. Am funud neu ddwy, meddyliodd ei bod yn ei fflat yn Llundain, ond wrth weld ager ei hanadl yn cyrlio uwch ei phen a theimlo pigyn oer ei thrwyn, sylweddolodd ei bod yn yr Ynys. O mor braf fyddai cael gwres canolog eto, meddyliodd, gan geisio magu nerth i godi'r garthen oddi amdani, cyn ildio a chyrlio eto'n belen yn ei nyth glyd. Ond yna, daeth arogl cig moch i lenwi ei ffroenau. Cododd ar ei hunion a neidiodd i'r gawod.

I lawr yn y gegin, eisteddai'r teulu o amgylch y bwrdd, yn cael gormod o flas ar eu brecwast i gynnal sgwrs. Rhwng pob cegaid, cydganai Gwenda â'r carolau ar y radio, gan daro'u rhythm ar y bwrdd gyda'i bysedd. Roedd ei chorff yn llawn egni byrlymus; llamodd ar ei thraed a dawnsiodd at y badell ffrio wrth i Carys gerdded i mewn.

'Nadolig Llawen, cariad! O, rwy'n dwlu ar y Nadolig!' ebychodd, gan osod plataid o gig moch ac wy o'i blaen. 'Byt dy fwyd yn gloi nawr, er mwyn inni gael agor ein hanrhegion cyn iti nôl Mam-gu.'

Nid oedd angen unrhyw anogaeth ar Carys, a'i stumog yn hollol wag ers chwydfa'r noson cynt. Yn raddol, wrth gnoi'r cig a drachtio'i the, teimlodd ei gwaed yn twymo, a'i meddwl yn dechrau miniogi.

Wedi iddynt glirio eu platiau, aethant i'r lolfa gyda'u

paneidiau. Yna, rhoddwyd yr holl anrhegion mewn pentwr yng nghanol y llawr, yn barod i'w rhwygo'n agored. Nid bod yno bentwr mawr o anrhegion – ni fyddai teulu'r Ynys yn trafferthu rhyw lawer gydag anrhegion Nadolig – ond mwynhâi pawb y ddefod o'u hagor gyda'i gilydd. Hyd yn oed Rhiannon.

Yr anrheg gyntaf a agorodd Carys oedd amlen fach gan Rhydian, ac ynddi docyn i sioe gerdd yn y West End. Gwenodd yn fodlon, ac estynnodd ei ffôn symudol er mwyn anfon neges destun ato i ddiolch. Wrth fysellu'r neges, meddyliodd amdano yn y fflat yn Llundain, lle'r oedd yn treulio'r Nadolig eleni. Roedd wedi cael rhan yng nghorws pantomeim mawreddog yn y West End, ac yn gobeithio mai dyna fyddai ei *big break*. Meddyliodd Carys amdano, yn bwyta twrci a stwffin o flaen y teledu, yn unig ac yn ddigalon. Ond yna, cofiodd iddo sôn y byddai Andrew Huw yn dychwelyd o LA am rai diwrnodau dros yr Ŵyl. Efallai na fyddai ar ei ben ei hun, felly.

Yr un anrhegion ag arfer a dderbyniodd Carys gan ei theulu – pentwr o nofelau Cymraeg a sanau cynnes gan ei mam, sebon a phethau ymolchi gan hen fodrybedd – ond nid oedd ots ganddi am hynny. Hoffai'r ffaith fod y Nadolig hwn – hyd yma – yn dilyn yr un patrwm â phob Nadolig arall dros y blynyddoedd diwethaf. Dim sypreisys a dim cynnwrf. Dim ond ymlacio, a sgwrsio tawel, hapus.

Wrth gyrraedd gwaelod y pentwr anrhegion, sylweddolodd Carys nad oedd wedi agor ei hanrheg gan Rhiannon. Fel petai'n darllen ei meddwl, trodd ei chwaer i edrych arni.

'Mae'n flin 'da fi, Carys. Does 'da fi ddim anrheg i ti. Ers colli'r jobyn, does dim arian 'da fi. Wy ddim wedi gallu prynu anrhegion i neb eleni.'

'Popeth yn iawn, paid poeni. Ma hi wedi bod yn flwyddyn anodd i ti,' atebodd Carys, gan wasgu ei braich. Ond o dan ei gwên siriol, lledodd ton o chwerwder. Mae wastad digon o arian 'da hi i brynu pethau iddi hi'i hun, meddyliodd. Y cylchgrone ffasiwn diweddara, a'r 'downloads' diweddara i'r iPod. Sut gall hi fod mor hunanol? I geisio ysgwyd syniadau negyddol o'r fath o'i meddwl, cymerodd Carys lymaid arall o'i the ac anadlodd yn ddwfn. Paid â gadael iddi sbwylio'r diwrnod, meddyliodd, cyn troi yn ôl at yr anrheg olaf yn ei phentwr, sef pecyn meddal gan Lleucu, wedi'i lapio'n chwaethus mewn papur sidan euraidd. Darllenodd y nodyn ar y tag –

Rhywbeth bach i fynd gyda'r ffrog newydd
Lleucu X

– a datododd y rhuban o'i amgylch. Ebychodd. Yn y pecyn, roedd bag llaw gwyrddlas â bwcl arian ar ei flaen.

'Ma hwnna'n biwtiffwl, Carys, mae'n siŵr ei fod e wedi costi ffortiwn!' meddai Rhiannon, gyda thinc o eiddigedd yn ei llais.

'Mae'n rhaid ei fod e,' atebodd Carys, gan fwytho'r lledr melfedaidd yn erbyn ei hwyneb.

'Chwarae teg i Lleucu,' ategodd Gwenda, 'Ma hwnna'n hyfryd.'

Teimlodd Carys embaras wrth iddi gofio am yr anrheg diflas, diddychymyg a brynodd i'w ffrind – DVD rygbi ac ewyn baddon.

Ar ôl helpu Gwenda i glirio'r papur lapio, gyrrodd Carys draw i nôl ei mam-gu o'r Heulfan, y cartref henoed. A'i meddwl ar grwydr anniddig a'r barrug yn ei dallu, gwibiodd yn beryglus o gyflym dros y ffyrdd troellog, gan ddod yn agos at daro ffesant ar gornel gas. Newidiodd gêr, arafodd a phwyllodd. Ond ni allai beidio â synfyfyrio am Owain, a'r hyn a allasai fod wedi digwydd petai hi wedi mentro pwyso tuag ato, a chusanu ei foch. Yna, meddyliodd am ei hanrheg annisgwyl o hael gan Lleucu. Byddai'n rhaid rhoi anrheg arbennig iddi ar ei phen-blwydd, penderfynodd. Meddyliodd wedyn am Rhiannon, a dechreuodd ei stumog gorddi'n ddig. Gobeithiai'n daer na fyddai ei chwaer yn pwdu nac yn gwylltio heddiw, gan ddifetha diwrnod y teulu.

Wrth i Carys gerdded i mewn i lolfa'r Heulfan, diflannodd yr holl feddyliau hynny wrth i'r gwres canolog ei tharo fel ton. Edrychodd ar y preswylwyr yn eistedd mewn cylch clos, yn gwisgo siwmperi trwchus a sliperi gwlanog, er mor llethol o boeth oedd yr ystafell. Syllai ambell un yn bell i'r pellter, heb gymryd sylw o neb arall, a'r unig sŵn a ddeuai o'u genau oedd peswch ac ochneidiau dwfn. Roedd rhai yn pendwmpian mewn cadeiriau meddal, ac eraill yn eistedd yn swrth yn eu cadeiriau olwyn. Canai'r nyrsys yn hwyliog a winciai'r goeden Nadolig yn llon, ond pwysai llonyddwch a thristwch yn drwm yn yr awyr.

Dechreuodd Carys chwilio'n wyllt am ei mam-gu, er mwyn gadael y lle cyn gynted â phosibl. Trodd ei phen o'r chwith i'r dde ac o'r dde i'r chwith ar wib, ac yna, fe'i gwelodd. Rhewodd, a syllu'n syfrdan. Roedd y dirywiad yn ei chyflwr ers yr haf yn boenus o amlwg. Hongiai ei hen ffrog dydd Sul yn llac o amgylch ei hysgwyddau esgyrnog, ac roedd esgyrn ei bochau fel llafnau miniog o dan rychau dwfn ei chroen. Aeth Carys ati i'w helpu i gau botymau ei hen got ffwr, a rhedodd ias i lawr ei chefn. Ni allai beidio â dychmygu bod y got yn fyw, a llygaid y carlwm yn edrych arni'n ffyrnig.

Gyda chymorth nyrs ifanc, aethpwyd â'r hen wraig allan yn araf bach i'r maes parcio. Cafwyd tipyn o drafferth ei darbwyllo i fynd i mewn i'r car, gan nad adnabu Carys o gwbl. Bu'n rhaid i'r nyrs esbonio eu bod yn mynd draw i'r Ynys, ei hen gartref – ac y câi hi wydraid neis o sieri yno – cyn iddi gamu'n betrusgar i sedd flaen y car, heb ddweud gair. Ceisiodd Carys wenu arni, a'i holi am hyn-a'r-llall wrth roi'r gwregys diogelwch amdani. Ond anodd oedd cuddio ei gofid wrth deimlo mor ddiymadferth oedd ei chorff bach eiddil.

Tawedog iawn oedd Mam-gu yng nghwmni'r teulu. Dim ond nodio neu siglo'i phen i ateb cwestiynau Gwenda, a gwenu'n wan wrth rwygo papur lapio oddi ar ei hanrhegion gyda'i dwylo cnotiog. Drwy gydol y cinio, er gwaethaf ymdrechion nerfus Carys i'w chynnwys yn y sgwrs a'i dihuno o'i breuddwyd, eisteddai'n fud gan syllu'n bell i'r gorwel, gan gnoi ei chig gŵydd yn araf, araf. Yna, ar ôl y pwdin, siaradodd am y tro cyntaf y prynhawn hwnnw.

'Wy am fynd 'nôl i'r hôm nawr,' meddai'n grynedig. 'Wy wedi blino. Diolch am y cinio, Gwenda. Biwtiffwl.'

Teimlai Carys fel petai llen dywyll wedi disgyn drosti ar ôl mynd â'i mam-gu yn ôl i'r Heulfan ddiwedd y prynhawn. Wrth gusanu ei boch, gwyddai rywsut, ym mêr ei hesgyrn, ei bod yn ffarwelio â hi am y tro olaf. Gwasgodd ei llaw a'i chofleidio'n dynn, gan lyncu ei harogl. Cyfuniad atgofus o dalc, llwch a sebon Pears. Nid ymatebodd yr hen wraig, a llyncodd Carys ei phoer i geisio cael gwared ar y lwmp yn ei llwnc wrth gofio am y cusanau gwlyb di-ri yr arferai eu rhoi i'w hoff wyres. Ond nawr – dim. Trodd yr hen wraig ei chefn ar Carys, a daeth golwg o ryddhad i'w llygaid wrth weld lolfa'r cartref a wynebau cyfarwydd y nyrsys. Cerddodd Carys allan heb fentro edrych yn ôl.

Bu'n rhaid iddi dynnu i mewn i ochr yr heol wrth yrru adref. Roedd ei meddwl ar chwâl, a'r dagrau'n cymylu ei golwg. Pwysodd ei phen ar y llyw, a gadawodd i'r dagrau lifo'n ffrydiau poeth dros ei bochau.

Yn ôl yn yr Ynys, cymerodd Carys wydraid o win – er nad oedd Liebfraumilch melys ei mam at ei dant – ac aeth i orweddian ar y setl wrth ochr Rhiannon. Yn raddol, dechreuodd anghofio am lygaid pell ei mam-gu, ac ymledodd teimlad cynnes trwyddi wrth edrych ar wynebau hapus ei rhieni a Rhiannon. Ni chofiai weld pawb mor fodlon eu byd ers peth amser – yn sgwrsio'n braf, yn tynnu coes, yn stwffio rhagor o siocledi i'w cegau er mor llawn a thyn oedd eu boliau. Roedd Rhiannon yn bwyta'n dda hefyd, meddyliodd, gan sylwi ar y gwrid iach ar fochau ei chwaer wrth iddi estyn am ei thrydydd Walnut Whip. Ond ni pharhaodd y bodlonrwydd yn hir. Gyda thrydar ei ffôn symudol, llamodd Rhiannon ar ei thraed fel sbring tyn, a daeth fflach o gynnwrf i'w llygaid.

'Fi'n mynd mas,' cyhoeddodd, gan gipio ei chot oddi ar y bachyn.

'Mas? I ble?' meddai Gwenda, a'i llygaid yn llawn siom. Nid atebodd Rhiannon ei chwestiwn.

'Ma Rob tu fas nawr, yn aros amdana i yn y car … fydda i ddim yn hwyr …'

Diffoddodd Gwilym sŵn y teledu, a throdd i edrych ar Rhiannon.

'Oes rhaid iti fynd mas heno, ar noson Nadolig, a ninne'n cael amser mor neis gyda'n gilydd?'

'Sori Dad … ond wy wedi trefnu i weld Rob a rhai o'n ffrindie ni.'

'Soniest ti ddim wrthon ni …' ategodd Gwenda, â min yn ei llais.

'Oes rhaid i fi ddweud popeth wrthoch chi? Fi'n bump ar hugain oed!'

'Nagoes, nagoes, wrth gwrs,' meddai Gwilym yn dawel, gan geisio gostegu ei thymer. 'Ond mae'n drueni na fyddi di gyda ni weddill y noson. Yw Rob am ddod mewn am ddiod fach? Licen i gwrdd â fe, Rhiannon …'

Canodd Rob y corn yn ddiamynedd, a sgrialodd Rhiannon tua'r drws.

'Hwyl! Ma 'da fi'r allwedd felly sdim isie ichi aros lan amdanof i!'

Gyda hynny, caeodd y drws yn glep ar ei hôl, gan adael tawelwch anghysurus yn y lolfa. Trodd Carys i edrych ar y teledu, fel nad oedd rhaid iddi weld llygaid ei mam, a'r dagrau a oedd yn cronni ynddynt. Newidiodd Gwilym sianel y teledu, a chodi lefel y sŵn. Carthodd Gwenda ei llwnc, cyn codi i arllwys gwydraid arall o win iddi ei hun.

Traddodiad i deulu'r Ynys oedd mynd ar grwydr ddydd San Steffan a'r ddeuddydd ganlynol, i ymweld â pherthnasau a hen ffrindiau ymhell ac agos. Ond nid ymunodd Rhiannon â'r ymdeithiau hyn. Diflannai ben bore cyn i bawb gychwyn, a dychwelyd yn hwyr yn y nos pan fyddai pawb yn eu gwelyau. Anfonai neges destun fer at Carys i esbonio ble'r oedd, a'r un fyddai'r geiriau bob tro:

Mas gyda Rob, nôl yn hwyr.

Erbyn bore nos Galan, roedd pryder am Rhiannon yn amlwg ar wyneb Gwenda, a chysgodion duon o dan ei llygaid.

'Ma hi wedi mynd mas 'to, cyn i dy dad godi, hyd yn oed. Beth mae hi'n neud? Ble maen nhw'n mynd drwy'r dydd? Wy' wedi cael llond bola ar hyn, Carys. Llond bola!'

Pwniodd Gwenda'r bwrdd yn galed, nes bod y llestri brecwast yn clindarddach.

'Iawn, peidiwch â gwylltu nawr, Mam. Fe wedes i y byddwn i'n siarad 'da hi. Wna i anfon tecst ati hi nawr, i holi ble mae hi, ac i weld beth mae hi'n neud heno.'

'Diolch Carys, diolch i ti,' atebodd yn dawel, gan droi at y sinc. 'Wy jyst yn moyn gwybod beth mae hi'n neud, a phwy yw'r Rob 'ma, a phryd ma hi am dyfu lan a stopo ymddwyn fel merch fach wedi'i sbwylo.'

Dechreuodd sgwrio'r llestri'n ffyrnig gan ochneidio'n ddwfn, a sylwodd Carys fod ei hysgwyddau'n gryndod i gyd.

'Peidiwch â llefen, Mam. Plis peidiwch â llefen,' ymbiliodd, gan ei chofleidio'n dynn. 'Bydd popeth yn iawn.'

Pwysodd Gwenda ei phen ar ysgwydd ei merch, a dechreuodd feichio wylo.

Yn nes ymlaen y diwrnod hwnnw, a hithau wedi bod allan yn helpu ei thad i fwydo'r defaid, sylwodd Carys ar neges destun gan Luned yn fflachio ar ei ffôn:

Ti mas yn y blac heno?

Ydw, wrth gwrs! atebodd ar ei hunion, gan deimlo cynnwrf yn cronni yn ei bol. Byddai Owain yno.

Aeth i fyny'r grisiau, i geisio dewis gwisg ar gyfer y noson, gan ddychmygu'r hyn y byddai'n ei ddweud wrtho, a'r hyn y byddai e'n ei ddweud wrthi hi, wrth i'w wefusau symud yn nes ati … ond daeth bloedd i darfu ar ei ffantasi.

'Carys, ffôn! Rhiannon sy 'na! Ma hi yn nhŷ Rob. Ma hi'n moyn gair 'da ti am heno.'

'Iawn, bydda i yna nawr!'

Rhedodd i lawr y grisiau, gan gipio'r ffôn o law ei mam.

'Haia Rhiannon, ti'n OK?'

'Ydw, *fine*. Ges i dy decst di, ond doedd 'da fi ddim digon o gredit i ateb…'

'Mae'n iawn … wel, wyt ti am ddod mas heno?'

'Ie, grêt, byddai'n neis cael drinc a *chat*. Sa i wedi dy weld di lot dros y dyddie dwetha. Ond sda fi ddim awydd mynd i'r Blac …'

'… Wel dyna ble mae pawb yn mynd,' atebodd Carys yn ddiamynedd, a'i chalon yn suddo.

'Yn union! Bydde'n well 'da fi fynd i rywle tawelach. Beth am y Lion? Gallet ti fynd draw i'r Blac wedyn – jyst grôs yr hewl ma fe.'

'Iawn, wnawn ni hynny, te. 7.30 yn OK?'

'Ydy. Wela i di yno.'

Rhoddodd Carys y ffôn yn ôl yn ei grud, ac ochneidiodd yn dawel wrth feddwl am Owain. Byddai'n rhaid iddi gyrraedd y Blac erbyn diwedd y noson.

*

Lapiodd Carys ei sgarff yn dynn o amgylch ei gwddf wrth i chwa o oerfel ei bwrw. Cododd ei llaw ar ei thad, cyn mynd i sefyll ym mynedfa'r Lion yng nghanol grŵp o ysmygwyr rhynllyd. Er mor atgas ganddi oedd y mwg sigarét, ni allai wynebu mynd i mewn i'r dafarn eto, heb baratoi'r hyn yr oedd am ei ddweud wrth Rhiannon. Byddai'n rhaid iddi droedio'n ofalus.

Ar ôl tyrchu'n ddwfn yn ei meddwl am eiriau a'u ffurfio'n frawddegau addas, aeth Carys i mewn gan chwilio drwy wynebau'r dorf am ei chwaer fach. Fe'i gwelodd ymhen eiliad neu ddwy er ei bod ym mhen pellaf y dafarn, a'i chefn tuag ati. Roedd ei natur ystyfnig yn amlwg yn y ffordd gefnsyth yr eisteddai.

'Haia Rhiannon ... ti 'di bod yma'n hir?' holodd, gan wasgu i eistedd mewn sedd wrth ei hochr.

'Naddo, rhyw ddeg munud ... *Carys, this is Rob – Rob, this is my sister Carys.*'

Estynnodd Carys ei llaw a gwenu arno'n gynnes, gan geisio cuddio'r siom yn ei llygaid. Byddai'n anodd cael sgwrs onest ac agored â'i chwaer gydag e wrth ei hochr.

'*Hiya Rob, nice to meet you.*'

'*Nice to meet you too Carys. Reeannun's been talking a lot about her big sister.*'

Gwingodd Carys wrth ei glywed yn camynganu enw ei chwaer yn ei acen Lundeinig, a theimlodd don o atgasedd ato'n syth. Doedd Rhiannon ddim yn enw anodd ei ynganu, ac roedd ei ymgais dila yn sarhaus. Doedd e ddim yn trio. Pa fath o gariad oedd e, os nad oedd ganddo ddigon o barch at Rhiannon i geisio ynganu ei henw'n gywir? Edrychodd ar ei siwmper wlân dyllog, a'r cudynnau gwyn yn ei wallt hir, tonnog. Mae'n rhaid ei fod o leiaf ddeng mlynedd yn hŷn na Rhiannon, meddyliodd. Sylwodd fod ganddo ddant du ym mlaen ei geg, a staeniau nicotîn melyn ar ei fysedd. Ni fyddai hynny wrth fodd ei rhieni.

'*Right, well, I'm gonna have to leave you ladies to get the party started in my place,*' meddai Rob, gan orffen ei beint a sychu ei weflau â chefn ei law. '*See you later, Ree-Ree.*'

Ree-Ree? Gwingodd Carys eto wrth weld llygaid ei chwaer yn syllu ar Rob yn addolgar. Rhag iddi orfod gweld y ddau'n cusanu, cododd ac aeth at y bar, a phrynodd wydraid mawr o win coch iddi ei hun. Doedd heno ddim yn noson i fod yn gymhedrol

PENNOD 17

Ceisiodd Carys ymlacio a mwynhau cwmni ei chwaer, ond ni allai beidio ag edrych ar y cloc yn ddiamynedd. Fflachiodd neges destun arall gan Luned ar ei ffôn:

> cym on carys! mae'n gret fan hyn, dere draw!
> owain yn gofyn ble wyt ti...

Ochneidiodd, a chymerodd ddracht dwfn o'i gwin coch. Sylwodd Rhiannon ar yr wg ar ei hwyneb.

'Cer draw i'r Blac nawr os wyt ti'n moyn, Carys. Galla i weld bo' ti'n ysu i fynd draw 'na. Er, dyn â wyr pam – ma'r lle'n llawn *chavs*. Ffonia i Rob nawr, i ddod i'n ôl i ...'

'Na ... na, paid â neud 'ny. Arhoswn ni fan hyn am nawr ... ma angen inni gael *chat*.'

'*Chat*? Am beth?'

'Wel ... am y ffordd wyt ti'n ymddwyn ar hyn o bryd.'

'Be ti'n meddwl?'

Cymerodd Carys lymaid arall o'i gwin, cyn mentro dechrau ei holi o ddifrif.

'Wel, beth yw'r broblem? Pam wyt ti mor grac gyda phawb a phopeth?'

'Sa i'n gwbod be ti'n feddwl, sa i'n deall ...'

'Cym on, Rhiannon. Gwed wrtha i. Ti wedi bod yn rial hwch dros y flwyddyn dd'wetha'.'

Ochneidiodd Rhiannon a dechreuodd rwygo'i mat cwrw'n ddarnau mân.

'Fi jyst … wedi cael llond bola ar y lle 'ma. Yr un wynebe yn y stryd bob dydd. Dwlen i adael yr Ynys, a gadael y pentre. Ond sa i'n gwbod beth i neud. Ti'n lwcus, ma gyda ti job ti'n fwynhau, a ti'n dda yn dy job … ond does 'da fi ddim cliw beth i neud. Sa i'n gwybod shwt galla i adael. Sa i'n dda yn gwneud dim.'

'Smo 'na'n wir …'

'Ody! Gwnes i'n crap yn TGAU a Lefel A, ac o'n i ddim hyd yn oed yn gallu côpo 'da swydd mewn siop bapur newydd. Ro'n i mor ffycin bôrd.'

'Iawn, ond dyw hi ddim yn deg bo' ti mor gas gyda Mam a Dad … maen nhw mor amyneddgar 'da ti.'

'Fi'n gwbod. Ond mae'r fferm … mor dywyll, mor oer. Weithie, pan fydd y cymyle'n cau mewn, a'r mynyddoedd yn dywyll o'n cwmpas ni, fi'n teimlo fel tasen i'n mygu, yn ffaelu anadlu. Ma Mam mor ffycin joli o hyd, yn rhuthro o gwmpas fel tase hi ar sbid … ond ar adege fel 'ny, y cyfan wy am neud yw llefen a chloi fy hunan yn fy stafell.'

'Ma isie iti fynd i weld rhywun, Rhiannon. Ti'n *depressed*. Ma isie help arnat ti.'

'Nago's! Fi ddim yn nyts, Carys!'

'Sa i'n gweud bo' ti'n nyts. Ond ddylet ti ddim bod yn ymddwyn fel hyn … yn cysgu am orie bob dydd, yn cweryla 'da phobol am ddim rheswm … ti'n gwastraffu dy fywyd. A beth wyt ti'n neud gyda Rob y dyddie 'ma? Ti'n diflannu gyda fe tan ganol nos, heb weud bŵ na bê wrth neb …'

'Ni jyst yn cael amser da gyda'n gilydd, ma fe'n foi ffein.'

'Ond beth y'ch chi'n neud?'

'Jyst ... pasio'r amser. Siarad, yfed, gwylio DVDs, smoco dôp ... beth arall sy 'na i neud rownd ffor' hyn?'

'Rhiannon, ma 'na lot o bethau eraill allet ti neud ...' ochneidiodd Carys yn ddig, wrth weld wyneb difater ei chwaer.

'Paid poeni, PC Plod, sa i'n *junkie* na dim ... wy jyst ddim mor blydi berffeth â ti ... o'n i byth fel ti yn yr ysgol, yn watsio rhaglenni boring am yr Ail Ryfel Byd achos bod Miss wedi gweud wrthot ti ... yn cerdded rownd y tŷ yn adrodd berfau Ffrangeg a barddoniaeth o'r Oesoedd Canol ... blydi *annoying*!' atebodd Rhiannon, a'i llygaid yn fflachio.

'Sda fi ddim help! Dyna shwt un ydw i. Joio dysgu pethe. 'Ta beth, mae'n hen bryd iti sorto dy hunan mas. Ti'n ymddwyn fel merch bymtheg oed, gyda dy *mood swings* afresymol, a so ti'n cyfrannu dim byd at y fferm – dim rhent, dim help llaw – ti jyst yn rêl *sponger*.'

'Ond ...'

'Na, Rhiannon, rwyt ti wedi cael getawê 'da hyn yn rhy hir, a Mam a Dad wedi bod yn lot rhy amyneddgar 'da ti. Jyst tyf lan!' Edrychodd Rhiannon ar lygad eirias ei chwaer, a diflannodd y wên o'i hwyneb.

'Sori Carys, sori ...' ochneidiodd, ac ar hynny, dechreuodd feichio wylo. 'Mae'n rhaid i bethe newid, mae'n rhaid i fi newid ...'

Rhoddodd Carys ei braich o amgylch ei hysgwyddau a'i gwasgu'n dynn. Mwythodd ei thalcen, yn union fel y gwnâi ei mam pan oedd yn blentyn.

'Dyna ni, dyna ni ... dere Rhiannon, bydd popeth yn iawn ... blwyddyn newydd, dechre newydd, ontefe. Fe wna i dy helpu di.'

'Diolch … Carys … Fi am … drio fy 'ngore,' atebodd mewn llais gwan, rhwng igion torcalonnus. 'Ond allwn ni fynd nawr? Ma … pawb yn edrych … arna i'n llefen. Ma fy ngholur i'n rial potsh. Sdim whant mynd i barti Rob arna i … Gawn ni fynd? Gawn ni … fynd adre?'

'Iawn. Wrth gwrs. Fe wna i ffonio Dad nawr. Gallwn ni ddathlu'r flwyddyn newydd gyda'n gilydd yn yr Ynys.'

'Diolch, diolch iti.'

Syllodd Carys arni'n chwythu ei thrwyn a'i dagrau. Roedd golwg druenus arni. Am eiliad, daeth fflach i'w meddwl o'i chwaer yn ferch fach, tair neu bedair oed. Cofiodd sut y byddai Rhiannon yn ei dilyn i bobman. Dim ond Carys oedd yn cael ei helpu i wisgo a brwsio'i gwallt. Bryd hynny, Carys oedd popeth iddi.

Ar ôl hebrwng Rhiannon i'r tŷ bach i olchi'r masgara oddi ar ei bochau, aeth Carys allan o'r dafarn i geisio cael signal i'w ffôn symudol. Er gwaetha'r oerfel a'r mwg sigarét, oedodd yn hir cyn deialu'r rhif. Syllodd ar ffenestr niwlog y Blac lle gwelai silwetau yfwyr yn dawnsio ac yn chwerthin, a daeth poen hiraethus i'w brest. Efallai y gallai alw i mewn i esbonio'r sefyllfa wrth Luned, ac i geisio cael gair gydag Owain. Ond safai dau fownser bygythiol wrth y drws, a gwyddai y byddai'n rhaid iddi dalu crocbris am docyn mynediad, a hithau bellach wedi deg o'r gloch. Dychmygodd Luned yn aros am ei chwmni, ac Owain yn chwilio'n ofer amdani. Ochneidiodd yn hunandosturiol, cyn deialu rhif yr Ynys.

*

Arafodd sŵn clecian y trên ar y cledrau, ac yn raddol, daeth i stop ar blatfform Paddington. Cododd Carys ar ei thraed i nôl ei chot a'i bag llaw o'r silff uwch ei phen, gan fwynhau ymestyn ei breichiau ar ôl oriau o hepian mewn ystum lletchwith. Gwyliodd ei chyd-deithwyr yn stryffaglu allan o dan bwysau eu cesys, gan weiddi'n groch i lawr eu ffonau symudol – *I'm here! Just arrived in Paddington!* Gwenodd. Roedd hi wedi anghofio mor swnllyd y siaradai Llundeinwyr. Teimlai fel petai'n cael ei chario ar don o brysurdeb a bwrlwm.

Wrth deithio ar y trên tanddaearol i'r dwyrain, edrychodd ar waliau'r cerbyd o'i chwmpas, fel petai'n eu gweld am y tro cyntaf. Darllenodd yr hysbysiadau ar y sgrin gul uwchben y ffenestri, a chraffodd ar wynebau amryliw y teithwyr. Roedd y cyfan yn ffres ac yn newydd ar ôl pythefnos gartref, fel petai pawb a phopeth wedi cael cot lachar o baent.

Caeodd ei llygaid, a chrwydrodd ei meddwl yn ôl am ennyd i'r Ynys. Meddyliodd am ei sgwrs gyda Rhiannon nos Galan, a'r newid a fu yn ymddygiad ei chwaer wedi hynny. Roedd mymryn o dinc pwdlyd yn ei llais o hyd, ond addawodd y byddai'n mynd i drafod ei hiselder ysbryd gyda'r meddyg teulu, a dechreuodd sôn am gofrestru ar gwrs rhan amser yn y coleg lleol.

Roedd y newid yng nghymeriad Rhiannon yn amlwg i Gwenda, a dychwelodd rywfaint o'r disgleirdeb i'w llygaid. Ni fyddai Gwilym yn diflannu am oriau i'r tŷ bach ar clos. Roedd pobman yn llonyddach, rywsut, fel petai storm gynddeiriog wedi bod, gan adael heulwen glir ar ei hôl. Ond er y newid hwn yn awyrgylch y cartref, roedd Carys yn hollol barod i adael yr Ynys erbyn diwedd y gwyliau. Ysai am fod yn ôl yn ei fflat ei hun, ac am fedru mynd a dod fel y dymunai, heb orfod dibynnu ar liffts gan ei thad nac amseroedd bwyd haearnaidd ei mam. Roedd hi wedi diflasu ar sŵn brefu'r defaid a chri'r gwynt yn y coed, ac ar deimlo brath yr oerfel ar ei thrwyn wrth ddihuno bob bore. Ond yn fwy na hynny, bob tro yr edrychai ar ei chwaer, ni allai beidio â theimlo siom a chwerwder am iddi ddifetha ei chyfle i weld Owain nos Galan.

Wrth gerdded o'r orsaf tuag at ei fflat, teimlodd ei ffôn yn dirgrynu ym mhoced ei chot. Am foment obeithiol, hurt, meddyliodd mai neges gan Owain oedd hi, cyn cofio nad oedd ganddo ei rhif. Suddodd ei chalon wrth weld enw Jan ar y sgrin. Roedd wedi llwyddo i anghofio amdani dros y gwyliau, a theimlai fymryn yn ddig ei bod yn tarfu arni eto. Ond ni allai beidio ag agor y neges.

> Happy New Year Carys. Hope you had my message. I'm so sorry about everything. Please get in touch. X

Gydag ochenaid flin, stwffiodd ei ffôn yn ôl i'w phoced. Aeth yn ei blaen, gan gyflymu ei chamrau wrth nesu at y drws coch cyfarwydd. Chwarddodd wrth weld Rhydian yn chwifio arni o ffenestr y gegin, yn gwisgo menig golchi llestri melyn. Mor braf fyddai rhoi'r byd yn ei le yn ei gwmni, gyda disgled dda a thamaid o dost.

'Wel?' meddai Carys, gan godi un ael yn awgrymog.

'Wel beth?' atebodd Rhydian, a golwg ffug-ddiniwed yn ei lygaid.

'Wel, *spill the beans.* Beth ddigwyddodd dros y Nadolig? Welaist ti Andrew Huw?'

'Do. Daeth e draw yma, y noson ar ôl Nadolig, ar ôl i fi orffen *matinée* y pantomeim. Ac fe gawson ni noson neis. Er, roedd y *chilli con carne* wnes i yn dipyn o *disaster...*'

'Pam gynigest ti gwcan iddo fe? Ti'n anobeithiol!'

'Fi'n gwybod ... ond roedd hi'n neis ei gael e yma. Gawson ni noson fach glyd, a photel o win ... siarad tan yr orie mân, ac fe arhosodd e draw.'

'Grêt! Chi'n eitem nawr, 'te?' holodd Carys, a'i llais yn fwrlwm i gyd.

'Sa i'n siŵr am 'ny. Mae e'n gorfod aros yn LA am ddwy flynedd arall. Contract gyda rhyw gwmni teledu.'

Tawelodd Rhydian, a charthodd ei lwnc, gan geisio swnio'n ddifater.

'Trueni, Rhyds,' meddai Carys, gan gyffwrdd â'i fraich yn ysgafn.

'Ie ... ond fydden ni ddim yn gallu cael perthynas agored iawn, ta beth. Mae ei asiant e'n moyn iddo fe aros *in the closet*, rhag ofn na fydd pobl am gynnig gwaith iddo fe.'

'Mae hynny'n ofnadw! Mae pawb yn gwybod ei fod e'n hoyw ta beth ...'

'Fi'n gwybod, ond 'na fel ma pethe.' Gosododd Rhydian ei baned ar y bwrdd coffi gyda chlec, fel atalnod llawn i ddynodi nad oedd am siarad rhagor am y mater. 'Ta beth,' meddai wedyn, mewn llais hwyliog, 'Shwt aeth dy Nadolig di yn y *back of beyond*?'

Fel petai ar soffa seiciatrydd, gorweddodd Carys yn ôl a rhoddodd hanes ei phythefnos yn yr Ynys. Soniodd am broblemau Rhiannon, am gyflwr ei mam-gu, ac Owain.

'Mae'n rhaid iti gysylltu 'da fe, Carys,' oedd ateb pendant Rhydian.' Ma fe'n amlwg yn dy lico di …'

'Alla i ddim, Rhydian. Sa i'r math o ferch sy'n … ffonio dynion …'

'Pam na wnei di anfon neges ar Facebook? Bydde 'ny falle'n fwy anffurfiol, yn rhoi llai o bwyse arnat ti.'

'Facebook? Sa i 'di bod ar hwnna ers misoedd – fi 'di cau 'nghyfrif i. So ti'n cofio'r *psycho* 'na wnes i ei arestio yn anfon *abuse* ata i?'

'O ie. Wrth gwrs. Anghofies i amdano fe.'

Gwenodd Rhydian yn drist, a rhoddodd ei fraich o gwmpas Carys.

'Beth wnawn ni gyda ti? Ti'n *hopeless case*. Ond mae'n neis dy gael di 'nôl, Plismon Plod.'

*

Er nad oedd ond ychydig dros bythefnos ers parti Nadolig y gwaith, teimlai fel misoedd i Carys. Roedd popeth a ddigwyddodd cyn y Nadolig yn ymddangos yn niwlog ac yn afreal – bron fel petaent wedi digwydd i rywun arall.

Wrth gerdded i'r gwaith ar ei bore cyntaf yn ôl, dechreuodd ei stumog gorddi. Roedd hi'n siŵr bod ei hymennydd yn slwtsh ar ôl pythefnos i ffwrdd o'r gwaith. Doedd hi ddim wedi siarad llawer o Saesneg chwaith, felly byddai sgwrsio'n broses araf y bore hwnnw, wrth iddi ymbalfalu am y geiriau cywir ym mhellafion ei hymennydd. Edrychodd ar ddrws yr orsaf, a'r sglein ar y ddolen. Edrychai'n ddieithr ac yn wahanol, a bu bron iddi edrych o'i chwmpas, i tsecio ei bod yn y lle iawn.

Teimlodd guriad ei chalon yn cyflymu wrth feddwl am Carl a Diane yn gwatwar ei hacen – a oedd yn siŵr o fod ganwaith cryfach ar ôl pythefnos yng nghwmni ei rhieni.

Yn fwy na dim, pryderai am weld Alex. Ni allai anghofio'r foment lletchwith ar ddiwedd y parti. Byddai'n rhaid iddi ymddwyn fel pe na bai unrhyw beth wedi digwydd, ond byddai'n anodd iddi beidio â chochi mewn sefyllfaoedd fel hynny.

'*Hi Carys ... good hols?*'

Bu bron i Carys neidio. Alex oedd y tu ôl iddi yng nghegin yr orsaf, yn gwneud paned iddo'i hun.

'*Lovely thanks, Al. You?*'

'*Same old, same old. Crap presents. Everyone arguing. My nephews either beating the shit out of each other or crying. Too many sprouts ... Glad to be back, to be honest. Bet you're really glad to be back in civilization!*'

'*Oi!*'

Rhoddodd Carys bwniad chwareus i'w asennau a chwarddodd Alex. Teimlodd Carys don o ryddhad yn llifo drosti. Roedd popeth yn iawn. Dim lletchwithdod. Roedden nhw'n ffrindiau.

Yn yr orsaf y bu Carys am weddill y diwrnod, yn gweithio ar yr achos treisio. Ffoniodd y labordy i gael canlyniadau'r profion fforensig, ac fel y disgwyliai, roedd profion gwaed Liz yn dangos lefelau uchel o alcohol – ond dim byd arall. Felly, doedd neb wedi ei gwenwyno na rhoi unrhyw gyffur yn ei diod. Roedd profion ar ddodrefn y fflat a dillad Liz yn dangos olion DNA Colin, yn ddiamheuaeth.

Roedd hyn yn cyd-fynd â disgrifiad Liz o'r digwyddiad. Roedd ei stori yn gadarn. Ond eto gwyddai Carys, ym mêr ei hesgyrn, mai mater arall fyddai profi euogrwydd y treisiwr.

Yn nes ymlaen yn y prynhawn, cafodd Carys ddyddiad yr achos llys, a ffoniodd Liz i roi gwybod iddi.

'April? You're joking! Why can't it happen sooner?'

'Sorry Liz. I warned you it could take some time ... but it's a shame it couldn't happen sooner.'

'Yes it is a bloody shame! What am I meant to do now? Sit around and twiddle my thumbs for three months? I can't work, I can't do anything until this is settled.'

Brathodd Carys ei gwefus a theimlodd yn anghysurus iawn. Nid *shame* oedd y gair cywir o dan yr amgylchiadau. Roedd yn dipyn mwy difrifol na *shame*.

'I'm so sorry, but there's nothing I can do about the court date. We have to wait. But I can help you. I can give you some useful numbers – counsellors and other people who can talk to you ...'

'I don't want to talk about it. I don't want useful numbers. I just want to win this case and see the bastard go to jail. That's all the help I need.'

Llyncodd Carys ei phoer, yn araf ac yn anghysurus.

'Your lawyer will fight for you and I'll say exactly what you said to me on the day you came in to report the rape.'

'But I'll win, won't I? I have to win.'

'Everyone will do their best for you.'

Ffarweliodd Carys â Liz yn dawel ac anadlodd yn

ddwfn. Oedd hi'n gwneud y peth iawn? Oni fyddai'n well iddi ddweud wrth Liz bod siawns eithaf cryf y byddai hi'n colli'r achos? Oni ddylai hi fod yn onest gyda hi? Ond wedyn, byddai'n penderfynu peidio â dwyn achos yn erbyn y treisiwr. A byddai'r diawl hunangyfiawn hyd yn oed yn fwy cyfoglyd o hunangyfiawn.

Edrychodd Carys yn wag ar sgrin ei chyfrifiadur. Ni allai ganolbwyntio ar ei gwaith. Roedd ei meddwl yn troi a throsi. Byddai'n rhaid iddi gael sgwrs gyda rhywun am hyn – y sarjant efallai.

*

Cafodd Carys neges destun gan ei mam amser cinio.

> Popeth yn iawn yn y gwaith? Alli di ddod adre mis Mawrth am ryw wythnos i helpu gyda'r wyna? Rhiannon wedi cael lle ar gwrs trin gwallt felly ddim yn gallu helpu Dad. X

Cwrs trin gwallt? Chwarddodd Carys yn dawel fach. Roedd hynny'n hurt. Allai hi ddim dychmygu Rhiannon yn gweithio mewn siop trin gwallt. Roedd hi'n rhy surbwch o lawer. Fyddai ganddi hi ddim amynedd i holi pobl am eu gwyliau a'u plant. Ac roedd ei gwallt hi mor llipa a diddychymyg – mor wahanol i ferched mewn siopau trin gwallt, a'u gwalltiau llawn lliw a sglein. Ond dyna ni – o leiaf roedd hi am wneud rhywbeth i lenwi ei hamser.

Teipiodd Carys ei chyfrinair er mwyn agor y fewnrwyd Adnoddau Dynol. Suddodd ei chalon wrth weld ei bod wedi defnyddio cyfran helaeth o'i gwyliau eisoes. Ond byddai'n rhaid iddi gael wythnos yn yr Ynys fis Mawrth, i helpu ei thad. Doedd dim dewis.

Wrth deithio yn ôl i'w fflat ar y tiwb, caeodd Carys ei llygaid yn dynn. Doedd hi ddim am weld y pâr sarrug o'i blaen, yn chwarae â'u ffonau symudol. Doedd hi ddim am glywed sgwrs ymffrostgar, swnllyd y bechgyn a bwysai ar y polyn wrth ei hymyl. Doedd hi ddim am arogli chwys yr hen ŵr wrth ei hochr. Crwydrodd ei meddwl yn ôl i'r Ynys. Meddyliodd am y garthen drom ar ei gwely. Meddyliodd am gynhesrwydd y Rayburn. Cwympodd i gysgu.

PLEASE MIND THE GAP BETWEEN THE TRAIN AND THE PLATFORM

Dihunwyd Carys o'i breuddwyd yn sydyn gan lais awdurdodol dros y system sain. Beth oedd yn bod arni? Roedd hi'n ysu i ddod yn ôl i Lundain ar ddiwedd y gwyliau, ond ar ôl dim ond diwrnod yn y gwaith, roedd hi'n breuddwydio am ddianc adref. Allai hi ddim parhau fel hyn, meddyliodd, yn cael ei thynnu yn ôl ac ymlaen rhwng dau fyd.

PENNOD 18

Dihunwyd Carys am chwech y bore canlynol gan ei ffôn yn canu. 'Hymns and Arias' oedd tôn y ffôn. Gwingodd. Roedd rhywbeth cwbl anaddas am y gân hapus honno ar awr mor dywyll o'r bore. Cyflymodd curiad ei chalon. Ei mam oedd yno, mae'n rhaid. Yn ffonio gyda newyddion drwg. Gyda llaw grynedig, cododd y ffôn a phwysodd y botwm gwyrdd i'w ateb.

'Carys … Carys fach. Ma gen i newyddion drwg. Ma Mam-gu wedi marw. Buodd hi farw tua hanner nos, yn ei chwsg.'

Anadlodd Carys gyda rhyddhad. Mam-gu wedi marw. Roedd hynny'n iawn. Roedd hynny'n ddisgwyliedig.

Wrth glywed y ffôn yn canu, bu'n dychmygu pob math o senarios dychrynllyd. Car Rob a'i ben i waered ar ryw lôn wledig droellog. Rhiannon yn farw a gwaed yn llifo o'i chlust. Dychmygodd wedyn fod ei thad yn gorwedd yn gelain ar glos y fferm, ar ôl cael strôc neu drawiad neu broblem gyda'r clefyd siwgr. Dychmygodd ef wedyn, â'i ben yn pwyso ar lyw y tractor, a sŵn y corn yn atseinio dros bob man. Peth ofnadwy oedd y dychymyg rhwng cwsg ac effro.

'Carys – wyt ti yno, cariad?'

'Ydw … sori … jyst … ddim yn disgwyl clywed hynny.' Llyncodd ei phoer i geisio rheoli'r cryndod yn ei llais.

'Fuodd hi ddim mewn poen o gwbl. 'Na'r … ffordd ore iddi hi fynd … Mam fach …'

Clywodd Carys sŵn siffrwd a sniffian, wrth i Gwenda estyn i'r ddrôr am hances i sychu ei dagrau. Daeth dagrau i lygaid Carys – nid yn gymaint oherwydd y brofedigaeth, ond am na allai gofleidio ei mam a'i chysuro. Teimlai'n bell bell oddi wrthi, yn nhywyllwch ei hystafell wely fach.

'Diolch am ffonio, Mam. Bydda i gartre ar gyfer yr angladd … jyst rho wybod …'

'Iawn.'

Pesychodd Carys, gan wasgu ei gobennydd yn dynn.

'Mae'n rhaid i fi godi nawr i fynd i'r gwaith, Mam. Ffonia i heno.'

'Hwyl cariad. Cymer ofal heddiw nawr.'

Roedd llais ei mam yn wan ac yn denau, fel llais plentyn bach.

*

Wrth deithio i'r gwaith, gwrandawodd Carys ar raglen Radio Cymru roedd hi wedi'i lawrlwytho i'w ffôn. Rhaid oedd cael rhyw ddiddanwch y bore hwnnw, rhag iddi hel meddyliau am ei mam-gu ac ymgolli yn ei galar. Prynodd goffi cryf a *croissant* yng ngorsaf y trên tanddaearol, ond taflodd y *croissant* i'r bin ar ôl dau frathiad.

Wedi cyrraedd, ei thasg gyntaf oedd ymateb i alwad 101 gan fenyw o Wlad Pwyl o'r enw Milena, a oedd yn cwyno am ymddygiad ei chymydog. Nid galwad frys oedd hi felly, ond dyna'r ail dro iddi ffonio'r orsaf. Rywsut neu'i gilydd, anghofiwyd am ei chwyn gyntaf.

Roedd Milena yn byw tua milltir o orsaf yr heddlu gyda'i gŵr a'i dau fab ifanc, wyth a chwech oed. Fflat llawr gwaelod oedd ei chartref, mewn teras Fictoraidd dymunol a choed ceirios ar hyd y palmant glân. Lle braf a chyfleus i fyw, meddyliodd Carys, wrth weld siop gornel a pharc chwarae yn bellach i lawr y stryd. Ond wrth nesáu at ei drws ffrynt, gwelodd arwydd clir o'r broblem. Nid llenni oedd yn ffenest y fflat drws nesaf, ond baner fawr Jac yr Undeb ac arni'r geiriau *Close Our Borders.* Wrth ochr drws Milena, roedd lwmpyn mawr o faw ci.

'*Hello, pleased to meet you,*' meddai Milena'n ffurfiol, gan ysgwyd llaw Carys. Gwisgai flows wen flodeuog a throwsus du llac, a chroes aur ar gadwyn o gwmpas ei gwddf. Roedd ei gwallt brown golau'n gwlwm dynn ar ei chorun, a phob blewyn yn ei le. Siaradai â llais eglur a didwyll. Doedd hi ddim yn ymddangos fel rhywun a fyddai'n gwastraffu amser yr heddlu, penderfynodd Carys.

Arweiniwyd hi i'r ystafell fyw – a oedd hefyd yn ystafell wely i Milena a'i gŵr.

'*I'm so sorry – I forgot to do this,*' meddai, gan blygu ei gwely a'i droi'n soffa. '*I've been busy, just taken the boys to school. Please, sit here,*' meddai gan amneidio at gadair freichiau wellt.

'*Thank you,*' atebodd Carys, gan edrych o gwmpas yr ystafell fach gyfyng.

Roedd teganau'r plant wedi'u storio'n dwt mewn droriau plastig tryloyw a'r silffoedd llyfrau'n llawn nofelau ditectif Saesneg. Yr unig arwydd o genedligrwydd Melina oedd tapestri bychan o'r Forwyn Fair a'r Baban Iesu, a geiriau Pwyleg oddi tanynt.

'*Before I forget ... did you know that there's dog excrement by your front door?*' holodd Carys, gan geisio swnio mor gwrtais â phosib. Roedd y gair *excrement* yn ddieithr ar ei thafod gan nad oedd erioed wedi ei ddefnyddio. '*Just in case one of your sons steps in it ...*'

'*Again!*' ebychodd Milena, â fflach o ddicter yn ei llygaid glas golau. '*Well that's the problem. It's my neighbour, Mike. He does it on purpose just to upset me. He has a massive bulldog and I'm sure he brings it to my front door when he needs a ... shit. Last week I saw him watching me clean it up, with a smile on his face. I feel so scared ... my husband is working in Qatar for a month and I'm here by myself.*'

Aeth Milena yn ei blaen yn ddagreuol i esbonio bod Mike wedi dechrau ei bygwth. Am chwarter i bedwar bob dydd, sefai yn ei ardd wrth iddi ddod adref o'r ysgol gyda'i phlant. Byddai'n gweiddi pob math o bethau arnynt. Honnai y byddai'n rhaid iddynt fynd yn ôl i Wlad Pwyl gan fod pawb wedi pleidleisio dros gael gwared ar bobl fel nhw. Galwai Milena yn ast ac yn hwren. Honnai ei bod yn manteisio ar system fudd-daliadau Prydain, er ei bod yn gweithio mewn llyfrgell leol yn ogystal â chartref henoed. Honnai ei bod ym Mhrydain yn anghyfreithlon er ei bod yn briod â Sais ac yn ddinesydd Prydeinig. Roedd hyn oll yn effeithio'n ofnadwy ar ei nerfau, ond yn effeithio'n waeth byth ar ei phlant. Roedd yr ieuengaf wedi dechrau cael hunllefau am ei gymydog ac yn gwrthod cysgu yn ei wely ei hun.

'*Can't you throw him out? If he's being racist and harassing me, can't the police move him?*' ymbiliodd Milena.

'*No – I'm afraid not. We need evidence, and we'd have to go to court. It takes a long time to evict a person. But I'll go and have a word with him and and see what we can do. Hopefully we can give him an anti social behaviour order, which will forbid him from hassling you. Don't worry, we're taking this very seriously.*'

Ar ôl nodi holl fanylion y digwyddiadau a gofyn iddi gadw cofnod o unrhyw ddigwyddiadau eraill, ffarweliodd Carys â Milena. Camodd allan o'r tŷ, gan dagu ar ddrewdod y baw ci.

Sylwodd Carys fod fan wen ystrydebol y cymydog wedi'i pharcio o flaen ei dŷ, felly mentrodd yn syth drws nesaf i'w holi.

Ar ôl canu'r gloch, saethodd adrenalin trwyddi. Tybed a ddylai hi wneud hyn ar ei phen ei hun? A ddylai hi ddod yn ôl i'w holi gyda heddwas arall? Disgwyliai weld cawr o ddyn yn agor y drws. Dyn mawr moel mewn fest gwyn a thatŵs dros ei freichiau. Tipyn o syndod, felly, oedd gweld dyn bach eiddil – dim mwy na phum troedfedd pum modfedd – yn agor y drws gyda gwên. Roedd ganddo wallt brown golau wedi'i dorri'n fyr ac yn daclus (nid *skinhead*) a sbectol fach sgwâr, ffrâm fetel. Gwisgai siwmper â phatrwm diemwntau drosti, *chinos* brown golau ac esgidiau brown tywyll taclus. Ni allai Carys benderfynu faint oedd ei oed. Roedd ganddo wyneb gŵr ifanc, tua deg ar hugain oed – ond roedd ei wisg a'i ysgwyddau crwm fel petaent yn perthyn i hen ŵr ar gwrs golff.

'*Officer, please come in. How can I help you*?' holodd yn gwrtais, mewn acen ddosbarth canol esmwyth.

Esboniodd Carys fod un o'i gymdogion wedi cwyno am ei ymddygiad bygythiol a hiliol.

Agorodd yntau ei lygaid yn syn.

'I'm afraid there's been a mistake. Are you sure you've come to the right place? I get on really well with all of my neighbours. We all look after each other in this street.'

'Yes, this is the right place. There's been no mistake, and a serious complaint has been made about you ... Could you please explain the flag you have in your window?'

'Which flag?'

'The union flag that you have instead of curtains.'

'Oh ... that one. Yes ... well I just think that we have to look after ourselves. I've no problem with good people who come here and speak English and work hard. I'm a tolerant person. But we shouldn't be letting everyone in – especially people who have no respect for British values and traditions. Don't you agree, Officer?'

Anwybyddodd Carys ei gwestiwn a cheisiodd drafod honiadau Milena. Gwadodd Mike y cyfan gyda gwên ddiniwed. Ochneidiodd Carys. Heb dystiolaeth, ni allai wneud dim i ddatrys y sefyllfa.

'Thank you for your time. I'm not taking this any further for the time being, but please be careful from now on. Try to be respectful towards all your neighbours.'

'Of course,' atebodd yn ddifrifol. Ond sylwodd Carys fod arlliw o wên yn ei lygaid.

*

Wythnos yn ddiweddarach, dychwelodd Carys i'r Ynys ar gyfer yr angladd.

Roedd y silffoedd yn llawn cardiau cydymdeimlad, a naws drymaidd yn y tŷ.

Edrychodd Carys drwy'r ffenestr. Roedd lliw llwydwyn rhyfedd yn yr awyr, a'i thad yn siŵr bod eira ar y ffordd. Pryderai Carys am hynny – beth pe na bai'n gallu cyrraedd nôl i Lundain? Bu'r sarjant yn garedig iawn yn gadael iddi gael tridiau o'r gwaith ar fyr rybudd. Ond eto ... roedd rhan ohoni'n gobeithio y deuai eira trwm. Roedd rhywbeth cysurlon iawn am y syniad o gael ei chau i mewn am wythnos, a cholli cysylltiad gyda'r byd a'i bethau.

Ar ôl paned a dadbacio, aeth Carys i'r dref i brynu bwydydd ar gyfer y bwffe bach a fyddai yn y festri ar ôl yr angladd. Yna, helpodd Gwenda i wneud sosej rôls. Roedd y prysurdeb yn gysur i'r ddwy. Lled-orweddai Rhiannon ar y soffa'n gysglyd.

'Dwyt ti ddim i fod yn y Coleg heddiw?' gofynnodd Carys, gan godi ael yn awgrymog.

'Wedi cael wythnos bant achos *stress*.'

'O.'

'Mae Rhiannon wedi bod yn gweithio'n galed iawn ar y cwrs, Carys,' meddai Gwenda, gan synhwyro ffrae yn cyniwair. 'Roedd hi'n ofnadw o ypset am golli Mam-gu, on'd oeddet ti, cariad?'

'O'n,' atebodd Rhiannon yn sychlyd, gan dynnu ei chlustffonau o'i chlustiau.

'Bydda i'n dal lan gyda'r gwaith coleg, paid â phoeni, Plisman Plod.'

Ochneidiodd Carys yn dawel a chyfri i ddeg. Nid heddiw oedd y diwrnod i gael ffrae blentynnaidd.

'Mae cerdyn wedi dod trwy'r drws,' cyhoeddodd Rhiannon fore trannoeth, tra oedd Carys a'i thad yn bwyta'u brecwast. Roedd Gwenda wrthi ers saith yn paratoi brechdanau, a'i hwyneb yn goch yng ngwres y Rayburn.

'Agora fe, cariad.'

'Cerdyn cydymdeimlad oddi wrth Jean, Robin, Marged ac Owain … pwy y'n nhw?'

'Ti'n gwybod yn iawn pwy y'n nhw, Rhiannon. Y teulu Watkins. Roedd y plant yn yr ysgol gyda chi … Mae Owain ryw dair blynedd yn hŷn na Carys, on'd yw e? Ti'n cofio pwy yw e, Carys?'

'Beth … ym, pwy?' Ceisiodd Carys swnio'n ddidaro. Stwffiodd ddarn o dost i'w cheg yn frysiog, gan obeithio na sylwai neb ar ei bochau fflamgoch.

'Owain Watkins. Bachan tal, pryd tywyll … rhyw olwg egsotig, eitha … *Spanish* …'

'O ie … ydw. Roedd e'n brif ddisgybl yn yr ysgol.'

'Teulu neis.'

'Hm, ie.'

'Ma fe'n ffarmo tir ei wncwl e nawr,' ategodd Gwilym. 'Bachan ffein … bues i'n siarad 'da fe yng nghyfarfod yr NFU mis dwetha …'

'O … gadwch i fi helpu gyda'r brechdane 'na, Mam,' meddai Carys, gan godi ar ei thraed yn drwsgl a chrafu'r llawr yn swnllyd gyda'i stôl. Teimlai'n siŵr fod pawb yn gallu clywed ei chalon yn curo fel gordd.

'Ma gwynt ofnadwy yma,' cwynodd Rhiannon. 'Pam y'ch chi'n boddran gwneud brechdane wy? Does neb yn lico brechdane wy.'

'Wy'n eu lico nhw,' meddai Gwilym yn ddiamynedd, 'ac os nad wyt ti am helpu Carys a dy fam, galli di ddod mas gyda fi i fwydo'r defaid.'

Syllodd Rhiannon yn syn ar ei thad. Ni fyddai byth yn colli'i dymer.

Yn y festri wedi'r gwasanaeth, daeth Luned i siarad gyda Carys.

'Helô *stranger.*'

'O haia! Ym ... gwranda, mae'n flin 'da fi am nos Galan. Ges i bach o broblem gyda Rhiannon.'

'Ro'n i'n aros amdanat ti, yn disgwyl mlân at gael *chat* gyda ti.'

'Fi'n gwybod. Sori. Ro'n i wedi bod yn disgwyl mlân hefyd. Jyst ... ma Rhiannon ... wel, ti'n gwybod fel ma hi. Roedd hi yn un o'i mŵds a do'n i ddim yn gallu ei gadael hi. Aeth hi'n rhy hwyr wedyn i fi ddod draw atat ti. Ges i amser crap, a bod yn onest. Sori.'

'Paid poeni. Roedd pethau braidd yn wyllt yno, fydden ni ddim wedi gallu siarad yn gall beth bynnag.'

Trodd y ddwy i edrych ar Rhiannon. Roedd dagrau'n powlio i lawr ei gruddiau, a braich un o'i modrybedd yn gafael yn dynn amdani.

'Ma colli'ch mam-gu chi wedi'i bwrw hi'n wael.'

'Hm,' ebychodd Carys yn dawel. Sôn am *drama queen,* meddyliodd. Fyddai hi byth yn ymweld â Mam-gu yn y cartref, ond nawr, wrth gwrs, roedd hi'n torri'i chalon a phawb yn gwneud ffys mawr ohoni.

'Gwranda, bydd rhaid imi fynd nawr – mae John yn mynd ar *stag do* i Birmingham ac mae'n rhaid i fi fynd â fe i ddala'r trên ... ond welwn ni'n gilydd cyn hir, ife?' Gwasgodd Luned law Carys yn dynn.

'Ie – welwn ni'n gilydd cyn hir. Bydda i gartre adeg wyna ac fe alwa i draw i weld Rosie.'

'Sdim isie iti ddod i weld Rosie. Dof i i gwrdd â ti. Awn ni mas am ddrinc, i fi gael dianc o'r tŷ! Ma angen sesh o bryd i'w gilydd, on'd oes e?'

Gwenodd Luned yn drist a gwasgodd Carys ei llaw hithau.

Ymlwybrodd tryc Gwilym drwy'r pentref tuag at yr orsaf, ar gyflymder o bymtheng milltir yr awr.

'Gallwch chi neud thyrti fan hyn, Dad,' meddai Carys, a thinc pryderus yn ei llais. Byddai'r trên yn gadael ymhen pum munud.

'Sdim brys, Carys. Mae'n gallu bod yn fishi fan hyn. Byddwn ni yno mewn pryd.'

Ochneidiodd Carys a sychodd yr anwedd oddi ar ei ffenestr gyda'i llawes. Rhewodd. Roedd dyn tal, pryd tywyll yn tynnu arian o'r twll yn y wal. Owain. Teimlodd ei hwyneb yn cochi. Pesychodd.

'O! 'Co, Carys. Owain – y bachan roedd dy fam yn siarad amdano pwy dd'wrnod. Yr un sy'n disgwyl tamed bach yn *Spanish* ...ti'n ei gofio fe?'

'Ydw, ydw. Owain Watkins.'

'Ie, dyna fe.'

Bîp-bîîîp.

Canodd Gwilym y corn yn serchus a chododd ei law ar Owain. Trodd yntau ei ben yn syn, a chodi ei law ar y tryc, gan graffu i weld pwy oedd yno. Teimlodd Carys ei hun yn gwrido fwy fyth wrth i Owain edrych i fyw ei llygaid, a gwenu.

Fel arfer, byddai'r siwrne i Lundain yn hir a syrffedus, ond roedd Carys yn ysu iddi bara'n hirach. Bob tro y caeai ei llygaid, deuai wyneb Owain i'w meddwl. Ymledai teimlad cynnes braf drwy ei chorff wrth feddwl am ei lygaid tywyll a'r wên gyfrin arbennig a roddodd iddi. Roedd hi *yn* wên arbennig, meddyliodd. Nid gwên ddidaro i ffrind, ond gwên oedd yn cyfleu rhywbeth arall.

Gadawodd i'w meddwl grwydro a dychmygu'r hyn a allai ddigwydd pe baen nhw gyda'i gilydd, neb ond nhw ill dau. Bob hyn a hyn, deuai llais i darfu ar ei ffantasïau. Llais rhesymol a ddywedai nad oedd hynny'n bosib, ei bod hi ar ei ffordd yn ôl i Lundain, yn bell, bell oddi wrth Owain. Bryd hynny, deuai ton o rwystredigaeth i'w bwrw.

PENNOD 19

Roedd y fflat yn wag, ond yn affwysol o boeth gan fod Rhydian wedi gadael y gwres ymlaen drwy'r dydd. Ochneidiodd Carys yn ddig, ac aeth yn syth at y boeler i'w ddiffodd. Sôn am wastraff! Yna, bwriodd iddi'n egnïol i ddadbacio a chael trefn ar bethau. Bob tro y deuai wyneb Owain i'w meddwl, gwthiodd ef o'r neilltu.

Roedd angen iddi ailgydio yn ei bywyd yma yn Llundain, ac anghofio am bopeth gartref, meddyliodd. Yma roedd ei gwaith a'i ffrindiau. Roedd angen stopio'r ffantasïau dwl am garwriaeth na fyddai byth yn digwydd. Roedd angen rhoi stop ar yr hiraethu pathetig, plentynnaidd.

Estynnodd ei ffôn o'i bag a gwasgodd rif Lleucu. Doedden nhw ddim wedi cael gêm sboncen ers sbel, nac wedi siarad chwaith. Ond aeth yr alwad yn syth i'r peiriant ateb.

'Haia Lleucu, shwt wyt ti?' dechreuodd Carys yn betrusgar. Roedd yn gas ganddi adael negeseuon. 'Carys sy 'ma. Jyst meddwl bod ni heb gwrdd ers sbel. Mae'r 6 *Nations* yn dechre cyn hir … meddwl bydde hi'n neis cwrdd i wylio ambell gêm. Ffonia fi pan gei di gyfle. 'Na fe. Ta-ra.' Rhoddodd y ffôn i lawr a newidiodd i'w dillad rhedeg. Roedd ei chorff yn llesg ar ôl y daith ar y trên; byddai rhedeg yn fwy llesol iddi na hel meddyliau yn y fflat ar ei phen ei hun.

Fore trannoeth yn y gwaith, cafodd Carys alwad ffôn gan Milena. Roedd hi wedi llwyddo i recordio ei chymydog ar ei ffôn symudol, yn ei bygwth hi a'i bechgyn gyda iaith hollol ffiaidd. Roedd e'n gandryll ar ôl cael ei holi gan yr heddlu, ac yn dweud y byddai ei 'ffrindiau' yn dysgu gwers iddi am gario clecs.

Holodd Milena a fyddai hynny'n ddigon i'w droi allan o'i fflat. Roedd hi wedi clywed ei fod yn cael cymorth i dalu'r rhent gan elusen o ryw fath. Oedd hi'n iawn bod elusen yn helpu dyn hiliol fel yna? Oni fydden nhw eisiau cael gwared arno?

'*It's not that simple, I'm afraid,*' esboniodd Carys yn ddigalon. '*It's still not enough to throw him out. We'd have to go to court. But I can give him an asbo, and if he still doesn't leave you alone, then we can take action to evict him.*'

'*Oh, OK.*'

'*Could you pop to the station today with your evidence? I'll visit your neighbour afterwards, to give him the asbo,*' aeth Carys yn ei blaen, gan geisio swnio'n hyderus a chadarnhaol. '*Hopefully, this will be enough to stop him.*'

'*Yes of course – no problem. Thank you, Ma'am.*'

'*Please, call me Carys!*'

Teimlai Carys yn anghyfforddus yn cael ei chyfarch â'r *Ma'am* ffurfiol. Roedd yn amhriodol yn ei thyb hi, a hithau mor ifanc a dibrofiad.

'*OK ... Carys. Thank you very much for listening to me, and for taking this seriously. You are a very nice policewoman. Everyone is not so nice.*'

Gwridodd Carys eto wrth gael ei chanmol. Ond ar ôl

rhoi'r ffôn yn ôl yn y crud, eisteddodd yn ei hunfan am funud fach, a gwenodd.

Yn nes ymlaen y prynhawn hwnnw, gwrandawodd Carys ar y dystiolaeth ar ffôn Milena ac arswydodd. Roedd yn anodd credu mai'r un person oedd hwn â'r dyn eiddil mewn siwmper golffiwr y bu'n siarad ag ef ryw wythnos ynghynt. Ond er yr iaith aflednais, gallai adnabod y llais a'r acen grachaidd.

Gyda'r nos, aeth Carys draw i dŷ Mike, y cymydog-siwmper-golffiwr, i gyflwyno'r asbo.

'*Has my Eastern European friend been making false allegations against me again*?' holodd â gwên gam wrth agor y drws. Ond buan iawn y diflannodd y wên pan sylweddolodd fod gan Carys dystiolaeth yn ei erbyn.

'*No one ... will find out about this, will they? My family won't know, will they*?' Daeth fflach o banig i'w lygaid. Sylweddolodd Carys – er gwaetha'r gweiddi a'r rhegi bygythiol ar ffôn Milena – mor wan a thruenus oedd y dyn mewn gwirionedd.

'*As long as you behave yourself and leave your neighbour alone, this won't go any further.*'

'*Thank you Officer, thank you, Ma'am ...*' ochneidiodd gyda rhyddhad. Nodiodd ei ben, fel petai'n moesymgrymu i Carys.

Wrth gamu i'w char, gwenodd Carys wrth feddwl nad oedd hi erioed wedi teimlo mor bwerus. Roedd hi'n ddigon hapus i gael ei galw'n *Ma'am* gan gachgwn fel Mike.

*

'Ble awn ni i weld y gêm gynta, 'te Rhyds?'

'Y Prins, ife?'

Suddodd calon Carys.

'Ti ddim yn meddwl bydd Joni yno?'

'Bydd e wedi cael tocynne i'r gêm. Wedodd e taw dyna oedd e am ei wneud gyda'r gêm gynta. Mae e'n cael llwyth o docynne trwy'r gwaith.'

'Ond dwyt ti ddim yn gwybod hynny'n bendant, wyt ti? Falle byddai'n well inni aros yn lleol? Wy wir ddim am ei weld e.'

'Y Prins yw'r lle gore i wylio'r gêm, ontefe. Beth wyt ti am ei wneud? Aros gartre? Alli di ddim ei osgoi e am byth, Carys. Alli di ddim stopio joio a gneud pethe achos fe.'

'OK.'

'Ti 'di siarad â Lleucu?'

'Dim syniad beth sy mlân 'da honna. Heb ateb fy ngalwade i na'r tecsts.'

'Falle ei bod hi wedi colli'i ffôn.'

'Hm, sa i'n credu. Dyw pethe fel'na byth yn digwydd iddi hi. Mae hi'n rhy drefnus, yn ormod o *control freak*.'

'Gwed ti … awn ni i'r Prins, 'te.'

Ar brynhawn y gêm rygbi, daeth cawod drom, annisgwyl, i wlychu'r ddau at eu crwyn wrth iddynt gerdded o orsaf y tiwb i'r dafarn. Sychodd Carys ddiferion o'i gruddiau ac ochneidio wrth weld dŵr du dros ei bysedd; ei cholur wedi difetha'n llwyr. Rhoddodd hergwd i ddrws y dafarn gyda'i hysgwydd. Rhuthrodd i mewn, ac anelu'n syth am y tŷ bach yng nghefn y dafarn i sychu ei gwallt a'i dillad. Yn sydyn, teimlodd law yn cydio yn ei braich.

'Beth yw hyn? *Wet T-shirt competition,* ife?'

'Lleucu!'

'... neu *Goth Night?* Well i ti fynd i'r toilet i sychu dy hunan, Car.'

''Na le fi'n mynd, Lleucu. O'n i ddim yn gwybod bo' ti'n dod – ffonies i ti ...'

'Do, fi'n gwybod. Ces i dy neges. Sori bo' fi heb ateb. Fi wedi bod yn fishi.'

Gwenodd Lleucu'n awgrymog, gan amneidio ar y dyn wrth ei hochr a oedd wrthi'n archebu diodydd o'r bar. Dyn a oedd dipyn yn hŷn na hi, a'r gwallt o gwmpas ei glustiau'n britho. Dyn trwsiadus, mewn siwt o doriad esmwyth. Ei thad? Nage, meddyliodd Carys, wrth gael cip cyflym ar ei wyneb. Nid dyna pwy oedd e, er nad oedd yn llawer iau na'i thad. Roedd yn ei bumdegau, mae'n rhaid. Sylwodd fod modrwy briodas ar ei fys.

'Wna i dy gyflwyno di iddo fe wedyn,' meddai Lleucu gyda winc ddireidus.

'O ... neis iawn ... ie,' atebodd Carys yn syn, gan gamu yn ei blaen i'r toiledau.

Teimlodd ei chalon yn suddo. Byddai'n rhaid iddi ffarwelio â Lleucu am sbel. Dyna sut un oedd hi pan fyddai ganddi gariad – yn byw mewn swigen fach ac yn colli cysylltiad â'i ffrindiau a'i holl ddiddordebau. Dim mwy o gemau sboncen a nosweithiau allan a chyngor ffasiwn. Ddim tan i'r berthynas chwalu, beth bynnag. Ac roedd hynny'n siŵr o ddigwydd, yn hwyr neu'n hwyrach, pan fyddai Lleucu wedi diflasu.

Syllodd Carys arni ei hun yn y drych. Sychodd yr olion masgara a'r dagrau blin oddi ar ei bochau. Chwythodd ei thrwyn ac anadlodd yn ddwfn. Roedd y gêm ar fin dechrau a Rhydian, mae'n siŵr, yn cadw lle iddi yn rhywle yn y dafarn, yn pendroni ble'r oedd hi. Ymwrolodd, ac aeth allan o'r tŷ bach. Chwiliodd am Rhydian trwy'r môr o grysau cochion. Chwiliodd am bigau ei wallt (a oedd wedi fflatio rhywfaint yn y glaw), a chlywodd lais yn galw arni.

'Carys – fi fan hyn.'

Trodd ei phen i gyfeiriad y llais. Craffodd. Roedd Rhyds yn eistedd yng nghornel chwith bellaf yr ystafell … a Joni wrth ei ymyl. Edrychodd Rhyds arni, â golwg ddiymadferth ar ei wyneb. Golwg a ddywedai: 'Wyddwn ni ddim, sori. Plis wnei di faddau i mi?'

Gwenodd Joni arni – gwên lydan, fodlon, heb gysgod o gywilydd nac edifeirwch.

Heb ddweud gair, trodd Carys ei chefn ar y ddau, ac anelodd am yr allanfa.

'Hei, ble ti'n mynd? Mae'r gêm yn dechre nawr – dere i eistedd fan hyn!' ymbiliodd Rhyds.

'Fi wedi cadw sedd yn dwym i ti, Carys,' ategodd Joni gan chwerthin, 'Mae'r cwrw 'mae'n neud i fi gnecu …'

'Ffwcio'r gêm,' ysgyrnygodd Carys dan ei hanadl. Camodd allan i gawod arall o law.

PENNOD 20

Drannoeth, eisteddai Carys o flaen y teledu, yn gwylio rhaglen goginio yn ei phyjamas. Doedd ganddi ddim diddordeb mewn dysgu sut i wneud *paella*, ond roedd symud o'r gadair yn ormod o ymdrech, a hithau'n flinedig ac yn bwdlyd.

'Ti'n dal wedi pwdu 'da fi, 'te?' holodd Rhyds.

'Beth?'

'Smo ti wedi gweud gair wrtha i drwy'r bore. Dim hyd yn oed diolch am y tair dishgled o de wy wedi'u plonco ar y ford o dy flaen di. Fi wedi gweud sori. Doedd 'da fi ddim syniad bydde Joni yno a gwnes i 'ngorau i'w osgoi e …'

'O'n i wedi disgwyl mlân cyment i fynd mas i weld y gêm … ond wedyn roedd Lleucu 'na gyda'i *silver fox* – a coc oen mwya'r byd yn eistedd gyda ti. Ac ar ben hynny i gyd, wnaeth Cymru golli ac o'n i'n ishte gartre ar ben fy hunan bach.'

'Wel, roedd y gêm tamed bach yn shit … ond dyna ni. Nage 'mai i oedd hynny.'

'Ddwedest ti bydde Joni yn y gêm, yn y stadiwm.'

'Mae e fel arfer yn cael ticedi i'r geme, o'n i wir ddim yn credu y bydde fe yna.'

'Hm,' atebodd Carys yn swrth, gan droi ei phen yn ôl at y cogydd ar y sgrin.

'Gwranda Carys, paid â bod yn grac 'da fi. Stopa fod mor pathetic, yn teimlo trueni dros dy hunan fan hyn.

Alli di ddim osgoi Joni am byth – hyd yn oed mewn dinas fowr fel Llundain – ac ma perffeth hawl 'da Lleucu i gael cariad. Stopa fod mor *possessive* ohoni hi. Beth yw'r ots, 'ta beth? Dyw hi 'rioed wedi bod yn ffrind grêt i ti. Mae hi jyst yn dy iwso di pan mae'n siwtio hi. Dylet ti jyst anghofio amdani os yw hi'n dy siomi di o hyd.'

'Ti'n iawn, Rhyds,' meddai Carys gan wrido. Roedd yn gas ganddi gydnabod hynny, ond doedd hi ddim yn siŵr a oedd hi'n golygu unrhyw beth i Lleucu mewn gwirionedd – er gwaetha'r anrheg Nadolig hael.

'Ma hi jyst yn drueni bod y busnes 'na wedi digwydd 'da Jan,' aeth Rhydian yn ei flaen yn feddylgar, 'achos ro'ch chi'n ffrindie da. Ti heb cweit fod yr un peth ers 'ny, galla i weld.'

'Tecstodd hi fi cyn y Nadolig. Pan o'n i ar y ffordd adre. Ma hi isie cwrdd, i esbonio ac ymddiheuro ... Halodd hi neges arall wedyn, i weud Blwyddyn Newydd Dda ac i weud sori eto.'

'Ti am gwrdd â hi?'

'Nagw! Sa i wedi ateb. Alla i ddim, ar ôl iddi guddio popeth wrtha i ...'

'Falle bod reswm da 'da hi ...'

'Ti wedi newid dy gân! Ti wedodd wrtha i bod rhywbeth doji amdani, ac ro't ti'n iawn. Pam wyt ti'n moyn i fi gysylltu 'da hi nawr?'

'Ro'ch chi'n ffrindie. Ro'ch chi'n ffrindie da, ac mae hi'n trio'i gorau i gysylltu â ti. Fydde hi ddim wedi trio oni bai bod hi wir isie dy weld di. Mae hi wedi colli'i job, on'd yw hi? Does dim byd galli di neud i'w helpu hi 'da hynny. Sa i'n credu bod unrhyw *ulterior motive*. Falle dylet ti jyst clywed ei hochr hi o'r stori. Gelli di benderfynu wedyn os yw hi'n haeddu cyfle arall. Ma bywyd yn fyr ...'

'Sa i'n siŵr. Sa i isie cael fy siomi eto. A ta beth, does dim amser 'da fi. Wy 'di bod yn meddwl gwneud arholiad y CID. Ma Alex yn gweud dylen i fynd amdani.'

'Syniad da.'

'Nawr yw'r amser i'w wneud e, tra 'mod i yn Llunden. Mae mwy o siawns 'da fi o gael jobyn CID lan fan hyn na 'nôl yng Nghymru – mae cymint mwy o gyfleoedd yn codi. Mae isie i fi gymryd y cyfleoedd 'ma cyn mynd.'

'O – ti'n meddwl am fynd 'nôl adre, 'te?'

'Sa i'n meddwl lot am y peth,' atebodd Carys yn gelwyddog, 'Ond af i ... rywbryd, pan fydda i'n barod ac wedi neud popeth galla i fan hyn.'

'Iawn, cer am y CID 'te. Ond meddylia am bethe eraill, heblaw am waith. Mae'n rhaid i ti neud amser i bethe eraill a mynd mas o'r fflat 'ma.'

'Be ti'n awgrymu? Merched y Wawr? Bowls?'

'Paid â bod yn sili! Fel ma pethe ar hyn o bryd, pan nag y't ti yn y gwaith, ti'n gwastraffu orie fan hyn, yn gwylio pob math o bethe dwl ar YouTube ... Jyst ffonia Jan, nei di?'

Ochneidiodd Carys. Roedd Rhydian yn iawn, unwaith eto. Chwiliodd am rif Jan yn ei ffôn er mwyn ateb ei neges.

*

Syllodd Carys ar yr e-bost ar ei sgrin. Neges yn cadarnhau ei bod wedi'i dewis i weithio yn y brotest fawr ym mis Mai.

'Alex, are you down for this?' sibrydodd yn llawn cyffro wrth ei chyd-weithiwr.

'For what?'

'The demonstration ... the big march in May.'

'No I'm not, thank God. I think it's gonna get nasty this time.'

'I'm doing it,' meddai Carl, a oedd yn clustfeinio ar eu sgwrs.

'Oh,' ebychodd Carys, heb guddio'r siom yn ei llais.

'Yes, me. Little old me. Don't sound so surprised ... and don't start thinking you're anything special 'cause you've been chosen ...'

'I wasn't ...'

'... 'cause it's random. Ten of us have been chosen. The sarge just looks at the rota to see who's free – and that's it. The same as for the football or another event. Any idiot can end up doing this. You're not special.'

Teimlodd Carys gywilydd am fod mor dwp a naïf a meddwl ei bod wedi'i dewis yn arbennig ar gyfer y dasg.

'OK, Carl, there's no need to go on about this. I don't think I'm better than anyone else.'

Chwarddodd Carl wrth weld yr embaras ar wyneb Carys.

'So what happens now, Alex?' Trodd Carys yn ôl at ei ffrind, gan anwybyddu crechwen Carl. *'You did the last one. Do we get any training? I haven't done anything as big as this before ... I've heard there's going to be at least twenty thousand people there.'*

'Nothing ... no training. We just get a briefing on the morning of the march, then we just do as we're told.'

'Oh.'

Llyncodd Carys ei phoer wrth ddychmygu ei hun yno, yn ffigwr bach eiddil o flaen y dorf fawr, ddig. Byddai cyd-weithwyr gyda hi, wrth gwrs, ond beth pe bai cythrwfl yn dechrau? A fydden nhw'n ddigon cryf i reoli'r dorf? Beth petai Rhiannon a Rob yn cael eu dal yng nghanol y cyfan?

Aeth Alex yn ei flaen wedyn i drafod sut y gwnaeth ddefnyddio chwistrell bupur yn y brotest ddiwethaf, a bod rhywfaint ohono wedi tasgu i lygaid plentyn bach. Bu bron i dad y plentyn ei dagu.

'If it wasn't for Carl, I'm not sure I'd be here now. He sort of rugby tackled the bloke to the floor, and saved me.'

Gwenodd Carl yn foddhaus.

'Yes – I was a bit of a hero that day, even if I say so myself.'

Cyflymodd calon Carys wrth i luniau fflachio o flaen ei llygaid – lluniau o brotestwyr gwaedlyd yn cael eu damsgel dan draed, a sŵn gweiddi a sgrechian gwyllt. Dechreuodd ias dywyll ymledu trwyddi, fel niwl du, oer.

Teimlai'n sicr fod rhywbeth gwael yn siŵr o ddigwydd. Roedd ei stumog yn troi, a chyfog yn cronni yn ei llwnc. Efallai y dylai ddweud wrth Rhiannon a Rob am beidio â dod? Na, doedd dim pwynt, meddyliodd wedyn. Fyddai Rhiannon ddim yn gwrando arni.

Cododd y cyfog yn uwch ac yn uwch. Neidiodd ar ei thraed, a rhuthrodd i'r tŷ bach.

'Carys – are you OK? What's wrong?'

Gwelodd wyneb Alex yn syllu arni'n bryderus, ond rhuthrodd heibio iddo heb ddweud gair.

Cyrhaeddodd y toiled mewn pryd. Chwydodd, yn boenus a chaled.

Arhosodd yn stond am eiliad, a sêr o flaen ei llygaid. Roedd ei choesau'n wan, a'i chorff yn pwyso'n dynn yn erbyn y wal rhag iddi gwympo. Yn araf, cododd ei phen o'r pan a sychodd ei cheg â darn o bapur tŷ bach.

'*Are you OK in there?*' holodd llais tawel, caredig.

'*Yes ... must have ... been something I ate ...*'

Safodd yn sigledig ar ei thraed, ac agorodd y drws. O'i blaen, safai perchennog y llais, sef menyw yn ei phumdegau hwyr, mewn blows goch a sgert ddu. Mae'n rhaid ei bod o'r adran Gyllid neu Adnoddau Dynol, meddyliodd Carys, gan nad oedd erioed wedi'i gweld.

'*You poor thing. I'll get you a glass of water. Come and have a sit down in the kitchen when you've freshened up. You'd better get yourself home then – you don't want to be spreading a nasty bug around here.*'

'*Thank you.*'

Nodiodd Carys, ond yna gwridodd. Nid 'byg' oedd e, meddyliodd. Rhywbeth arall. Panig ofnadwy, arffwysol. Ond gwenodd yn wan ar y fenyw, ac aeth i olchi ei hwyneb yn y sinc.

Sylwodd fod smotiau coch o gwmpas ei llygaid oherwydd straen y chwydu, a'i chroen yn llwydaidd. Edrychai'n ofnadwy, a doedd ganddi ddim tamaid o golur yn ei bag.

*

Wrth deithio yn ôl i Gymru ar y trên, meddyliai Carys am yr wythnos a fu. Wythnos fach ryfedd, gyda'r siom ar ddiwrnod y gêm rygbi, y panig a'r cyfog yn y gwaith, a checru'r diwrnod canlynol yn y swyddfa.

Cofiodd am Carl yn sibrwd – yn ddigon uchel iddi fedru ei glywed – '*Sheepshagger's going home for a week to help with lambing. A whole week in the company of sheep. She'll be thrilled.*'

'*Wouldn't it be nice if she stayed there? I've had enough of her fucking smug face around this place,*' atebodd Diane, dan chwerthin, '*She's getting too big for her boots – I've heard she's gonna do the CID exam.*'

Cenfigen oedd wrth wraidd y cyfan, meddyliodd Carys. Roedd si bod Carl wedi methu'r arholiadau hynny. Ond doedd pethau ddim yn hollol anobeithiol, meddyliodd, gan roi ei llaw yn ei bag i estyn bocs bach o siocledi. Anrheg gan Milena oedden nhw, i ddiolch i Carys am ddatrys y broblem gyda'i chymydog – neu yn hytrach, ei chyn-gymydog. Ddeuddydd ar ôl cael yr asbo, gadawodd Mike-siwmper-golffiwr ei fflat. Yn ôl un o'r cymdogion eraill, roedd bellach yn byw gyda'i fam mewn fflat bach yn Slough.

Rhoddodd Carys siocled yn ei cheg, a'i deimlo'n toddi'n araf braf ar ei thafod. Meddyliodd am Milena, a'r holl bobl fel hi oedd yn byw yn Llundain. Pobl dda oedd yn gwneud eu gorau glas i wella'u bywydau. Pobl oedd yn haeddu ychydig o lwc dda.

Pwysodd ei phen yn erbyn gwydr oer y ffenestr, a chaeodd ei llygaid. Roedd hi wedi blino'n lân.

Ddwyawr yn ddiweddarach, eisteddai Carys yn nhryc ei thad, yn teithio adref drwy'r tywyllwch. Sylwodd ei fod yn cydio'n dynn yn y llyw, nes bod ei ddyrnau'n wyn, a'i lygaid yn syllu – heb flincio – ar yr heol o'i flaen. Roedd yn gas ganddo yrru yn y nos, ac ni ddywedodd air tan iddynt gyrraedd y tŷ.

Camodd Carys i mewn i'r portsh, ac fe'i trawyd gan arogl melys – cyfoglyd o felys – y llaeth powdr i'r ŵyn. Roedd twb mawr ohono ar silff y ffenest, yn barod ar gyfer yr ŵyn llywaeth. Yna, wrth gamu i'r gegin, daeth arogl mwy dymunol i'w ffroenau – arogl tost a menyn a the. Rhuthrodd ei mam ati i'w chofleidio. Cododd Rhiannon ei phen, a gwenodd arni – cyn mynd yn ôl at y gêm ar ei iPad.

'Ishte, Carys fach. Ti'n disgwyl yn welw. Wedi oeri ar y trên 'na siŵr o fod – 'na drueni bod rhaid iti deithio mor hwyr yn y nos.'

'Roedd rhaid i fi weithio heddi, sori.'

'Dyna ni. Byt, nawr. Ma isie nerth arnat ti, i helpu dy dad … ma 'na oen bach ar y ffordd heno.'

Ymhen deuddydd, teimlai Carys fel petai Llundain a'i bywyd yn y Met yn fywyd i rywun arall, dieithr. Âi i gysgu'n rhwydd bob nos, a'i chorff yn gwegian ar ôl cario defaid ac ŵyn yn ei breichiau. Cysgu'n drwm, heb sŵn na hunllef na dim i darfu arni. Dihuno wedyn, cael brecwast cyflym, a pharatoi i fynd allan. Gwisgai hen got ei thad a chortyn bêls rownd y canol gan fod y sip wedi torri. Roedd golwg tebyg i fwgan brain arni, ond mynnai Gwenda bod rhaid iddi 'ddisgwyl ar ôl y dillad posh o Lunden'. Allan eto i'r awyr iach, i ganol deffroad y gwanwyn. Y gwanwyn a oedd yn anweledig yn Llundain.

Roedd wedi helpu gyda'r wyna droeon, ond eleni, nid oedd yn waith llafurus, didostur. Sylwodd ar bethau o'r newydd. Edrychodd mewn rhyfeddod ar ddau oen yn rhuthro at eu mam – yn canfod y ddafad gywir trwy glywed sŵn ei bref. Aeth i fyny i'r bryniau uchel uwch y fferm i fynd â bwyd sych i'r defaid. Gwyliodd y defaid yn rhuthro i'r cafn – a dafad gloff yn ymwthio i'r blaen, yn fuddugoliaethus. Fyny fry gwelai ddau farcud coch yn cylchu'n osgeiddig. Tybed ai'r un rhai a welodd drwy ffenest ei hystafell wely y bore hwnnw, ac yna'n hofran uwch ei phen pan aeth i'r siop i brynu papur newydd? Roedden nhw bron fel petaent yn ei dilyn. Rhedodd ias i lawr asgwrn ei chefn, ac ni wyddai'n iawn pam.

Uchafbwynt pob diwrnod oedd bwydo'r ŵyn swci. Roedd un yn arbennig wedi ei swyno – yr oen lleiaf un, a brychni bach ar ei drwyn. Galwodd e'n Wil. Hoffai deimlo ei gorff eiddil yn gynnes yn erbyn ei bol, a'i wlân yn arw yn ei dwylo. Byddai'n syllu i fyw ei llygaid wrth sugno'n ddyfal ar y deth, a oedd yn sownd ar hen botel Lucozade. Weithiau, byddai'n sugno'n rhy awchus, nes bod llaeth yn tasgu i bobman a'i gorff bach yn gryndod i gyd. Byddai Carys yn ei gysuro wedyn, nes y gallai sugno'n bwyllog eto.

O bryd i'w gilydd, deuai wyneb Wil bach i'w meddwl ar ôl dychwelyd i Lundain, a deuai ton o hiraeth drosti. Yn ystod ei chyfnod gartref, gwelodd rywbeth newydd yn ei thad hefyd: sylweddolodd ei fod yn feistr wrth ei waith. Sylwodd arno'n symud – bob amser yn dawel a diffwdan – yn sibrwd siarad gyda Pip y ci. Pip wedyn yn ymateb yn chwim, yn cyflawni pob gorchwyl yn effeithiol. Gwelodd gadernid ei thad, a gwelodd ei anwyldeb tuag at ei braidd. Sylwodd sut y gallai symud dafad trwy fachu ei ffon o gwmpas ei gwddf, heb godi ofn arni na'i brifo. Gwelodd hefyd ryw dristwch ynddo, wrth edrych lawr dros y bryniau un prynhawn.

'Ma pawb yn mynd,' meddai wrthi.

'Pwy? Be chi'n meddwl?' meddai Carys, gan ofni braidd wrth weld golwg ddryslyd yn ei lygaid.

'Pawb. Ffermwyr eraill yr ardal 'ma. Maen nhw'n ein gadael ni. Weli di'r tir 'na draw fynna? Caeau Sam Ifans Cae Cnwc – wedi cael eu gwerthu i'r Comisiwn Coedwigaeth. Fydd 'na neb ar ôl 'ma. A wy'n gwybod na fyddi di na Rhiannon am gymryd drosodd fan hyn ar ôl i fi fynd ...'

Atebodd Carys ddim. Syllodd yn bell i'r gorwel, a dagrau'n pigo cefn ei llygaid.

*

Ar ei noson olaf yn yr Ynys – noson anarferol o boeth ym mis Ebrill, a'r Rayburn yn troi'r gegin yn ffwrnes – daeth y newydd fod y ddwy chwaer wedi etifeddu arian gan eu mam-gu.

'Rwyt ti, Carys, wedi cael 'chydig yn fwy,' meddai Gwenda, yn ofalus a phetrusgar wrth gyflwyno amlen i'w merch. 'Gan dy fod ti'n byw yn Llunden a chostau mor uchel – rwyt ti wedi cael mil o bunne.'

'Mil?' ebychodd Rhiannon, 'O ble ga'th Mam-gu fil o bunnau? Fi'n siŵr nad oedd hi hyd yn oed yn sylweddoli bod Carys yn byw yn Llundain. Roedd Mam-gu yn *Cloud Cuckoo Land* erbyn y diwedd ...'

'Rhiannon! Paid â siarad fel'na am Mam-gu! Roedd hi'n meddwl y byd o'r ddwy ohonoch chi – a falle nad oedd hi'n gweud lot, ond roedd hi wastad isie clywed am bopeth ro'ch chi'n neud ... a dyma dy siec di, Rhiannon.' Agorodd Rhiannon yn yr amlen, a daeth gwg i'w hwyneb.

'Pum can punt?' ebychodd, 'Hanner be ga'th Carys!'

'Fel wedes i, Rhiannon – rwyt ti'n byw gartre a Carys yn Llundain, ac roedd Mam-gu yn gwybod hynny.'

'Hy! Hi oedd ffefryn Mam-gu. Hi yw ffefryn pawb.'

Gwingodd Carys yn llawn embaras dros ei chwaer, wrth glywed tôn blentynnaidd ei llais.

Cododd Rhiannon, gan hyrddio ei chadair o'r ffordd. Caeodd Gwenda ei llygaid wrth wrando ar ei thraed yn taro'r grisiau pren, a'i drws yn cau'n glep.

PENNOD 21

Pum munud wedi pump ar brynhawn Gwener. Y caffi'n llawn pobl drwsiadus yn eu dillad gwaith, yn gynnwrf i gyd ar drothwy'r penwythnos. Nid hwn oedd y lle gorau i gwrdd â Jan am sgwrs, meddyliodd Carys. Pam awgrymodd hi fan hyn? Roedd hi'n anodd meddwl, heb sôn am siarad, yng nghanol cleber y cwsmeriaid a chwyrnellu'r peiriannau coffi. Byddai'n anodd cadw eu sgwrs yn breifat, a'r byrddau mor dynn yn erbyn ei gilydd.

Gan nad oedd sôn am Jan eto, aeth Carys i sefyll mewn rhes i archebu ei choffi. Pan ddaeth ei thro, gofynnodd y *barista* am ei henw i'w ysgrifennu ar ei chwpan bapur. Ochneidiodd Carys wrth sylweddoli y byddai'n rhaid iddi esbonio sut i'w sillafu ac ateb cwestiynau di-ri am ei ystyr. Penderfynodd yn y fan a'r lle y byddai'n rhoi enw Saesneg cyfarwydd fel Jane neu Emma y tro nesaf, i osgoi tynnu'r fath sylw ati hi ei hun.

Wrth chwilio'r ystafell am fwrdd a dwy gadair, teimlodd fys yn taro ei hysgwydd yn ysgafn.

'Hi. I saw you coming in but you didn't see me waving. It's rammed! But I've seen a table round the back. Follow me – before someone else grabs it!'

Gwenodd Jan. Syllodd Carys arni'n syn. Roedd hi'n gwisgo sgarff goch yn ei gwallt, a chylchoedd mawr aur yn ei chlustiau. Edrychai mor drawiadol ag erioed, a llyfnder ei chroen tywyll yn sgleiniog dan sbotoleuadau bychain y nenfwd. Roedd ei gweld mor lliwgar a hapus yn dipyn o syndod, a theimlodd ei hun yn gwylltio. Roedd hyn yn gamgymeriad. Doedd Jan ddim yn edifar o gwbl. Ond dilynodd hi, yn anfoddog, at fwrdd bychan yn y cefn.

Wedi iddynt eistedd yn eu seddau, newidiodd osgo Jan. Crymodd ei hysgwyddau fel petai'n ceisio'i throi ei hun yn belen fach. Dechreuodd chwarae â'r modrwyon ar ei bysedd. '*Carys …*' cychwynnodd yn betrusgar, '*I didn't mean to hide my brother. Everything got out of hand. I didn't mean to mislead or deceive you …*'

'*But you did,*' atebodd Carys yn oeraidd.

'*I'm so sorry. I tried to talk to you about it. Remember that day when I asked you to come for a drink – but you were playing squash or something? Well I wanted to talk to you about it then. The pressure was getting to me and I just needed someone to tell me that it was wrong … that I shouldn't be protecting my brother.*'

'*You knew it was wrong. You didn't need me to tell you that.*'

'*I know, I know. It's just been so hard for my parents. I didn't want them to get upset again. They're religious … always taught us right from wrong. Made us work hard. They gave me and my brother so many opportunities … Always wanted the best for us.*'

Cymerodd Carys lymaid o'i choffi ewynnog, gan edrych i fyw llygaid Jan. '*But you couldn't hide your brother forever,*' mentrodd, a'i llais nawr yn dawel a charedig.

'*I knew that. But I didn't know what to do. I was confused, not thinking straight at all. You see, my father's poorly. He's got cancer, and it's terminal. I just didn't want his final months to be filled with shame and anger about my brother. But it's too late now of course. I've really messed up. They never had to worry about me before. But now they've got an unemployed daughter as well as a jailbird son.'*

Ochneidiodd Carys. Doedd ganddi ddim syniad bod tad Jan yn sâl. Llyncodd lymaid arall o goffi, a gwingodd. Roedd y coffi'n oer erbyn hyn, ac yn codi cyfog arni.

'*It's just really upsetting*,' aeth Jan yn ei blaen, ''*Cause my brother's not bad, really. He's got a good heart. I don't understand why he keeps getting himself into these awful situations. My parents just can't figure out what went wrong with him ... how he ended up on the wrong side of the tracks. What did they do wrong with him and how come I turned out OK?*'

'*These things happen. People are influenced by all kinds of things, not just their parents*,' atebodd Carys yn dawel, a'i meddwl yn troi at ei theulu hi ei hun. Sut y daeth hi a'i chwaer i fod mor wahanol i'w gilydd? Cawson nhw yr un fagwraeth a'r un cyfleoedd, ond gadawodd Rhiannon yr ysgol yn llawn dicter, â dim ond dyrnaid o gymwysterau TGAU. Teimlai ei chwaer fod y byd i gyd yn ei herbyn. Pam? Beth oedd y rheswm? Genynnau? Neu'r ffaith ei bod hi'n ail blentyn a phawb yn disgwyl iddi fod yr un peth â'i chwaer fawr gall a pheniog?

Cydiodd Jan mewn hances bapur i sychu ei dagrau. A'i llais yn wan ac yn gryg, esboniodd mai'r unig beth da am ei diswyddiad oedd ei bod ar gael bob dydd i helpu ei thad yn ei waeledd.

Estynnodd Carys ei llaw ar draws y bwrdd a gwasgodd law ei ffrind.

'Thanks Carys. It means so much to me that you met me today. I'm really sorry about everything.'

'I know. I believe you.'

'I hope we can meet for a chat now and again.'

'Of course. I've missed our little chats.'

*

Dan stribedyn golau tai bach y llys, edrychai wyneb Carys yn afiach o welw. Ni allai ei cholur guddio'r cochni yn ei llygaid na'r cysgodion oddi tanynt. Cawsai noson anniddig o droi a throsi, yn pryderu am y diwrnod o'i blaen. Diwrnod a fu'n gwmwl tywyll yng nghefn ei meddwl ers misoedd. Roedd cymaint yn dibynnu ar yr hyn y byddai'n ei ddweud. Beth petai hi'n anghofio rhyw fanylyn pwysig? Neu'n ymddangos yn ffwndrus ac yn ddwl o flaen y rheithgor?

Aeth yn ôl i'r ystafell aros, i yfed ei thrydydd cwpanaid o goffi y bore hwnnw, ei gwaed yn gybolfa o nerfau, adrenalin a chaffîn. Atgoffodd ei hun mai bargyfreithwraig Liz oedd yr un bwysig. Arni hi roedd y cyfrifoldeb pennaf. Roedd hynny'n gysur bychan.

Galwyd ei henw. Cododd, llyncodd ei phoer, ac aeth i'w lle yn y llys. Trodd i edrych ar y barnwr, a suddodd ei chalon o weld mai hen ŵr surbwch yr olwg ydoedd. O glywed ei enw – Josh Smith – roedd wedi dychmygu dyn iau. Dyn ifanc a fyddai, efallai, yn dangos cydymdeimlad â merch ifanc feddw.

Daeth ei thro i siarad, ac esboniodd Carys sut y daeth Liz ati i'r orsaf y bore hwnnw, yn ddagreuol ac yn gryndod i gyd. Rhoddodd yr holl fanylion a glywodd gan Liz. Wrth egluro fod Liz yn asthmatig, a'i bod bron â mygu wrth i Colin orwedd ar ei phen, clywodd sŵn ochneidio o'r galeri; trodd ei phen am eiliad i weld mam Liz yn beichio crio.

Ni ofynnwyd iddi ymhelaethu, a daeth ei chyfnod yn y doc i ben yn gynt nag y disgwyliai.

Daeth cyfle wedyn i'r rheithgor wylio fideo o Liz yn cael ei chyfweld gan y ditectif. Synnodd Carys o weld bod Liz yn ymddangos yn fwy hyderus o lawer yn ei hail gyfweliad. Synnodd hefyd o weld y modd oeraidd, braidd, yr oedd y ditectif yn ei holi. Roedd yn cwestiynu ac yn dadansoddi pob elfen o'i thystiolaeth, yn enwedig ar ôl i Liz ddrysu a methu cofio ar ba foch y cafodd slap gan Colin. Ochneidiodd Carys yn dawel; roedd pethau'n dechrau edrych yn sigledig.

Ar ôl clywed yr holl dystiolaeth, rhoddodd y barnwr ei grynodeb.

Pwysleisiodd fod Liz yn ferch uchelgeisiol a oedd yn awyddus i blesio Colin. Cyfeiriwyd at y lefel uchel o alcohol yn ei gwaed, a bod peth amryfusedd yn ei stori yn ystod y cyfweliad â'r ditectif. Awgrymwyd y gallai fod yn teimlo cywilydd am ei hymddygiad, ar ôl noson feddwol yng nghwmni ei chyd-weithwyr.

Ychydig oriau'n ddiweddarach, cafwyd y dyfarniad.

Dieuog.

Clywodd Carys ebychiadau o gyfeiriad teulu Liz, ond ni allai edrych arnynt. Teimlai fel petai rhywun wedi rhoi pwniad egr i'w stumog.

Edrychodd ar Liz; roedd hi'n crynu, a'r olwg yn ei llygaid yn dangos bod ei byd wedi chwalu'n deilchion.

Casglodd Carys ei phethau, ac aeth allan o'r llys yn

frysiog, i ganol awyr niwlog, oer. Gadawodd i'r glaw mân fwytho ei hwyneb am eiliad, wrth geisio tawelu'r corwynt yn ei phen.

Ni allai weld y car heddlu yn y maes parcio. Craffodd, a'i weld yn y gornel chwith bellaf, a heddwas ifanc yn eistedd yn y sedd ffrynt, yn yfed cwpanaid o goffi. Cododd ei llaw, a cherdded tuag ato. Yna, teimlodd hergwd galed ar ei chefn.

'*Hey! Why the fuck did I bother? Why did I listen to you?*' Safai Liz y tu ôl iddi, a braich ei mam yn dynn o gwmpas ei hysgwyddau.

'*I've lost everything. My job, my flat, my friends, my reputation … people are just gonna think that I'm nuts, that I made the whole thing up because I'm a dirty slapper. I thought I was going to win … I thought I had a chance … you said I'd win …*'

'*I told you I'd help you – I said that I'd do all I could to help you win – but I never promised anything …*'

'*I believed you, I trusted you. I shouldn't have put my faith in you. My Mickey Mouse pound shop barrister had no chance against Colin's fucking monster.*'

'*Liz, listen to me. You're still young. You're bright. You can re-build your life. You can move on from this.*'

'*No, I can't do it. My life is ruined. I don't know what I'm going to do. My parents are devastated – I've ruined their lives too. My dad's in his eighties and this is going to break him.*'

Gwasgodd mam Liz ei hysgwyddau'n dynnach, a'i hebrwng tuag at y car. '*Come now, Liz dear. Let's go. Don't worry about your dad and me. Don't upset yourself again.*'

Wrth weld wyneb blinedig Carys, tybiodd yr

heddwas ifanc mai gwell fyddai peidio â holi sut aeth pethau. Trodd Carys ei phen i bwyso yn erbyn y ffenest. Gwibiai'r strydoedd heibio, yn siapiau niwlog, di-liw. Sylwodd Carys ar ddim. Roedd pob teimlad ac emosiwn wedi'i ddihysbyddu.

*

Yn nes ymlaen y noson honno, eisteddai Carys yn ei phyjamas clyd yn yr ystafell fyw, a nodiadau adolygu'r arholiad CID ar ei glin. Roedd Andrew Huw yn Llundain am wythnos, a Rhydian wedi mynd i gadw cwmni iddo yn ei westy. Roedd y fflat yn dawel.

Darllenodd Carys drwy'r nodiadau ddwywaith, gan danlinellu ambell beth gyda'i beiro goch. Ond ni lynai unrhyw beth yn ei chof. Efallai y dylai roi'r gorau am heno, meddyliodd. Wedi'r cyfan, roedd hi wedi cael diwrnod trymach nag arfer yn y gwaith. Daeth llun o Liz i'w meddwl am eiliad. Gwthiodd ef o'r neilltu.

Sylweddolodd nad oedd hi wedi bwyta ers diwedd y bore, ac aeth i'r gegin. Roedd hanner potel o win gwyn yn yr oergell, a thamaid o gaws. Gwnâi hynny'r tro.

Fel yr oedd hi'n arllwys y gwin i'w gwydr, canodd ffôn y tŷ.

'Helô?'

'Helô Carys, Dad sy 'ma.'

'Dad? Ydy popeth yn iawn? Ydy Mam yn iawn?'

'Ydy, ydy wrth gwrs. Ma hi mas yn Merched y Wawr heno.'

'Jyst ... Mam sy fel arfer yn ffonio, dim chi ...'

'Ie, wy'n gwybod. Does dim isie i ti boeni. Jyst

cwestiwn cloi sy 'da fi. Welais i Owain Perthi ddoe. Ti'n gwybod, Owain Watkins ...'

Teimlodd Carys ei chalon yn cyflymu. Llowciodd lond cegaid o win. 'O, wy'n gwybod pwy sy' 'da chi ...'

'Wyt – cest ti lifft gatre 'da fe *Christmas Eve*, on'd do fe?'

'Do.'

Ers pryd roedd ei thad yn cymryd sylw o bethau felly? Prin y byddai'n codi'i ben o'i bapur newydd pan fyddai ei wraig a'i ferched yn sgwrsio.

'Ta beth, ma fe isie dy rif ffôn di. Ma fe'n dod lawr i Lunden wythnos nesa i siarad 'da rhyw *chef* sy'n moyn iwso'i gig eidion yn ei *restaurant* ... fi'n credu bod rhyw *deal* itha da ar y gweill. Ond so fe'n nabod neb yn Llunden ac ro'dd e'n meddwl gallet ti gwrdd â fe i ddangos y *sights* ...'

'O, ym, ie ... wrth gwrs.'

'Ond do'n i ddim yn siŵr oedd hawl 'da fi roi dy rif di iddo fe heb tsheco 'da ti gynta, yn enwedig gan bo' ti yn y polîs.'

'Ma hynny'n iawn,' atebodd Carys yn syth, gan frathu ei gwefus wedyn. Doedd hi ddim am swnio'n rhy frwdfrydig.

'Felly roia i'r rhif, 'te? Y mobeil yw'r gore, ife?'

'Ie.'

'Ma fe'n fachan ffein, Carys. Bydd e'n falch o gael dy gwmpeini di. Alwa i heibio bore fory i'w roi e iddo fe.'

'Grêt, diolch.'

'Dyna ni 'te, Carys fach. Siaradwn ni cyn hir.'

'Hwyl Dad.'

Rhoddodd Carys y ffôn i lawr yn syn. Owain wedi

gofyn am ei rhif? Ei rhif hi? Gobeithio nad oedd rhyw gamddealltwriaeth *embarassing* wedi digwydd. Efallai mai ei thad gynigiodd ei rhif iddo fe ... ond yna wfftiodd y syniad hwnnw. Fyddai ei thad byth yn busnesu fel yna. Roedd hi'n weddol sicr o hynny.

*

Drannoeth, aeth Carys i siopa bwyd ar y ffordd adref o'r gwaith. Roedd ei ffôn yn ei phoced, a phob dirgryniad yn cyflymu ei chalon. Ac yna, deuai siom o weld e-byst diflas o'r gwaith neu neges destun gan ei darparwr ffôn symudol. Dim ond heddiw mae Dad yn rhoi'r rhif i Owain, atgoffodd ei hun. Allai hi ddim disgwyl iddo gysylltu'n syth. Roedd yn ddyn prysur.

Ar ôl dadbacio'r bwydydd yn y gegin, aeth i eistedd gyda phaned yn yr ystafell fyw. Estynnodd ei nodiadau adolygu, a rhoddodd ei ffôn ar y bwrdd coffi o'i blaen. Rhewodd. *Missed Call.* Doedd hi ddim yn adnabod y rhif. Pryd y digwyddodd hynny? Sut na chlywodd hi'r ffôn? Roedd hi ar y tiwb, mae'n rhaid, neu'n talu am ei bwyd. Edrychodd eto ar ei ffôn. Oedd, roedd wedi gadael neges. Deialodd y rhif i agor ei blwch negeseuon. Gwrandawodd yn astud.

'Helô Carys. Owain sy 'ma. Gobeithio bo' ti'n OK. Wedodd dy dad bod hi'n iawn i fi gysylltu 'da ti ar y rhif 'ma. Ta beth – wy'n dod lawr wythnos nesa. Dydd Mercher. Bydda i'n cwrdd â *chef* yn Primrose Hill am un ar ddeg a gobeithio bydda i wedi bennu erbyn un. Bydd cwpwl o orie 'da fi wedyn cyn dala'r trên yn ôl. Ffona fi pan gei di'r neges 'ma ta beth. Sa i'n siŵr pryd wyt ti'n gweithio ond byddai'n neis cwrdd lan 'da ti am goffi neu ddrinc bach.'

Dydd Mercher … dydd Mercher … pryd oedd hi'n gweithio dydd Mercher?

Suddodd ei chalon. Shifft prynhawn oedd ganddi, ac roedd hi'n rhy hwyr i newid hynny nawr. Gwyddai ei bod yn iawn – byddai bob amser yn cofio'i rota – ond estynnodd am ei gliniadur i'w wirio, rhag ofn. Oedd, roedd hi'n gweithio o hanner awr wedi hanner dydd tan hanner awr wedi hanner nos. Bu bron iddi sgrechian. Pam na allai Owain fod wedi dod ryw wythnos arall, pan oedd hi'n gwneud shifft nos?

Byddai'n rhaid iddi ei ffonio i roi gwybod iddo. Neu a fyddai neges destun yn well? Roedd hi'n nerfus, a byddai ei llais yn gryndod i gyd. Ond na, allai hi ddim anfon neges destun. Rhy oeraidd. Rhy amhersonol.

Pwysodd ei rif.

'Helô?'

'Helô … Owain?'

'Ie.'

'Carys sy 'ma.'

'O haia Carys, shwt wyt ti? Diolch am ffonio'n ôl. Gest ti fy neges i?'

'Do … do. Grêt ontefe? Wnaiff hynny ddod â lot o sylw i'r ffarm. Ma rial proffeil uchel 'da'r *restaurant* 'na. Ma'r *chef* ar y teledu drw'r amser, on'd yw e?' Roedd Carys yn parablu. Anadlodd yn ddwfn. Pwyllodd.

'Ti'n iawn. Bydd e'n rial hwb i'r busnes. Felly … y't ti'n rhydd yn y prynhawn?'

'Na'gw. Sori. Wy'n gweithio hanner awr wedi hanner, tan hanner nos.'

‘O. ’Na drueni.’

‘Fi’n gwybod. Typical. Sneb o gartre byth yn dod lawr ’ma, a fi’n gweithio pan y’t ti’n dod.’

‘Wel. Y tro nesa, falle, ie?’

‘Ie.’

‘A falle wela i di pan fyddi di gartre?’

‘Iawn.’

‘Ma ’da ti fy rhif i nawr. Rho ring i fi.’

‘OK.’

Ar ôl ychydig o fân siarad am ffrindiau a theulu, ffarweliodd y ddau a rhoddodd Carys y ffôn i lawr gan regi. Cyfle arall wedi’i golli. Doedd hi ddim wedi bwriadu mynd adref am sbel, gan iddi fod gartref adeg wyna, ac i’r angladd. Doedd wybod pryd y gwelai ef, felly.

Ceisiodd droi yn ôl at ei nodiadau, ond allai hi ddim meddwl am ddim ond Owain a’r siom oedd yn cnoi ei stumog yn ffyrnig. Cododd i wneud paned arall. Ac yna, cafodd syniad … Tybed a allai hi weld Owain *cyn* iddo fynd i’r cyfarfod? Pe bai ei drên yn cyrraedd yn ddigon cynnar, efallai y gallai hi gwrdd ag ef yng ngorsaf Paddington. Fyddai hynny braidd yn od? Fyddai hi’n swnio braidd yn desbret pe bai hi’n awgrymu hynny?

Pendronodd am y peth am rai munudau, cyn penderfynu ei ffonio. Beth, mewn gwirionedd, oedd ganddi i’w golli?

PENNOD 22

'Rhagor o win, Carys?' holodd Andrew Huw, gan estyn y botel tuag ati.

'Na, dim diolch, well i fi beidio,' atebodd, gan agor ei llaw dros ei gwydr. Roedd hi wedi cael tri gwydraid eisoes, a'i llygaid yn sgleiniog. Rhoddodd y fforcaid olaf o'i chyrri gwyrdd Thai yn ei cheg, a'i gnoi yn araf er mwyn mwynhau pob diferyn o'r saws sbeislyd, cymhleth.

'Roedd hwnna'n lyfli, Andrew. Diolch yn fawr. Ma Rhydian yn lwcus bod gyda fe gariad sy'n cwcan cystal. Sdim siâp arno fe o gwbwl.'

'Hei! Fi dorrodd y shibwns! Torres i nhw'n deidi!'

'Do, chwarae teg. Wel mae'n neis cael cyfle i gwrdd â ti o'r diwedd, Carys, ar ôl clywed cymint amdanot ti.'

Gwenodd Andrew, gan arddangos ei ddannedd gwyn unionsyth. Am eiliad, cofiodd Carys mai hwn oedd yr un Andrew Huw a welodd ar boster anferth y diwrnod cynt, yn hysbysebu cyfres newydd ar Netflix. Teimlodd fymryn o gywilydd wrth edrych ar staeniau'r lliain bwrdd a'r tolciau yn hen lestri ei mam-gu. Roedd golwg rhy berffaith arno i fod yn eistedd mewn fflat mor ddiraen. Ond eto, edrychai'n gwbl gartrefol, yn chwerthin yn braf â'i fraich ar ysgwydd Rhydian.

'Ma diwrnod prysur 'da Carys fory, on'd o's e? Ma angen iddi hi fod ar ei gorau,' meddai Rhydian, gan godi un ael yn awgrymog.

'O, beth sy'n digwydd fory?' holodd Andrew dan wenu'n ddrygionus.

'Ma Carys yn cwrdd â rhywun sbesial, on'd y't ti *babes*? Gwed wrtho fe ...'

'Wel ... ahem ... ma'r boi hyn o gartre'n dod lawr i Lundain am y diwrnod. Ma 'da fe gyfarfod â *chef* sy am ddefnyddio ei gig eidon e yn ei *restaurant*. A wy am fynd i gwrdd ag e yn Paddington.'

'Wedyn mae'n nhw'n mynd i hotel *seedy* yn Soho am bach o ...'

'Nag y'n ddim!' gwylltiodd Carys gan daro ei llaw ar y bwrdd.

'Jôc! Jôc!' chwarddodd Rhydian wrth weld ei hwyneb fflamgoch. 'Gwed wrthon ni beth yw'r *plan*.'

'Wel, ma 'i drên e'n cyrraedd am ddeg. Ma'n nhw'n addo tywydd braf felly meddylies i gallen ni gerdded wedyn o Paddington i Primrose Hill ...'

'Bryn y Briallu, cariad ...'

'Bryn y Briallu, 'te. Ti'n waeth na Mam, Rhyds! Cywiro fi – sori, fy nghywiro i o hyd! Ta beth – fel o'n i'n dweud – cerdded i Fryn y Briallu. Bydd hi'n wâc neis drwy Regent's Park. Rhyw ddwy filltir. Coffi bach ar ôl cyrraedd, wedyn bydd e off i'w gyfarfod. Ma fe'n cwrdd â *chef* sy'n moyn iwso ei gig eidon e yn ei *restaurant*.'

'Neis iawn. Wel, ma golygfa ffantastig yna. *Very romantic*. Ffarmwr yw e 'te?' holodd Andrew, cyn codi i fynd â'r llestri budr i'r gegin.

'Ie, hambon fel Carys. Ma'n nhw'n siwto'i gilydd!' chwarddodd Rhydian, gan fynd i helpu ei gariad.

'Oi! Sa i'n hambon! Ma bach o *class* 'da fi! Beth bynnag

– gadwch chi'r llestri. Chi'ch dou wnaeth y bwyd. Ewch chi i roi'ch traed lan yn y stafell fyw.'

'Wel a dweud y gwir, bydd rhaid i fi fynd nawr … Mae'r ffleit am hanner nos felly mae angen i fi fynd draw i Gatwick.'

Ddywedodd Rhydian ddim gair, ond sylwodd Carys ei fod gwasgu llaw ei gariad yn dynn.

Ffarweliodd Carys ag Andrew a safodd ar ben y grisiau am ennyd, yn gwylio Rhydian yn ei dywys yn benisel at y drws ffrynt. Rhydian druan. Ar ôl wythnos yn ei gwmni byddai'r hiraeth am ei gariad yn annioddefol.

Rhoddodd Carys y *wok* yn y trochion, ac ochneidiodd. Teimlai mor gymysglyd ynglŷn â chwrdd ag Owain drannoeth. Teimlai'n gyffrous fel plentyn ar noswyl Nadolig. Byddai hi yn ei gwmni am awr a hanner, ben bore, yn gwbl sobr. A fyddai ganddynt ddigon i siarad amdano? Beth petai hi'n rhy nerfus i siarad? Neu mor nerfus fel y byddai'n malu awyr yn ddi-baid? Dyna oedd fwyaf tebygol. Ar y llaw arall, petai pethau'n mynd yn dda, beth ddigwyddai wedyn? A oedd hi'n barod i gael perthynas ag e, â'r pellter rhyngddynt mor fawr? Allai hi ddioddef y straen a'r hiraeth?

*

Disgynnodd Owain oddi ar y trên, gan chwilio trwy'r dorf wrth y gatiau am wallt fflamgoch Carys.

Dyna hi. Roedd hi'n sefyll o dan hysbysfwrdd electronig, a'i llygaid yn craffu i'r pellter. Gwenodd arni, a chyflymodd ei galon wrth iddi ddal ei lygaid a gwenu'n swil. Roedd hi'n falch o'i weld.

Wrth nesáu ati, daeth ysfa drosto i'w gwasgu'n dynn a'i chusanu'n hir ar ei gwefusau. Roedd wedi dyheu am y foment hon ers misoedd. Ond ymataliodd. Rhoddodd gusan ysgafn ar ei boch, gan fwynhau arogl glân ei gwallt.

'Shwt oedd y siwrne?' holodd Carys, gan arwain y ddau allan o'r orsaf.

'Ddim yn ffôl o gwbwl. Ges i sedd ar bwys ford a digon o goffi.'

Sylwodd Carys yn edmygus ar y siwt las tywyll a oedd amdano a'r briffces lledr ar ei ysgwydd. Ddim yn rhy ffurfiol, ond eto'n ddigon trwsiadus i greu argraff.

Roedd Carys yn un dda am ddarllen mapiau ac adnabod strydoedd, ac roedd llwybr y daith yn glir yn ei phen. Estynnodd Owain am ei llaw a chydiodd yn ei law yntau. Ymlaciodd. Byddai popeth yn iawn. Ymlwybrodd y ddau'n hamddenol i lawr ehangder yr A501. Soniodd Carys am ei phrofiadau yn y gwaith, a'i phryderon am brotest Calan Mai. Soniodd Owain am ei deulu, ei obeithion am ei fusnes, a phenwythnos stag ffrind ysgol yng Nghaerfaddon. Llifodd y sgwrs yn rhwydd, wrth i'r ddau ganfod eu bod yn hoffi'r un rhaglenni teledu a nofelau ditectif.

Cyn pen dim, roeddent yn Regent's Park yn gwylio twristiaid o Japan yn bwydo gwiwerod.

'Llygod mawr blewog. Dyna i gyd y'n nhw!' ebychodd Owain yn ddiamynedd, cyn rhythu'n gegagored ar hyfdra'r anifeiliaid bychain, yn estyn cnau o ddwylo'r twristiaid.

Yn eu blaenau wedyn, yn dal dwylo'i gilydd yn

dynnach nag erioed, er mor boeth a chwyslyd oedd eu cledrau erbyn hynny. Heibio'r Ganolfan Islamaidd a'r sŵ, cyn cyrraedd copa Bryn y Briallu.

'Dylen ni fynd i weld cofeb Iolo Morganwg, gan ein bod ni 'ma,' meddai Carys, gan amneidio ar Owain i'w dilyn. Nodiodd Owain a'i dilyn yn dawel. Gwenodd Carys. Naill ai roedd yn gwybod yn iawn pwy oedd Iolo Morganwg, neu'n ceisio peidio â dangos ei anwybodaeth.

Wedi ennyd fach wrth y gofeb, rhedodd Owain i gaffi cyfagos i nôl coffi i'r ddau. Roedd hi'n ddiwrnod rhy braf i fod dan do, a'r olygfa o'u cwmpas mor ogoneddus. Ar ddiwrnod fel heddiw doedd nunlle gwell i fod, meddyliodd Carys. Synnodd o weld cyn lleied o bobl yno ar ddiwrnod mor braf, ond mwynheuai deimlo fel petai'r bryn yn eiddo iddi hi ac Owain.

Teimlodd Carys gusan ysgafn ar ei gwar, a breichiau Owain o gwmpas ei chanol. Caeodd ei llygaid yn dynn.

'Ma'r coffi fan hyn i ti. *Latte* o't ti'n moyn, ife?'

'Ie,' atebodd Carys, a'i llais yn gryg. Pwysodd ei phen yn erbyn brest Owain, a chlywodd guriad ei galon yn cyflymu.

Ar ôl munud yn eu hunfan heb ddweud gair, torrodd Owain ar draws y llonyddwch.

'Sa i isie sbwylio pethau, Carys, ond faint o'r gloch wedest ti bod rhaid i ti fynd i'r gwaith?'

Ochneidiodd Carys. Roedd hi'n gynnes braf yn ei goflaid, yn edrych yn bell i'r gorwel. Roedd y toeau a'r tyrau'n euraid yn yr heulwen.

'Erbyn hanner awr wedi hanner,' atebodd, a thinc siomedig yn ei llais. 'Bydd rhaid i fi adael mewn pum munud. Mae'n cymryd dros hanner awr ar y tiwb o fan hyn. Ond dangosa i'r *restaurant* i ti cyn mynd ...'

'Iawn ... dere 'ma 'te ...'

Cydiodd Owain am ei chanol yn dyner, a'i throi i'w wynebu. Edrychodd i fyw ei llygaid a'i thynnu'n nes ato. Safodd Carys ar flaenau ei thraed, ac ymestyn yn betrusgar at ei wefusau. Cusanodd y ddau – yn fyr ac yn ysgafn i ddechrau – cyn magu hyder a mentro'n ddyfnach. Teimlodd Carys ei fysedd yn mwytho'i boch, ei gwallt a'i gwar. Distewodd sŵn yr adar a phylodd y goleuni. Diflannodd popeth o'i chwmpas. Dim ond Owain a hi oedd yn bodoli. Yn anfoddog, daeth Carys â'r gusan i ben. A'i choesau'n sigledig a'i phen yn feddw freuddwydiol, tywysodd Owain tuag at y bwyty.

'Bydd dim lot o siâp arna i yn y cyfarfod prynhawn 'ma,' meddai Owain gyda gwên gam. 'Bydda i'n ffaelu stopo meddwl amdanat ti. Dy fai di fydd e os aiff popeth *tits up* ...'

'Gwed ti!'

'Ffona i di, OK? Ta-ra.'

'Ta-ra.'

Trodd Carys i gyfeiriad gorsaf y tiwb a'i chalon ar ras. Cael a chael fyddai hi i gyrraedd y gwaith mewn pryd.

*

'*What's he like then, this Ow-whine?*'

Chwarddodd Carys wrth glywed Jan yn ceisio ynganu ei enw.

'*He's ... lovely. Nice to talk to. Funny.*'

'*Fit?*'

'Of course he is. He's a farmer.'

'No, I mean good looking fit. Nice body.'

'Yes. Really fit,' atebodd Carys yn swil, a'i hwyneb yn cochi mewn embaras. Roedd hi'n teimlo fel merch bymtheg oed, yn giglan am y *crush* diweddaraf.

'Well, lucky you! Have you spoken to him since?'

'Yes, he rang me after I finished work last night, one o' clock in the morning. Said he wanted to hear my voice.'

'He's keen! I'm really happy for you Carys. He sounds great.'

Roedd y ddwy wedi dod i gaffi Portiwgeaidd newydd ger fflat Carys, am baned o goffi cryf a chacennau cwstard.

Wrth y bwrdd drws nesaf, eisteddai pâr ifanc yn siarad Ffrangeg â'i gilydd. Roedd golwg flin ar wyneb y ferch, a golwg ddigalon ar wyneb y bachgen.

'I wonder what's up with them,' sibrydodd Jan, gan roi pwniad ysgafn i fraich Carys.

'She's pissed off with him 'cause he forgot to buy tickets to see a band and now it's sold out.'

'How d'you know that? You speak French?'

'*Yes.*'

'You never told me that,' meddai Jan yn syn, gan edrych ar Carys fel petai newydd ddatgelu cyfrinach ryfeddol. *'You never told me you spoke French.'*

'I suppose it never came up in conversation. But I did it in school ... it's a bit rusty now, though.'

'Oh, I'd love to speak French. It sounds so lovely. One of my best friends is living out in France – in the Alps. She's a nanny in a place called Chamonix. You should come with me sometime – she told me she could sort out

some accomodation. You could be my interpreter! I don't speak the lingo and the French don't really like us English do they?'

'What do you mean "us English"? I'm Welsh!'

'Sorry, didn't mean to offend you!'

Cymerodd Carys gnoad o'i chacen a meddyliodd am Chamonix. Gallai ddychmygu'r lle, a'i dai bach pren a'i flodau lliwgar, a chopaon pigog yr Alpau yn y cefndir – fel clawr yr hen lyfr *Heidi* ar ei silff lyfrau gartref.

'That would be nice, Jan. I haven't been abroad much. Just a school exchange trip to Brittany and a Rugby trip to Paris when I was in Uni.'

'Well, when things are a bit more ... settled for me, maybe we can plan something?'

'Great.'

Llyncodd Carys damaid olaf ei chacen a meddwl eto am Chamonix, ac awyr iach yr Alpau.

*

'Fi'n ffaelu credu bod Rhiannon a Rob yn dod i aros. Beth ddaeth drosto i'n cytuno i hynny? Ma digon 'da fi i neud heb orfod drychyd ar ôl y ddou 'na. Fi'n mynd i fod yn ddigon stresd yn gweithio yn y brotest, heb son am gael *anarchists* yn cysgu yn fy fflat i hefyd.'

'Ma hi'n chwaer i ti, Carys. Ma hi'n dod i Lunden. Paid â bod yn ddwl. Ti'n gwybod bo' nhw ddim am ddechre unrhyw drwbwl. Maen nhw'n rhy blydi ddiog! A dyw hi ddim yn deg disgwyl iddyn nhw wario ffortiwn ar hotel, a thrio ffindo'u ffordd rownd Llunden. Stopa gonan, a gad i ni sorto'r gwely soffa iddyn nhw. O's cwilt sbâr yma?'

'Oes, yn y cwpwrdd ar y landing.'

'Cer i nôl e, 'te – a *sheet* a chlustoge hefyd.'

Cododd Carys yn anfoddog o'r soffa. 'Fi jyst ... ddim yn gwybod shwt wy'n mynd i handlo'r crîp 'na yn cysgu fan hyn ... yn cysgu gyda fy chwaer i fan hyn.'

'*Just deal with it,* Carys. Mae'n rhaid i ti roi cyfle iddo fe. Ma'n nhw gyda'i gilydd ers sbel nawr a ma Rhiannon yn amlwg yn dwlu arno fe. Bydd rhaid i ti drio bod yn neis gyda fe.'

Yn nes ymlaen y noson honno, wrth weld Rob yn helpu Rhiannon i dynnu ei chot, ac wrth ei weld wedyn yn oedi am eiliad i fwytho ei boch, teimlodd Carys bwl o euogrwydd. Roedd Rhydian yn iawn. Roedd Rob yn ofalus iawn o Rhiannon a hithau, yn amlwg, wrth ei bodd gydag ef.

Er bod llais Rob yn dal i fod yn dân ar ei chroen – yn enwedig wrth iddo alw ei chwaer yn 'Reannun', neu'n waeth byth, 'Ree Ree' – byddai'n rhaid iddi ymdopi â hynny.

Dihunodd Carys am ugain munud wedi pump – awr gron cyn i'w larwm ganu – a'i meddwl yn gwbl effro. Meddyliodd am drefn wahanol y diwrnod o'i blaen. Meddyliodd am bopeth a allai fynd o'i le.

Cofiodd am y ddau gysgadur yn yr ystafell fyw, a chododd yn dawel. Aeth ar flaenau'i thraed i'r gegin i wneud paned gref o goffi i'w hunan. Er bod eisiau bwyd arni, penderfynodd beidio â gwneud brecwast. Câi frecwast mawr gyda'i chyd-weithwyr yn nes ymlaen, cyn mynd i'r brotest.

Ar ôl cael cawod a gwisgo, cafodd gip ar ei hwyneb yn

y drych. Cwsg digon anesmwyth a gafodd y noson cynt, ac roedd hynny'n amlwg o weld ei chroen llwydaidd. Er ei hadduned i geisio hoffi Rob, anodd oedd anwybyddu sŵn siffrwd dillad gwely ac ochneidiau drwy'r oriau mân. Bob hyn a hyn, deuai Owain i'w meddwl hefyd, a'r gusan hir ar Fryn y Briallu. Doedd dim gobaith cysgu wedyn.

Penderfynodd gerdded i'r orsaf. Roedd ganddi hen ddigon o amser i fwynhau prydferthwch syfrdanol awyr goch y wawr. Caeodd y drws ffrynt yn ofalus ar ei hôl, a sugnodd awyr ffres y bore yn ddwfn i'w hysgyfaint.

PENNOD 23

Pan gyrhaeddodd Carys yr orsaf, roedd lliw gweddol iach ar ei bochau a'i chorff yn teimlo'n ystwyth braf. Estynnodd ei hiwnifform o'i locer, a newidiodd ei dillad yn hamddenol. Doedd dim brys, a hithau ugain munud yn gynnar.

Clywodd furmur lleisiau yn yr ystafell drws nesaf; roedd y lleill wedi dechrau cyrraedd, sef y naw swyddog arall a fyddai'n gweithio gyda hi yn y brotest. Tybed sut griw fydden nhw? Enw Carl oedd yr unig un a adnabu ar y rhestr. Suddodd ei chalon wrth glywed ei lais croch yntau'n bytheirio am rywbeth neu'i gilydd.

Ar ôl i bawb wisgo yn eu lifrau, aethant gyda'r arolygydd a'r sarjant i mewn i'r fan fawr a oedd wedi ei pharcio o flaen yr orsaf. Aeth Carys i eistedd yn agos i'r blaen, gan y byddai'n teimlo'n sâl weithiau wrth deithio mewn bysiau.

'*Want to be close to the sarge, do we?*' Gwgodd Carl arni wrth fynd heibio. '*Don't want to be with the naughty kids in the back, Miss Goody Two Shoes?*'

Anwybyddodd Carys ef, gan esgus craffu ar rywbeth diddorol drwy'r ffenestr.

Siwrne o lai na phum munud ar hugain oedd hi i San Steffan. Doedd dim awydd sgwrsio ar neb, a sylwodd Carys fod ambell swyddog yn hepian yn dawel fach yn ei sedd. Roedd yr awyr goch bellach yn las, las.

Diwedd y daith oedd neuadd fawr San Steffan,

lle y byddai hi'n brecwasta gyda'r swyddogion eraill. Yno, roedd cynrychiolwyr o holl ganghennau Heddlu Llundain, a sŵn eu cleber yn sboncio oddi ar y muriau. Dilynodd Carys ei chyd-weithwyr at fwrdd gwag ym mlaen y neuadd. Sylweddolodd mai Carl oedd yn sefyll o'i blaen a cheisiodd symud yn ôl er mwyn peidio â gorfod eistedd wrth ei ymyl, ond roedd gormod o bobl yn y ffordd a byddai'n tynnu sylw ati hi ei hun wrth symud yn groes i bawb arall. Aeth i eistedd y drws nesaf i Carl ar y fainc.

Dechreuodd y staff arlwyo baratoi i weini'r bwyd, gan symud sosbenni a chlatsho caeadau metel. Caeodd Carys ei llygaid. Roedd y sŵn, y prysurdeb a'r golau strip yn y nenfwd yn ymosod ar ei synhwyrau. Am eiliad, roedd hi nôl yn yr ysgol – yn y ffreutur swnllyd amser cinio. Digon tebyg oedd yr olygfa hon ond bod y neuadd yn llawn pobl mewn lifrau duon, yn hytrach na chrysau gwyn a theis brown.

Wrth i bob bwrdd godi yn ei dro i nôl plataid o ffa pob, wyau, cig moch a selsig, dilynodd pob sarjant ac arolygydd y Comander i ystafell arall, lle y byddai'r Comander yn esbonio trefniadau'r dydd ac yn rhannu dyletswyddau i bob cangen. Edrychodd Carys ar y pwysigion hyn – bron pob un yn wên i gyd, yn sgwrsio'n hapus â hen gyfeillion o ganghennau eraill. Rhyfedd oedd gweld golwg mor siriol arnynt, meddyliodd, ar ddechrau diwrnod mor bwysig, lle y gallai cymaint o bethau fynd o chwith.

Pigodd Carys ei bwyd yn ddiamynedd, heb flasu'r cig moch yn ei cheg, heb ddilyn yr un sgwrs a oedd yn mynd ymlaen o'i chwmpas. Meddyliodd am Rhiannon a Rob, a oedd yn cysgu'n sownd pan adawodd y fflat. Tybed a oedden nhw bellach ar eu ffordd i ganol y ddinas? Gobeithiai'n daer eu bod wedi gwrando ar ei chyngor i orymdeithio'n dawel a pharchus, a pheidio â thynnu sylw atynt eu hunain. Cafodd gerydd gan Rhydian am siarad yn nawddoglyd gyda nhw, ond teimlai Carys fod ei chyngor yn ddigon teg.

Tarfwyd ar ei meddyliau gan bwniad chwareus i'w hasennau gan Carl.

'*Are you gonna eat that sausage, Taffy?*' holodd, a melynwy'n diferu i lawr ei ên. '*Cause if you aint – mind if I pinch it?*'

'*No, go ahead Carl.*' Ceisiodd Carys wenu, er bod gweld Carl yn byseddu ei bwyd – a'i fysedd yn debyg i ddeg sosej binc – yn codi cyfog arni.

'*Thanks. A shame to waste it. I'm gonna need all my strength today, to deal with the bloody pikeys and terrorist sympathisers around the place.*'

Chwarddodd y swyddog ar y chwith iddo. Nid ymatebodd Carys, er ei bod yn dyheu am roi cic galed i'w bigwrn o dan y bwrdd.

Ymhen ugain munud dychwelodd yr arolygwyr a phob sarjant gyda'u cennad. Cyhoeddwyd y byddai Carys a'i chyd-weithwyr yn cael eu cludo i ardal eglwys gadeiriol St Paul yn Ninas Llundain, lle'r oedd disgwyl cythrwfl yn ardal y banciau. Byddai Carys a mwyafrif ei chyd-weithwyr, felly, wedi'u lleoli ger banc y Llew Du. Roedd y banc eisoes wedi trefnu staff diogelwch preifat i amddiffyn y prif weithredwr a thu mewn yr adeilad.

Roedd hyn yn rhyddhad i Carys. Gwyddai fod Rhiannon a Rob yn anelu am San Steffan, lle y byddai'r areithwyr. Doedd hi ddim yn credu y byddent yn mentro i ran wahanol o'r ddinas. Felly, pe baen nhw'n cael eu dal mewn unrhyw drafferth, byddai Carys yn bell o'r golwg. Fyddai hi ddim yn gorfod delio â'r peth, a fyddai dim rhaid i'w chydweithwyr ddod i wybod bod ei chwaer, heddiw, yn elyn i'r heddlu.

Tiwniodd Carys ei radio i'r orsaf gywir, a dilyn ei chyd-weithwyr allan o'r neuadd. Roedd bws mini yn aros amdanynt, yn barod i'w cludo ar y daith fer i'r Ddinas.

*

Roedd Carys wedi bod yn sefyll ar ben grisiau'r banc ers dwyawr, a dim yn digwydd. Bellach, roedd aros yn llonydd yn straen, a'i choesau dyheu am gael symud yn rhydd. Edrychodd ar ei wats; dau o'r gloch.

Yr unig bobl a aethai heibio oedd twristiaid yn chwilio am yr eglwys gadeiriol, a phobl siwtiog, sgleiniog yn gadael y banciau ar ôl gwneud bore bach o waith. Doedd dim golwg o'r protestwyr. Ochneidiodd. Er ei phryder am wrthdaro ac ymladd, roedd hyn yn siom.

Draw yn San Steffan, sefai Rob a Rhiannon law yn llaw yn gwrando ar yr areithwyr. Trodd Rhiannon i edrych ar ei chariad, a gwenodd wrth weld fflach yn ei lygaid. Roedd e yn ei elfen yma, yn gwrando ar yr areithwyr tanllyd, yng nghwmni pobl o'r un anian ag e. Y foment honno, teimlai Rhiannon ei bod yn ei garu'n fwy nag erioed.

Byddai'n rhaid iddi ddweud wrtho y penwythnos yma. Mae'n rhaid ei fod yn dechrau amau beth bynnag, meddyliodd, am nad oedd hi'n smygu dôp bellach a phrin wedi cyffwrdd ei gwin y noson cynt. Byddai Rob wrth ei fodd, penderfynodd. Roedd yn tynnu at ei ddeugain ac wedi dweud sawl gwaith ei fod eisiau bod yn dad. Fyddai ei rhieni ddim yn rhy hapus, mae'n siŵr, ond fe ddangosai hi iddyn nhw. Fe ddangosai hi iddyn nhw ei bod hi'n gallu bod yn gall ac yn aeddfed. Fe ddangosai hi ei bod hi'n gallu gwneud rhywbeth yn iawn. Roedd hi'n siŵr y bydden nhw'n dod i hoffi Rob ymhen amser hefyd. Roedd Carys yn fwy dymunol gydag e nawr. Amser oedd ei angen arnyn nhw, i ddod i'w adnabod yn iawn.

Rhoddodd ei llaw ar ei bol a rhedodd gwefr trwyddi wrth feddwl am y bod bach newydd yn ei chroth. Bod bach newydd y byddai hi'n ei garu yn fwy na dim yn y byd.

*

Daeth neges drwy'r radio i hysbysu'r heddlu fod torf o ryw ddau gant o brotestwyr ar eu ffordd. Roedden nhw'n griw anniddig, wedi ymwahanu oddi wrth y lleill, ac ambell un wedi bod yn gweiddi sloganau digon pryfoclyd ar yr heddlu.

Ymhen chwarter awr, clywodd sŵn drymiau, utgyrn, chwibanau, a murmur lleisiau. Yna, llais trwy uchelseinydd – *BANKERS OUT! BANKERS OUT!* A ffrwydrad gwyllt o gymeradwyaeth.

Daeth y sŵn yn nes, a gwelodd Carys y dorf a'i baneri yn y pellter. Roedd yn edrych yn dorf ddigon hapus, meddyliodd, wrth ei gweld yn nesáu. Cafodd gip ar ddyn wedi'i wisgo fel Spiderman a menyw mewn ffrog liwgar a blodyn wedi'i baentio ar ei hwyneb. Ond y tu ôl i'r ddau hynny, sylwodd ar ambell un mewn dillad du a'i ben wedi'i eillio. Tynhaodd pob gewyn yn ei chorff. Dyma'r rhai i gadw golwg arnynt, meddyliodd.

'*Here they come ... bloody scum ...*' sibrydodd Carl dan ei anadl.

Edrychodd Carys arno, a sylwi bod ei ddwylo wedi ffurfio dyrnau tyn. Trodd yn ôl i edrych ar y dorf, a oedd yn symud yn ddigon hamddenol tuag atynt. Bellach, roeddent wedi dechrau bloeddio'n groch: '*What do we want? Bankers out. When do we want it? Now!*'

Daethant yn nes. Sŵn traed yn taro'r ddaear. Yna *CRASH* – gwydr yn malu'n deilchion a bloedd o gymeradwyaeth.

'*Lets get them!*' bloeddiodd Carl, gan gydio ym mraich Carys yn dynn a'i thynnu gydag ef i lawr y grisiau. Rhedodd y ddau i gyfeiriad y ffenestr a chwalwyd, gan wasgu trwy'r dorf.

Sylwodd Carys ar ferch a charreg yn ei llaw, a oedd ar fin ei hanelu at ffenestr arall. Cydiodd ym mraich y ferch a'i throi y tu ôl i'w chefn. Daliodd hi'n dynn, ond roedd hynny'n straen, a hithau'n ferch o dipyn mwy o gorffolaeth na hi. Chwiliodd am rywun i'w helpu, ond y cyfan a welai o'i chwmpas oedd protestwyr. I ble'r aeth Carl?

Yna gwelodd ef, a llamodd ei chalon i'w gwddf. Gollyngodd y ferch yn syth.

'*Carl – stop it, stop it – he's not moving any more.*' Clywodd ei llais yn ymbil. Roedd fel petai ei llais yn perthyn i rywun arall. Ai hunllef oedd hyn? Roedd hi'n gwylio Carl yn cicio dyn a oedd yn gorwedd ar y llawr.

Dyn ifanc, a gwaed yn llifo o'i drwyn, a'i lygaid yn cau'n dynn wrth deimlo ergyd arall yn ei asennau.

'*Carl, stop it now!*' Cydiodd Carys yn ysgwyddau Carl a cheisio ei dynnu yn ôl, ond roedd yn rhy gryf iddi.

'*Stop it you fucking filthy pig! You're going to kill him!*' meddai llais llawn panig y tu ôl iddi.

Rhuthrodd protestiwr arall at Carl a rhoi cic egr i'w grimog, ond chafodd hynny ddim effaith. Symudai Carl fel peiriant, a'i wyneb yn gwbl ddideimlad.

Trodd Carys ei phen i edrych o'i chwmpas. Troi a throi, a'i llygaid yn gwibio i fyny dros y dorf. Draw i ben pellaf y stryd ac yn ôl dros furiau melynwyn y swyddfeydd. Ble'r oedd pawb? Ble'r oedd yr wyth swyddog arall?

'*Backup! I need backup!*' Roedd ei llais yn grynedig a golwg orffwyll yn ei llygaid. Craffodd i bob cyfeiriad. Ac yna, gwelodd fflach arian sgleiniog – copaon dwy helmed heddlu – yn symud tuag ati.

Gwelwodd wynebau'r swyddogion wrth weld corff llipa a wyneb gwaedlyd y protestiwr. Gydag ymdrech benderfynol, aruthrol, llwyddodd y ddau i symud Carl oddi wrth y protestiwr mud. Ffoniwyd am ambiwlans.

*

'Ar y gwin coch, Carys? *Watch out*, weden i!'

Ddywedodd Carys ddim. Syllodd o'i blaen. Drachtiodd yn ddwfn o'i gwydr, nes teimlo gwres y gwin yn treiddio i'w breichiau, ei choesau a'i phen.

'Carys – beth sy'n bod? So ti wedi gweud gair ers dod gartre o'r gwaith. Beth sy'n bod?'

'Jyst meddwl. Am … ti'n gwybod beth …'

'O, ddim hyn 'to. Mae'n rhaid iti stopo. Ti'n gwybod bo' ti'n neud y peth iawn. Mae'n rhaid iti dystio yn ei erbyn e, Carys – mae'n rhaid i ti.'

'Wy'n gwbod. Jyst ... sylwais i ar lun ar ei ddesg e wythnos d'wetha. Llun o'i fab bach e. Bachgen bach – tua chwech oed – gyda gwallt melyn. Ciwt iawn.'

'Ond nath Carl rywbeth ofnadw. Hollol ofnadw. Paid ag anghofio 'ny.'

'Do ... ond beth am ei deulu e? Shwt ma'n nhw'n mynd i ymdopi gyda fe yn y carchar? Achos dyna ble bydd e, os weda i'r gwir.'

'Ti'n gwbod bo' ti'n neud y peth iawn. Paid colli hyder nawr. Mae'n rhaid iti dystio yn ei erbyn e. A beth bynnag – mae 'na CCTV, on'd oes e? Felly nid dy gyfrifoldeb di yw hyn i gyd.'

'Na, wy'n gwybod, Rhyds, wy'n gwybod – OK?' atebodd Carys, gyda gwên wan. Roedd golwg ryfedd arni, meddyliodd Rhydian. Roedd ei hwyneb wedi chwyddo ac yn goch i gyd ar ôl bod yn llefain.

'Paid ypseto nawr, Carys, bydd popeth yn iawn.'

'Na – sa i'n credu bydd popeth yn iawn. Wy am dystio yn erbyn cydweithiwr, a bydd pobol am fy ngwaed i. Mae'n rhaid i fi fynd i ffwrdd am sbel fach. Alla i ddim godde bod yma.'

'Be – ti jyst yn mynd?'

'Ma 'da fi 'bach o *leave* i'w gymryd. A nage i'r gwaith fues i heddiw. Es i at y doctor. Wy wedi cael papur doctor ar gyfer yr wythnos 'ma. *Stress.*'

'O. Wel am faint byddi di bant?'

'Sa i'n gwybod, Rhyds. Dim syniad. Gawn ni weld.'

PENNOD 24

Safai Carys yn y gawod yn syllu'n syn ar y dŵr budr yn llifo i lawr ei choesau. Estynnodd am ragor o sebon i sgwrio'i phengliniau a theimlodd ei chluniau'n gwegian wrth iddi blygu i lawr. Roedd poen ym mhob rhan o'i chorff, ond roedd yn boen braf. Roedd hi wedi'i gwthio'i hun i'r eithaf. Cafodd ambell godwm ond doedd dim ots am hynny. Roedd hi'n teimlo'n iachach nag y gwnaeth hi erioed, a'r wefr o wibio dros lwybrau caregog y mynydd yn dal i drydanu ei chorff.

Pan oedd ei chroen yn binc ac yn lân, daeth allan o'r gawod ac estynnodd am liain meddal. Edrychodd arni'i hun yn y drych, a gwenodd. Roedd ei brychni haul wedi dod i'r golwg ar ôl wythnos yn yr awyr iach.

'*Carys – the minibus will be here in ten minutes!*' galwodd Jan o'r ystafell fyw.

'*OK!*'

Gwisgodd Carys yn frysiog a stwffiodd ei phethau ymolchi i'r ces. Byddai'n ffarwelio â Jan cyn hir, ac yn teithio o Chamonix i Faes Awyr Genefa, i ddal ehediad i Fryste. Byddai Owain yn aros amdani ym Mryste. Ac ar ôl Bryste? Yn ôl i Lundain … am ryw hyd.